소포클레스 비극 3부작

LINN
인문고전
클래식
11

내가 헛되이 보낸 오늘은
어제 죽어간 이들이
그토록 꿈꾸던 내일이다

소포클레스
비극 3부작
THE OEDIPUS CYCLE

오이디푸스 왕
클로누스의 오이디푸스
안티고네

소포클레스 지음   김성진 편역

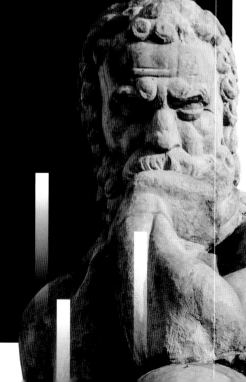

L\NN
도서출판 린

오이디푸스 3부작의 운명의 힘

인간은 진정으로 자신들의 행동에 책임을 다하고 있을까? 이 질문은 역사를 통틀어 인류를 당황시킨다. 수세기에 걸쳐 인간은 신의 신성함이나 악마적인 힘, 환경, 유전학, 심지어 오락적 유희의 영향이 개인의 도덕적 선택을 얼마나 자유롭게 할 수 있는지를 결정하는 것으로 숙고해왔다. 고대 그리스인들은 운명의 역할을 인간의 삶을 형성하고 결정하는 개인 외부의 현실로 인정했다. 현대에는 그 개념이 낭만적인 운명의 안개 낀 후광을 발전시켰지만 고대 그리스인들에게 운명은 무섭고 막을 수 없는 힘을 나타냈다. 운명은 신들의 뜻이었다. 신비한 선언으로 아폴론 자신을 대변한 델포이의 신탁에 의해 의식적으로 드러난 반대할 수 없는 현실. 예언의 약속은 많은 사람들을 끌어들였지만 이 메시지는 대부분 질문자에게 불완전하고 미친 듯이 회피적인 대답을 제공해 삶의 길을 밝히고 또 어둡게 했다. 델포이에서 한 유명한 계시는 적진으로 진격하면 대승을 거둘 거라는 감칠나는 예언을 장군에게 해주었다. 그러나 신탁은 승리가 누구에게 갈 것인지 명시하지 않았다.

기원전 5세기까지 아테네인들은 신들의 뜻을 전달하는 신탁의 힘에 대해 솔직하게 의문을 제기했다. 소크라테스와 같은 철학자들은 도덕적 선택의 본질과 인간사에서 신의 역할에 대한 합리적인 토론을 시작했다. 천천히 추론하고 선택할 수 있는 인간의 능력에 대한 믿음은 오랫동안 예언의 의식에 전념한 문화에서 더 많이 수용되었다. 소크라테스는 철학적 질문으로 황금시대를 창조하는 데 도움을 주었지만 아테네는 여전히 신과 운명을 둘러싼 전통의 타당성을 주장했으며 도시는 철학자를 불경죄로 사형에 처했다.

그의 연극으로 판단할 때 소포클레스는 예언에 대해 보수적 입장을 취했다. 오이디푸스 3부작의 신탁은 진실로 논쟁의 여지가 없는 권위로 말한다. 실제로 신들의 목소리는 오이디푸스 3부작 전체에서 강력하고 보이지 않는 힘을 나타낸다. 그러나 이 운명의 힘은 드라마 자체에 대한 의문을 제기한다. 모든 것이 미리 결정되고 인간의 노력이 삶의 과정을 바꿀 수 없다면 비극을 보거나 쓰는 것이 무슨 의미가 있을까? 아리스토텔레스에 따르면 연극은 관객에게 자신보다 더 큰 힘에 의해 낮아진 영웅의 이야기에 의해 생성된 연민과 공포의 경험을 제공한다. 결과적으로 이 카타르시스는 관객이 모든 복잡성에서 삶에 대한 동정적인 이해를 하도록 만든다. 안티고네의 결말에서 후렴구가 증명하듯이 운명의 타격에서 우리는 지혜를 얻을 수 있다.

그리스 비극에서 성격의 개념은 현대의 기대와 구체적으로 다르다. 오늘날 관객은 캐릭터 탐구와 개발을 연극이나 영화의 필수적인 부분으로 기대한다. 그러나 아리스토텔레스는 인격 없는 비극이 있을 수 있다고 선언했다. 그리스 드라마에서 배우들이 착용하는 가면은 이런 구별의 증거를 제공한다. 『오이디푸스 왕』에서 오이디푸스를 연기하는 배우는 단순히 왕으로 그를 보여 주는 가면을 쓴 반면, 『콜로누스의 오이디푸스』에서는 오이디푸스가 노인 가면을 쓰고 등장한다. 소포클레스가 그를 보았을 때 그리고 배우들이 그를 묘사했을 때 오이디푸스는 전설에서 자신의 역할을 넘어서는 성격이나 개성을 보여 주지 않았다. 따라서 드라마의 요점은 오이디푸스의 개인적인 동기를 밝히는 것이 아니라 운명의 힘을 목격하기 위해 그의 몰락을 묘사하는 것이었다.

셰익스피어 또한 그의 연극에서 위대함과 멀어지는 영웅적인 인물이 중심인 비극을 만들었다. 그러나 셰익스피어의 영웅들은 완전히 특징지어지며 그들의 비극은 운명만큼이나 자신의 의식적인 의도에서 발전한다. 예를 들어, 맥베스는 살인적인 야망으로 왕좌에 대한 자신의 목표를 무자비하게 추구한다. 그의 희망의 근거가 된 마녀의 예언이 델포이에서 신탁의 선언만큼이나 오해의 소지가 있는 것으로 판명될 때 청중은 맥베스의 운명을 한탄하기보다 그의 무자비한 야망을 비난할 가능성이 더 크다.

대조적으로 소포클레스의 영웅은 그의 비극적 결함(아리스토텔레스의 표현대로)에도 불구하고 드라마 내내 관객의 동정심을 얻어낸다. 그의 성격적 결함은 악의적인 잘못보다 취약성이나 맹점을 나타낸다. 따라서 오이디푸스의 탁월함은 그의 과신과 성급함, 즉 그가 피하고 싶어하는 바로 그 운명의 희생양이 되는 마음의 습관과 일치한다. 의미심장하게도 운명을 피하려는 오이디푸스의 필사적인 시도는 야망이나 자부심이 아니라 극악무도한 범죄를 저지르지 않고 살아가려는, 이해할 수 있고 경건한 욕망에서 비롯된다. 그는 자신이 부모라고 믿는 사람들이 통치하는 왕국으로 돌아가지 않기로 신중히 결정한다. 그러나 길에서 위압적인 한 남성이 그를 거의 쓰러뜨릴 뻔한 다음 잔인하게 수갑을 채우자 자신의 아버지로 밝혀진 공격자를 성급하게 죽인다. 그래서 자신이 운명에서 벗어났다고 생각하는 것처럼 오이디푸스는 말 그대로 갈림길에서 있다.

『오이디푸스 왕』에서 오이디푸스는 라이오스의 살인자를 영웅적으로 찾는 것에 대한 특유의 탁월함과 과신을 보여 준다. 그는 그 해결책이 스핑크스의 수수께끼에 답했을 때 누렸던 것과 같은 영광을 가져다줄 거라고 확신하면서 끊임없이 수수께끼를 추구한다. 자신의 운명을 돌보았다는 오이디푸스의 자기 확신은 그의 눈을 멀게 하고 문자 그대로 실명으로 끝날 추락을 시작한다. 따라서 그는 운명의 정복자가 아닌 희생자가 된다.

『안티고네』에서 크레온은 권력의 덫에 걸린 크레온은 테베에 대한 자신의 책임을 신의 법보다 우선시하고 테이레시아스에게 신들의 뜻을 상기시켜야 했다. 신들의 뜻에 순응하려는 크레온의 마지막 순간의 시도는 자신의 피할 수 없는 운명, 즉 가족 파괴와 통치의 종말을 드러낼 뿐이다. 안티고네 자신은 운명의 힘을 고통스럽게 알고 있으며 가족의 모든 비극은 제우스의 의지에서 기인한다. 그녀가 국가의 법보다 신의 법에 순종하기로 선택해 단호하게 행동할 때 그녀는 거의 현대의 주인공, 즉 개인의 용기와 책임의 모델처럼 보인다. 그러나 죽기 전 안티고네는 자신이 운명의 엄격한 제약 내에서만 행동했음을 인정하면서 공포에 휩싸인다. 실제로 그 순간 그녀는 자신의 운명이 다가오고 있음을 느끼면서 진지함과 확신이 사라진다. 안티고네는 다른 가족들과 마찬가지로 오이디푸스의 집에 걸려 있는 저주적 운명에 굴복해야 한다.

『콜로누스의 오이디푸스』는 고통받는 영웅에게 독특한 축복을 주기 전 운명에 대한 장기간의 논쟁과 항의가 특징이다. 이야기가 시작될 무렵 침울한 오이디푸스는 세상에서 가장 큰 죄인의 역할에 익숙해졌다. 그럼에도 불구하고 그는 의식적으로, 고의적으로 범죄를 저지르지 않았다고 주장한다. 이 시점에서 오이디푸스는 운명의 힘을 그의 파괴의 이유로 인정한다. 동시에 그는 죽음에서 운명을 받아들이고 신들이 약속한 대로 평화롭게 그리고 그가 묻힌 도시를 위해 최선을 다해 격렬히 싸운다. 아이러니하게도 운명의 희생자는 그를 고문한 힘의 일부가 된다. 보상하고 처벌하려는 그의 의지는 신들의 의지만큼이나 강력해진다.
　소포클레스의 마지막 희곡인 『콜로누스의 오이디푸스』에서 극작가는 운명의 힘과 그의 고의적이고 너무나도 인간적인 영웅 사이에서 평화를 이루려는 의도를 보인다. 합창의 성가와 등장인물의 형식적이고 시적인 연설은 오이디푸스의 영웅적 고통이 신과 같은 영광으로의 심오한 변화를 가져온다는 것을 암시한다. 오이디푸스 3부작 이야기가 비극적이고 끔찍한 것처럼 소포클레스는 청중에게 운명의 타격이 지혜뿐만 아니라 초월로도 이어진다는 희망을 준다.

소포클레스 전기

소포클레스의 삶에 대한 정보는 기껏해야 개략적이고 불완전하지만 몇 가지 중요한 세부 사항은 남아 있다. 학자들이 극작가에 대해 알고 있는 대부분의 내용은 두 가지 출처, 즉 10세기 그리스어 사전인 『수다 사전』과 13세기에 발견된, 날짜가 없는 사본인 익명의 소포클레스의 생애와 작품에서 나온 것이다.

소포클레스는 기원전 496년경 그리스 아테네 외곽 마을인 콜로누스에서 태어났다. 그의 아버지 소필루스는 부유한 무기 제작자이자 지도적인 시민이었다. 따라서 출생과 부 모두 소포클레스를 아테네 사회에서 중요한 역할을 할 가능성이 있는 사람으로 만들었다.

부유한 가정의 다른 그리스 소년들과 마찬가지로 소포클레스는 시민을 위한 균형 잡힌 교육의 기초로 간주되는 과목인 시, 음악, 춤, 체조를 공부했다. 그의 초기 학교 교육은 그를 군대, 외교정책 및 예술을 포함한 공공생활의 모든 측면에서 지도자로 봉사할 수 있도록 준비시켰다. 젊은 소포클레스는 음악과 춤에서 뛰어난 재능을 보여 주었다. 15세에 그는 살라미스 해전에서 페르시아에게 승리를 거둔 아테네 해군을 축하하는 승리의 파에안(즐거운 노래)에서 소년합창단을 이끄는 큰 영광을 얻었다. 이 업적은 소포클레스가 정부의 적극적인 구성원이자 그리스 예술에 대한 영향으로 사회에서 갖게 될 역할을 예고했다.

소포클레스는 정치적, 문화적으로 변화무쌍하고 아테네 문화가 형성되던 그리스의 과도기인 고전 시대(기원전 500~400년)에 살았다. 극작가로서 소포클레스는 고대 전통과 호머(호메로스)가 쓴 그리스 최초의 서사시를 되돌아보는 것을 포함해 문명을 창조하는 데 중요한 역할을 했다. 호머의 위대한 그리스 서사시 『오디세이』와 『일리아드』는 소포클레스에게 깊은 영향을 미쳤다. 당시 익명의 전기작가는 그를 '호머의 제자'라고 불렀는데 이는 소포클레스의 위대한 힘이 가장 위대한 그리스 시인들로부터 왔음을 시사한다.

소포클레스는 아마도 그리스 극작가 아이스킬로스 밑에서도 공부했을 것이다. 그렇다면 소포클레스의 첫 번째 극적인 성공은 매우 개인적인 의미가 있다. 수년 동안 소포클레스는 아테네의 정치·문화생활에 적극적으로 참여했으며 큰 책임이 있는 위치에 종종 참여했다. 극작가로서의 공헌 외에도 소포클레스는 외교관, 장군, 심지어 치유의 소신인 알스케피우스의 사제로도 일했다. 그의 공직 중 일부는 극작가로서의 전문적 경험을 넘어서는 것처럼 보일 수 있지만 그럼에도 불구하고 아테네 민주주의는 시민들이 정부의 모든 분야에 참여할 것을 요구했다.

기원전 443년, 아테네의 위대한 지도자 페리클레스는 소포클레스를 델리안 연방의 재무 책임자로 선택했다. 그의 공식 직함인 헬레노타미아스로서 소포클레스는 아테네가 통제하는 주에서 세금을 징수했다. 사실상 그는 자신의 사무실에서 아테네 제국 전체의 권력을 대표했으며 그가 모은 자금은 집과 지중해 주변에서 아테네의 영광을 강화했다.

기원전 440년, 소포클레스는 아테네의 권위에 도전한 섬인 사모스 포위 공격 당시 장군으로 복무했다. 그는 기원전 426년 혹은 기원전 415년에 장군으로 또 다른 임기를 수행했고, 기원전 413년 시칠리아에서 아테네군의 패배를 조사하는 특별위원회에 참여했다. 펠로폰네소스 전쟁 동안에는 아테네 동맹국과 협상을 수행하기도 했다.

그러나 그의 모든 공적 봉사에도 불구하고 소포클레스는 처음이자 마지막 극작가로 남아 있었다. 기원전 406년 그의 죽음은 그를 추모하기 위해 헌정된 신사에서 그를 문화적 영웅으로 숭배하는 국가적 숭배에 영감을 주었다.

소포클레스의 문학 작품

기원전 5세기의 아테네는 그리스와 전 세계를 통틀어 드라마의 황금기였다. 동시대인들 사이에서 가장 인기 있는 극작가(나이든 아이스킬로스와 젊은 에우리피데스)로 부상한 소포클레스는 강력한 시와 무대 기술로 청중을 감동시켜 그의 천재성을 입증했다.

소포클레스는 120편 이상의 희곡을 썼지만 1,907편의 완전한 비극만 살아남았다. 나머지 중 일부는 제목과 조각만 남아 있다. 언젠가는 잃어버린 다른 연극이 밝혀지겠지만 전망은 밝지 않다. 그러나 현재 소포클레스의 현대적 명성은 살아남은 7편의 희곡(『아약스』, 『안티고네』, 『엘렉트라』, 『오이디푸스 왕』, 『트라키네』, 『필록테테스』, 『콜로누스의 오이디푸스』)에 달려 있다.

살아남은 모든 연극 중에서 오이디푸스 3부작의 비극인 『오이디푸스 왕』, 『콜로누스의 오이디푸스』, 『안티고네』는 가장 잘 알려져 있고 가장 자주 공연되고 있다. 세 연극 모두 같은 이야기의 일부이지만 소포클레스는 단일 연극 제작으로 공연되도록 만들지 않았다. 그 대신 세 비극은 관련 주제에 대한 별도의 드라마를 가지고 있다.

많은 사람들이 오이디푸스 3부작의 희곡을 이야기 연대순으로 읽기로 선택하는 반면, 어떤 사람들은 소포클레스가 쓴 순서(『안티고네』, 『오이디푸스 왕』, 『콜로누스의 오이디푸스』)를 선호한다. 어떤 순서로든 독자들은 각 드라마의 독특한 특성, 특히 성격과 어조의 중요한 차이점에 주목할 것이다. 그의 시학에서 아리스토텔레스는 "비극의 목적은 청중에게 연민과 두려움을 불러일으켜 사람들에게 삶과 운명에 대해 계몽할 카타르시스나 감정의 정화를 만드는 것"이라고 주장했다. 오이디푸스 3부작의 각 연극은 아리스토텔레스가 모든 비극의 특징으로 정의한 이 카타르시스를 달성한다.

나무에서 내려오는 오이디푸스_테베의 라이오스 왕과 이오카스테 왕비 사이에서 태어난 오이디푸스. 그런데 델포이 신전에서 그가 "아버지를 죽이고 어머니와 동침할 것이다"라는 신탁을 내놓자 라이오스 왕은 기겁해 갓난아기를 양치기에게 넘기며 죽일 것을 명령한다. 양치기는 차마 아기를 직접 죽이지 못하고 산짐승의 밥이나 되라고 발을 꿰뚫어 국경지대 쪽 산속 나무에 매달아 놓았는데, 이웃나라 코린토스의 양치기가 아기를 발견해 자식이 없던 코린토스 왕에게 데려가 바쳤다.

라이오스를 죽이는 오이디푸스_청년으로 성장한 오이디푸스는 여행 중 델포이 신전에서 자신이 아버지를 죽이고 어머니와 동침할 운명이라는 신탁을 받고 자신이 자란 코린토스로 돌아가지 않기로 맹세하며 갈래길에 접어들었을 때 테베의 왕 라이오스 행렬과 마주친다. 길이 좁아 라이오스 전령 폴리폰테스가 오이디푸스에게 양보할 것을 요구하다가 시비가 붙어 오이디푸스는 폴리폰테스를 죽인 다음 라이오스를 마차에서 끌어내 살해한다. 오이디푸스가 라이오스 일행을 공격하는 장면이다.

오이디푸스와 스핑크스_여행을 계속하다가 테베에 다다른 오이디푸스는 행인에게 수수께끼를 내고 풀지 못하는 사람을 잡아먹었다는 스핑크스 이야기와 과부가 된 테베의 왕비 이오카스테가 스핑크스를 없애주는 사람에게 왕위를 주고 그의 아내가 되기로 약속했다는 이야기를 듣고 스핑크스를 찾아가 도전한다. 아무도 풀지 못한 스핑크스의 수수께끼를 오이디푸스가 풀자 스핑크스는 수치심에 절벽에서 뛰어내려 죽는다. 그렇게 오이디푸스는 테베의 영웅이 되었고 죽은 라이오스 왕 대신 왕좌에 앉아 전 왕비이자 친어머니인 이오카스테와 결혼하게 되었다.

이오카스테_오이디푸스는 테베의 왕비인 이오카스테와 결혼하지만 그녀가 자신의 어머니인 것을 까맣게 몰랐다. 이오카스테는 아들과의 사이에서 폴리네이케스와 에테오클레스 형제, 안티고네와 이스메네 자매를 낳았다. 그렇게 오이디푸스가 모르는 사이 그에 대한 신탁은 모두 실현되었다. 아이러니하게도 오이디푸스는 그리스 영웅들 중에서도 드물게 아내에게 헌신적인 영웅이었다. 당시 시대 상황상 왕과 같은 권력자나 영웅이라면 아내 외에 다른 여성을 두는 것이 당연시되었음에도 첩을 한 명도 두지 않았다. 이오카스테도 오이디푸스를 매우 사랑했다.

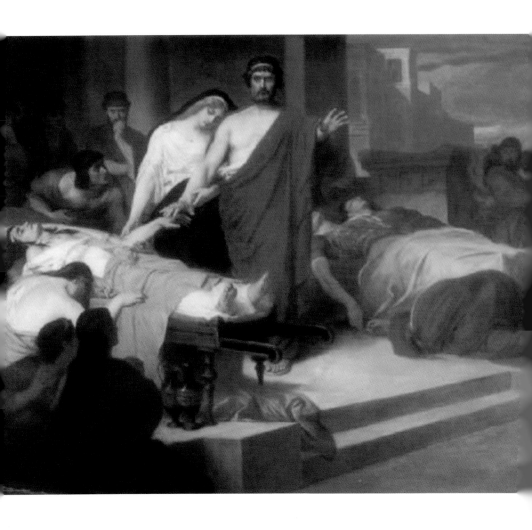

테베의 역병_오이디푸스 왕은 선정을 베풀어 테베를 번영시켰다. 그러던 중 자신이 친부모로 알고 있던 양부모가 죽었다는 소식을 듣자 신탁이 이루어지지 않았다며 홀로 안심하고 슬퍼하기도 했다. 그런데 어느 날부터 테베에 역병이 돌기 시작하고. 오이디푸스는 이오카스테의 오빠 크레온을 보내 다시 신탁을 듣는데 거기서 "라이오스 왕의 살해범이 테베를 떠나지 않으면 역병도 사라지지 않을 것이다"라는 말을 듣는다. 그래서 오이디푸스는 선왕인 라이오스 왕을 시해한 살인자를 찾아내 그의 눈을 멀게 하겠다고 맹세하며 장님 예언가 테이레시아스를 모시고 살인자를 찾아나선다.

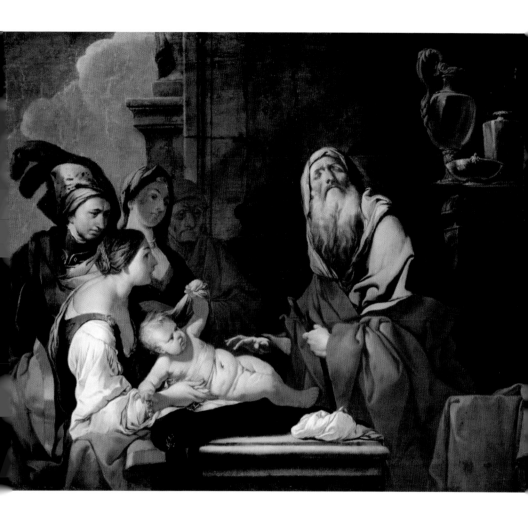

아이의 운명을 예언하는 테이레시아스_그리스 신화에 등장하는 테베의 장님 예언자. 7대에 걸쳐 장수를 누리며 신탁을 전하고 테베의 왕들에게 예언한 인물이다. 테이레시아스는 오이디푸스 왕이 선왕 라이오스를 시해한 것을 알고 있었지만 왕을 모욕할 수 없어 함구하다가 어명에 못 이겨 사실대로 고한다. 전승에 따르면 테이레시아스의 발언을 자신을 모욕한 거짓으로 판단한 오이디푸스가 증인들을 데려와 모든 진실을 밝히는데 이 중에는 라이오스 시해 사건 당시 간신히 도망친 마부가 최종적으로 오이디푸스가 살인자가 맞다고 증언하는 전승도 있다.

신탁의 진실이 밝혀지다_결국 모든 진실이 밝혀지고 오이디푸스는 자신이 아버지를 죽이자마자 자신의 어머니와 결혼했다는 것을 알게 됐다. 충격적인 진실을 들은 이오카스테는 목을 매 자살했다. 오이디푸스는 이오카스테의 시신을 발견하고 그녀의 장엄한 드레스에서 두 개의 황금핀을 꺼내 두 눈을 찔렀다. 그것은 자신이 공약한 약속이었다. 다만, 자신의 눈을 뽑는다는 이야기 자체는 소포클레스의 비극으로 전해지는 내용이므로 원래 구전되던 신화와 다소 다를 가능성이 있다.

테베에서의 추방_테베의 왕 오이디푸스가 앞을 볼 수 없자 딸 안티고네의 부축을 받아 전염병으로 황폐해진 도시에서 추방당하는 장면이다. 테베의 새로운 섭정이 된 크레온이 오이디푸스를 추방한 것이다. 실명한 오이디푸스는 죽을 때까지 두 딸 안티고네, 이스메네와 떠돌며 가는 곳마다 패륜아라는 대중의 온갖 모욕을 당했다. 얼마 지나지 않아 둘은 테세우스가 다스리는 아테네 외곽 마을 콜로누스에 도착했다. 예언에 따르면 이곳은 오이디푸스가 죽기로 되어 있던 신성한 숲이었다.

오이디푸스와 안티고네_오이디푸스가 안티고네의 인도를 받아 마지막 여정이 될 콜로누스로 가는 장면이다.

폴리네이케스를 질타하는 오이디푸스_안티고네에 이어 이스메네도 콜로누스에 도착해 오이디푸스를 돌본다. 이어서 아들인 폴리네이케스가 형제인 에테오클레스에게 왕좌를 빼앗기자 그는 도시를 공격하기 위해 아르가베의 지원을 모은다는 소식을 전한다. 또한, 오이디푸스가 묻힐 장소를 놓고 크레온은 테베 국경에 묻어 신탁이 그의 무덤이 가질 것이라고 말한 권력이 다른 땅에 부여되지 않도록 한다. 이 말에 오이디푸스는 아들을 질책하고 자신을 받아 줄 것을 테세우스에게 요청한다.

안티고네_안티고네는 '꺾이지 않는', '거슬러 걷는 자'라는 뜻이다. 안티고네가 외숙부 크레온의 명령을 어기면서까지 오빠의 시신을 거두어주려고 한 것을 생각하면 그녀의 이름(안티고네)은 참 묘한 의미라고 할 수 있다. 오이디푸스는 눈을 감고 콜로누스에 묻혔지만 안티고네는 테베로 돌아가 왕위를 놓고 싸우는 두 오빠 폴리네이케스와 에테오클레스를 화해시키려 한다. 그러나 둘은 그녀의 말을 듣지 않고 서로를 죽인다. 결국 왕위는 그녀의 외삼촌 크레온에게 돌아간다.

폴리네이케스의 시신을 매장하는 안티고네_크레온은 에테오클레스에게만 성대한 장례를 치러주고 타국 군대를 끌어들여 내전을 일으킨 폴리네이케스는 매국노라며 그의 시신을 짐승의 밥이 되도록 길바닥에 방치하고, 시신을 거두어주는 자는 사형에 처하겠다고 발표한다. 안티고네는 이스메네의 만류에도 국왕의 명령을 어기고 자신의 양심에 따라 폴리네이케스의 시신을 매장하다가 붙잡힌다. 신도 이런 벌을 내리지 않는다고 그녀가 항변하자 분노한 크레온은 안티고네를 굶어죽도록 산 채로 무덤에 감금시킨다.

안티고네의 형벌_안티고네는 크레온으로부터 굶어죽는 형벌을 받는다.

안티고네의 죽음_크레온의 아들 하이몬은 오이디푸스의 딸 안티고네의 약혼자였다. 안티고네가 오빠 폴리네이케스의 시신을 묻지 못하게 한 크레온의 명령을 어겨 감옥에 갇힌 후 목매 자살하자 하이몬도 아버지를 저주하며 약혼자의 시신 위에서 스스로 목숨을 끊었다고 한다. 크레온의 아내이자 하이몬의 어머니 에우리디케도 자살하고 만다. 크레온은 아들과 아내를 잃고 후회했지만 이미 때는 늦었다. 안티고네와 하이몬의 죽음은 그리스 신화 『피라모스와 티스베』와 함께 셰익스피어의 『로미오와 줄리엣』의 원형이 되었다.

소포클레스 비극 3부작
THE OEDIPUS CYCLE

| 제1부 |
오이디푸스 왕

내가 헛되이 보낸 오늘은
어제 죽어간 이들이
그토록 꿈꾸던 내일이다

오이디푸스 왕

등장인물

[오이디푸스, 테베의 왕]
젊은 시절 그는 스핑크스의 수수께끼를 풀고 괴물을 물리쳐 테베시를 구했다. 그는 이제 테베를 전염병으로부터 구하기 위해 선대왕 라이오스를 시해한 자를 찾기 시작한다.

[크레온, 테베의 2인자]
오이디푸스의 처남. 오이디푸스가 신뢰할 수 있는 조언자로 도시를 전염병으로부터 구하기 위해 델포이 신탁으로 가서 아폴론의 조언을 구하도록 선택되었다.

[테이레시아스]
그의 조언으로 테베의 왕들을 인도한 장님 예언자

[이오카스테]
테베의 여왕이자 오이디푸스의 아내. 테베의 전 왕 라이오스의 미망인으로 오이디푸스가 스핑크스로부터 도시를 구하자 그와 결혼했다.

[코린토스에서 온 사자]

[양치기]

[전령]

[안티고네와 이스메네]
오이디푸스의 어린 딸들

[코러스]

| 제1장 요약 |

　오이디푸스 왕은 테베 왕궁에서 나와 사제 행렬을 맞이하고 그들은 차례로 테베의 불쌍한 시민들에게 둘러싸여 있다. 시민들은 양털로 싼 가지를 신에게 선물로 바친다. 테베는 지금 창궐하는 전염병에 시달리고 시민들은 죽어가고 있으며 아무도 그것을 끝내는 방법을 모른다. 오이디푸스는 궁전 주변에 시민들이 왜 모였는지 사제에게 묻는다. 제사장은 도시가 죽어가고 있다고 대답하고 테베를 구해줄 것을 왕에게 요청한다. 오이디푸스는 테베의 끔찍한 운명을 보고 이해하며 자신보다 더 슬픈 사람은 없다고 대답한다. 그는 처남이자 동료 통치자인 크레온을 델포이 신탁으로 보내 전염병을 없앨 방법을 알아낸다.

　바로 그때 크레온이 도착하고 오이디푸스는 신탁이 뭐라고 말했는지 묻는다. 크레온이 오이디푸스에게 신탁의 내용을 몰래 이야기하려고 하자 오이디푸스는 모든 시민이 들어야 한다고 주장한다. 그런 다음 크레온은 신탁을 통해 들은 것을 말한다. 오이디푸스 이전에 테베를 통치한 라이오스 왕에 대한 신탁으로 그를 시해한 자가 테베에 있다는 것이다. 크레온은 창궐하는 전염병이 끝나려면 범인을 색출해 내쫓아야 한다고 설파한다.

　크레온은 라이오스 왕이 델포이로 신탁을 구하러 가다가 한 명만 빼고 모두 도둑들에게 살해당한 이야기를 들려 준다. 오이디푸스는 테베인들이 왜 범인

색출을 시도하지 않았는지 묻고 크레온은 테베가 스핑크스의 저주에 더 관심이 있었다는 것을 상기시킨다. 이 말을 들은 오이디푸스는 라이오스 시해 사건의 미스터리를 풀기로 결심한다.

코러스가 들어와 아폴론, 아테나, 아르테미스 신들에게 테베를 구해줄 것을 요청한다. 오이디푸스는 코러스에게 자신이 전염병을 끝내겠다고 말한다. 그는 라이오스를 누가 죽였는지 아는 사람이 있는지 묻고 이 사실을 아는 정보원은 보상받을 것이며 살인자에게는 추방보다 더 가혹한 처벌을 하지 않겠다고 약속한다. 아무도 응답하지 않고 오이디푸스는 라이오스의 살인자와 그를 보호하는 사람을 극도로 저주한다. 오이디푸스는 살인자를 오랫동안 내버려둔 테베 시민들을 비난한다. 코러스의 지도자는 오이디푸스에게 위대한 예언자 테이레시아스를 부를 것을 제안하고 오이디푸스는 이미 그렇게 했다고 대답한다.

| 테베, 오이디푸스 궁전 앞 |

(테베의 사제들이 궁전 문에 있는 제단 주위에 앉아 있고 그들의 머리에는 제우스의 제사장이 있다. 오이디푸스가 등장한다.)

[오이디푸스]

카드모스의 자손들이여! 도대체 무슨 일로 머리에 띠를 두르고 탄원의 나뭇가지를 들고 이렇게 모인 것이오? 나라는 온통 제사 향으로 가득하고 기도와 비탄이 터져 나오니 어찌 된 일이오? 그대들의 이야기를 직접 듣기 위해 세상에 널리 알려진 나 오이디푸스가 여러분 앞에 나왔소. 자, 노인이여! 그대가 이 사람들 대신 말할 수 있을 테니 그대들이 여기 모인 이유를 말하시오. 그대들은 무엇을 두려워하고 있소? 무엇을 원하는 것이오? 나는 무슨 일이든 그대들을 도와줄 준비가 되어 있소.

[제관]

나의 주권자이신 왕이시여! 우리 모두 폐하의 제단 앞에 모였습니다. 어떤 이들은 어리고 약해 멀리 갈 수 없고 어떤 이들은 너무 늙어 등이 휘었습니다. 제우스 신전의 제사장인 저도 그렇습니다. 그리고 어떤 이들은 젊은이들을 대표해 왔습니다. 여기 오지 못한 사람들도 아테네 신과 아폴론 신의 신전 앞에 모여 탄원을 읊조리고 있습니다.

폐하께서 보시듯이 나라 전체가 고통의 폭풍 속에 있고 죽음의 구렁텅이에서 헤어나지 못하고 있습니다. 들판의 곡식도, 풀을 뜯는 소들도, 아이를 가진 여인들도 죽음의 손아귀에서 벗어나지 못하고 있습니다.

신이 내린 재앙이 나라를 내리 덮쳐 저주스러운 죽음의 병이 퍼지고 있으니 테베의 집들은 빈집이 되어 가고 신음과 울음소리만 들려올 뿐입니다. 우리가 여기 모인 것은 우리가 폐하를 신처럼 여겨서가 아니라 세상일에서나 신들과 가까이 하는 일에서나 우리 중 으뜸가는 분이라고 여기기 때문입니다. 폐하께서는 테베에 오시어 가혹한 스핑크스의 속박에서 우리를 벗어나게 하셨습니다. 폐하께서는 누구의 도움도 받지 않고 오직 신의 도움만으로 우리의 생명을 구하셨습니다.

오, 전능하신 폐하시여! 우리는 다시 폐하를 바라보고 있습니다. 우리는 폐하께서 구원의 길을 다시 한번 열어주시기를 기다리고 있습니다. 신의 음성을 들으시든 현자의 도움을 받으시든 다시 한번 우리를 구하소서. 인간 중에서 가장 훌륭한 폐하께서 이 나라를 다시 일으켜 주십시오. 그리하여 폐하의 명예를 보존하소서. 폐하께서는 우리를 이미 구하신 적이 있습니다. 그러나 폐하의 대에 이르러 오직 망하기 위해 흥했을 뿐이라는 말을 듣지 않도록 하십시오. 이 나라를 다시 옥석 위에 반듯이 세워주소서. 우리를 구원하신 그때 그 모습을 다시 보여 주소서. 폐하께서 앞으로도 이 나라를 다스리시려면 사람 없는 황폐한 곳의 폐하가 아니라 살아 있는 사람들의 폐하가 되소서. 지키는 사람 없는 성벽이 무슨 소용이며 뱃사람 없는 배가 무슨 소용입니까?

[오이디푸스]

불쌍한 여러분! 그대들의 절실한 소망이 무엇인지, 그대들의 고통이 무엇인지 잘 알겠소. 하지만 그대들의 괴로움이 내 괴로움을 앞서진 못할 것이오. 그대들은 제 한 몸 아픔이 있지만 내 가슴은 나라와 나 자신과 그대 모두를 위해 괴로워하고 있소. 그대들의 비통한 탄원 소리가 나를 잠에서 깨운 건 아니오. 나는 깨어 있었소. 많은 눈물을 흘리며 많은 생각의 길을 헤맸소. 그리하여 한 가지 방법을 찾아내 실행에 옮겼소. 나는 메노이케우스의 아들이며 내 배우자의 동생인 크레온을 델포이 신전으로 보내고 아폴론 신에게 보내 우리가 이 재앙에서 벗어나기 위해 내가 무엇을 해야 하는지, 내가 무슨 말을 해야 하는지 알아 오게 했소. 여러 날이 지났는데 아직 그가 돌아오지 않으니 걱정스럽구려. 어쨌든 그가 돌아오면 신의 말씀을 그대로 실행에 옮기겠소.

[제관]

폐하의 말씀은 시기 적절합니다. 크레온이 막 도착했다는군요.

[오이디푸스]

오, 아폴론 신이시여! 그의 눈망울에 기쁨이 가득하고 빛나기를!

[제관]

아마도 희소식일 겁니다. 그렇지 않고서야 열매가 주렁주렁 달린 월계관을 쓰고 오겠습니까?

(크레온 등장)

[오이디푸스]

우리는 곧 알게 될 것이오. 그는 이제 귀에 들리는 범위에 있다. 내 처남이여! 그대는 신으로부터 어떤 메시지를 가져왔소?

[크레온]

희소식입니다. 아무리 어려운 일도 끝이 좋으면 좋은 것 아니겠습니까?

[오이디푸스]

그런데 신의 말씀은? 그대의 말은 갈피를 잡을 수 없구려.

[크레온]

신으로부터 신탁의 말씀을 공개적으로 발설할까요? 아니면 안에 들어가 말씀드릴까요?

[오이디푸스]

모든 사람 앞에서 말하시오. 내가 짊어지는 짐은 나 자신보다 내 신하들에게 더 많소.

[크레온]

위대하신 신의 신탁을 보고하겠습니다. 아폴론께서는 이 땅을 더럽히는 나라의 치욕을 씻어내라고 분명히 말씀하셨습니다. 돌이키지 못하기 전에.

[오이디푸스]

무엇이 이 땅을 더럽힌다는 것이오? 어떡해야 깨끗이 할 수 있소?

[크레온]

살인자를 추방하거나 살인을 살인으로 갚으라고 하십니다. 바로 살인으로 흘린 피가 이 나라를 죽음의 병으로 물들이고 있기 때문입니다.

[오이디푸스]

신께서 말씀하시는 살인은 도대체 어떤 살인이오?

오이디푸스 왕의 연극 장면
이 연극은 기원전 429년경 처음 공연되었으며
소포클레스 3부작으로 나뉘어진다.

[크레온]

폐하께서 테베의 지휘를 맡기 전 이 땅의 군주는 라이오스였습니다.

[오이디푸스]

나도 많이 들었지만 그를 본 적이 없소.

[크레온]

선왕이신 라이오스는 암살당하셨습니다. 그리고 이제 신의 명령은 명백합니다. 그를 암살한 자를 찾아내 벌하십시오.

[오이디푸스]

지금 그자들이 어디 있단 말이오? 도대체 어디서 그토록 해묵은 죄의 희미한 자취를 찾을 수 있겠소?

[크레온]

신은 이 땅에서라고 말씀하십니다. 찾아보면 찾을 것이고 찾지 않으면 놓치고 말 겁니다.

[오이디푸스]

라이오스가 운명을 만났을 때 그의 궁전 안에 있었소? 아니면 멀리 있었소? 아니면 여행 중이었소?

[크레온]

다른 나라에서였습니다. 신의 말씀을 듣겠다고 떠났는데 다시는 돌아오지 못했습니다.

[오이디푸스]

그렇다면 왕을 수행한 시종이나 암살 목격자도 찾을 수 없었소? 소식을 전해준 자가 아무도 없었단 말이오?

[크레온]

모두 죽고 한 명만 겁에 질려 도망쳐 왔습니다. 그런데 그는 한 가지 사실만 제대로 전했습니다.

[오이디푸스]

그것이 무엇이오? 한 가지 단서가 우리를 멀리 이끌 수 있지만 우리의 탐구를 인도하는 희망의 불꽃이기도 하오.

[크레온]

그는 한 명이 아닌 한 무리의 도둑 떼가 선왕을 공격해 살해했다고 말했습니다.

[오이디푸스]

테베 사람 누구에게 매수당하지 않고서야 일개 도둑들이 감히 어떻게 그런 대담한 짓을 저지를 수 있단 말이오?

[크레온]

모두 그렇게 생각했습니다. 하지만 그 사건이 벌어질 때 우리는 또 다른 불행의 한가운데에 있느라 아무도 복수할 엄두를 못 냈습니다.

[오이디푸스]

뭐라고요? 왕께서 그런 참변을 당하셨는데 어떤 불행 때문에 범인을 추적하지 못했단 말이오?

[크레온]

자신이 내는 수수께끼를 맞추지 못하면 목숨을 빼앗는 스핑크스 때문

오이디푸스와 스핑크스

오이디푸스는 행인에게 수수께끼를 내 풀지 못하는 사람을 잡아먹었다는 스핑크스 이야기와 과부가 된 테베의 왕비 이오카스테가 스핑크스를 없애 주는 사람에게 왕위를 주고 그의 아내가 되기로 약속했다는 이야기를 듣고 스핑크스를 찾아간다. 그리고 아무도 풀지 못했던 스핑크스 수수께끼를 풀어내 테베의 왕이 되었다. 이때 스핑크스가 냈다는 그 수수께끼는"아침에는 네 발, 점심에는 두 발, 저녁엔 세 발인 동물은?"이었고, 오디세우스의 대답은 "인간"이었다.

에 우리는 그 사건은 내버려두고 당장 발 앞에 떨어진 일만 생각할 수밖에 없었습니다.

[오이디푸스]

그렇다면 나는 새로 시작해 이 어두운 일을 밝히겠소. 고인에 대한 우리의 책임을 아폴론께서는 참으로 적절히 그리고 그대도 적절히 일깨워 주었소. 이제 나는 이 나라와 신을 위해 그대들과 힘을 합해 복수하겠소. 더러운 피를 씻어내겠소. 이는 나 자신을 위한 일이기도 하오. 그분을 죽인 자가 누구든 내게도 더러운 손을 뻗쳐올 테니 말이오. 그러니 그분을 위한 일이 곧 나를 위한 일이오. 여러분! 그대들은 탄원자의 나뭇가지를 들고 그만 물러가시오. 그리고 누가 테베의 원로들을 불러주시오. 나는 무슨 일이든 다할 것이니 신이 도우시면 우리는 일어설 것이고 그렇지 않으면 우리는 쓰러질 것이오.

[제관]

자, 모두 일어나시오. 우리가 얻어내려고 했던 약속을 폐하께서 하셨소. 오, 아폴론이시여! 신의 말씀을 보내주신 아폴론께서 구원자가 되시어 이 재앙을 끝내주소서.

(모두 퇴장하고 테베 원로 15명으로 구성된 코러스가 등장한다.)

[코러스 1]

당신의 금으로 포장된 피티아 신전에서 신성하게 테베로 날아간 제우스의 달콤한 목소리의 딸, 당신은 내게 무엇을 가져오십니까? 내 영혼은 두려움으로 고통받고 떨고 있습니다. 델로스의 치유자여! 들으라! 그대는 전에 알려지지 않은 어떤 고통을 가지고 있습니까? 아니면 흘러가는 세월과 함께 옛날의 참회를 새롭게 합니까? 황금 희망의 자손, 당신은 불멸의 목소리를 내립니다.

[코러스 2]

오, 제우스 태생의 아테나 여신이시여! 방어하라. 여신과 자매이신 테베의 여신 아르테미스는 우리 한가운데서 높은 왕좌에 앉으셨습니다. 죽음의 날개가 달린 다트의 군주! 당신의 세 가지 도움이 죽음과 우리 도시를 파멸시켜 구원하기를 갈망합니다. 옛날 우리가 거의 멸망당할 위기 때 우리 땅에서 불같은 재앙을 쫓아냈듯이 지금 우리 곁에서 우리를 지켜주소서!

[코러스 1]

아, 내 비애는 얼마나 무수한 일입니까? 우리의 모든 힘은 쇠퇴하고 있습니다. 무기가 없는 내 영혼은 거짓말을 합니다. 그녀의 은혜로운 열매는 부인합니다. 여자들은 황량한 고통 속에서 통곡하며 인생은 바람새의 비행보다 빠르고 불신의 힘보다 빠르고 밤의 서쪽 해안으로….

[코러스 2]

이렇게 죽어 황폐해진 우리의 모든 도시가 멸망합니다. 시신이 감염을 퍼뜨립니다. 돌보거나 슬퍼할 사람이 아무도 없습니다. 제단 계단에서 통곡하는 아내와 할머니의 절규가 허공을 찢습니다. 길게 뽑은 신음과 날카로운 외침의 기도와 호칭으로 가득 차 있습니다. 제우스의 황금 아이여! 들으라! 네 천사의 얼굴이 나타나게 하라!

[코러스 3]

그리고 뜨거운 숨결을 느끼는 아레스, 그의 목소리는 전투가 외치는 것과 같고 갑자기 패주로 변할 수 있습니다. 항구가 없는 트라키아 바다로, 또는 암피트리테의 침대. 밤이 끝나지 않은 채 내일 태양에 의해 멸망합니다. 아버지 제우스, 그의 손이 번개 낙인을 휘두르고 대담하게 당신의 번갯불 아래에서 그를 죽이십시오. 우리는 기도합니다. 그를 죽여라! 오, 죽여라!

[오이디푸스]

그대들은 그렇게 기도드리고 있구나. 그대들이 내 말을 기꺼이 받아들이고 그 병을 고칠 마음만 있다면 반드시 재난으로부터 보호되고 구원될 것이다. 나는 그 이야기도 그 일도 전혀 몰랐던 사람으로서 다음과 같이 선포한다. 아무 실마리도 없으면 그것을 깊이 탐색할 수 없기 때문이다. 하지만 그 일 이후 이제 내가 테베 시민이 되었으니 모든 국민에게 이렇게 선포한다. 너희들 중 누구든 테베의 전왕이신 라이오스 왕께서 누구의 손에 피살되었는지 아는 자는 빠짐없이 내게 고하라. 그리고 스스로 저지른 죄가 두렵거든 자수해 고발을 면하라. 자수하면 이 땅에서 추방만 당할 뿐 아무 처벌도 받지 않을 것이다. 그리고 그 살인범이 다른 나라 사람임을 아는 자가 있다면 숨기면 안 된다. 그것을 알려 준 자는 내가 하사하는 상과 치사를 받을 것이다. 하지만 너희들 중 누구든 알면서도 두려움에 그자를 숨긴다면, 자신이나 친구를 위해 나의 이 명령을 소홀히

한다면, 내가 어떻게 할지 잘 들어라.

나는 명령한다. 그자가 누구든 내가 다스리는 이 나라에서는 아무도 그자를 감추거나 그자와 말을 주고받지 못하며 그자와 함께 기도하며 제물을 올리거나 불제(祓除)를 베풀어선 안 된다. 그리고 피토 신의 말씀처럼 그자는 부정한 것이니 모든 이는 집 밖으로 그를 내쫓아야 한다. 그것이 신과 고인에 대한 내 의무다. 그리고 나는 엄숙히 기도드린다. 알려지지 않은 그 살인범이 한 명이든 공범이 있든 그의 잔악한 행위처럼 그가 평생 불행하게 보내고 나 자신으로서는 알고도 그자를 내 집 안에 받아들였다면 방금 내가 남들에게 내린 것과 같은 저주가 내게도 떨어지기를 기원한다. 또한, 너희는 나와 신을 위해 그리고 이토록 불모지로 처참히 황폐해진 이 나라를 위해 이 명령을 지켜야 한다. 설령 신의 명령이 없더라도 그렇게도 고귀하시고 너희의 왕이셨던 분이 암살당한 일이니 그런 추악한 일을 그대로 두면 안 된다. 반드시 밝혀내야 한다.

그리고 이제 나는 그분이 쥐고 있던 왕권과 그분의 침상과 그분의 아기를 낳았던 아내를 이어받고 있으니 왕께서 후손을 이을 소망이 꺾이지 않으셨더라면. 그러나 그렇듯 그분 머리 위에 애석한 운명이 내리 덮치지만 않았더라면 한 어머니에게서 태어난 자손들이 그분과 나를 가까운 인연으로 맺어주었으련만. 그리하여 이제 나는 내 친아버지를 위하듯 그분을 위해 싸울 것이며 그 옛날 아게노르의 아들이던 옛 카드모스의 아들인 폴뤼도로스의 아들 라브다코스의 아들을 위해 암살자를 찾아내는 데 전력을 다하리라. 그리고 명령에 불복종하는 자에게는 신께서 땅 위의 수확도 출산의 복도 주시지 않고 지금 이 재앙이, 아니 그보다 더 큰 재앙이 그들을 파멸로 이끌어 달라고 기도하리라. 그러나 내게 충성스러운 카드모스의 백성들에게는 우리 편이신 정의의 신과 모든 신께서 영원히 함께하소서.

[코러스]

폐하! 저희를 맹세로 묶으셨으니 저도 맹세코 말씀드리겠습니다. 저는 암살자도 아니고 그자를 짚어내지도 못합니다. 이 문제를 알려 주신 아폴론 신께서 그 암살자가 누구인지 밝혀주셔야 합니다.

[오이디푸스]

그 말이 옳다. 그러나 살아 있는 사람은 신들이 그들의 의지에 반하는 말을 하도록 강요할 수 없다.

[코러스]

그럼 차선책으로 보이는 것을 말씀드려도 될까요?

[오이디푸스]

아직 남은 게 있으면 말해보라.

[코러스]

테이레시아스 님이야말로 아폴론 신께서 가장 가까운 예언자로 여겼습니다. 그 누구보다 이 사건을 푸는 데 가장 큰 도움이 되실 겁니다.

[오이디푸스]

그것도 내가 소홀히 생각한 바는 아니오. 크레온의 권고대로 이미 두 번이나 사람을 보냈다. 그런데 어찌 아직도 안 오는지 궁금하구나.

[코러스]

오래된 소문이 있는데 그것은 희미한 옛날얘기입니다.

[오이디푸스]

무슨 소문인가? 모든 얘기를 다 들어야겠다.

[코러스]

왕께서는 길에서 도둑들의 손에 돌아가셨다고 합니다.

[오이디푸스]

그 얘기는 나도 들었지만 목격자가 없다고 한다.

[코러스]

하지만 그놈이 조금이라도 두려움을 안다면 왕께서 저주하신 말씀을 듣고 가만 있지는 못할 겁니다.

[오이디푸스]

하지만 악행을 두려워하지 않는 자가 말 따위를 무서워하진 않겠지.

[코러스]

하지만 그놈에게 벌주실 분이 계십니다. 사람들 중에서 오직 그분만 진리이며 신과 같습니다. 그분을 여기로 모셔 오고 있습니다. 테이레시아스입니다.

| 제1장 분석 |

첫 장면은 연극의 문제를 제시하고 따라야 할 비극의 방향을 나타낸다. 특히 라이오스를 살해한 자를 찾아내 처벌하려는 오이디푸스의 결심의 극적인 아이러니에 주목하기를 바란다. 소포클레스의 관객은 오이디푸스가 살인자임을 이미 알지만 무대 위의 등장인물은 진실을 전혀 모른다.

신탁과 오이디푸스 자신은 왕을 땅과 동일시해 왕의 재난이나 부패가 그의 영토에 기근을 일으키도록 한다. 이 원칙은 많은 고대 문화에 존재했다. 일부 초기 사회에서는 사람들이 왕을 죽이고 권력을 잡으면 땅의 비옥함을 회복할 수 있는 다른 통치자(희망적으로 더 순수한)를 선택했고 그 땅의 기근이나 역병에 책임을 물었다. 따라서 기근, 질병, 죽음이 있는 테베의 '황무지'는 왕이 책임져야 한다. 오이디푸스는 자신이 부패의 근원임을 의식하지 않고 다른 사람을 처벌해 땅을 정화할 수 있다고 믿으며 도전을 받아들인다.

이 첫 장면에서 오이디푸스는 겉으로는 이상적인 왕으로 보이며 아테네 시민들이 자신의 특별한 미덕으로 소중히 여기는 속성인 지능, 책임감, 에너지를 드러낸다. 그러나 크레온에게 신탁의 말을 공개적으로 발표하라는, 지나치게 열렬한 그의 주장은 그의 능력에 대한 어떤 오만함을 드러낸다. 연극이 전개되면서 오이디푸스의 미덕과 약점은 모두 그의 궁극적인 몰락으로 이어질 것이다. 관객은 오이디푸스의 도시국가에 대한 책임감이 진실을 찾도록 이끈다는 것을 알 수 있으며 이로 인해 영웅은 가장 오만할 때, 특히 권력에서 떨어질 때도 동정심을 얻는다.

| 제2장 요약 |

한 소년이 장님 예언자 테이레시아스를 인도한다. 오이디푸스는 그에게 라이오스의 암살자가 누구인지 밝혀줄 것을 간청하고 테이레시아스는 진실을 알지만 그것이 사실이 아니기만을 바란다고만 대답한다. 처음에는 어리둥절하다가 화가 난 오이디푸스는 테이레시아스에게 알고 있는 것을 말하라고 독촉한다. 오이디푸스의 분노와 모욕에 자극받은 테이레시아스는 그의 지식을 암시하기 시작한다.

마지막으로 오이디푸스가 테이레시아스를 살인 혐의로 맹비난하자 테이레시아스는 오이디푸스 자신이 저주이며 살인자라고 말한다. 왕은 테이레시아스의 힘을 신랄히 비판하고 그를 모욕하지만 테이레시아스는 결국 모든 테베에 의해 오이디푸스가 모욕당할 거라고 대답한다. 비난에 분노한 오이디푸스는 크레온과 테이레시아스가 그를 전복할 음모를 꾸미고 있다는 이야기를 꾸며낸다.

코러스의 지도자는 오이디푸스에게 진정할 것을 요청하지만 테이레시아스는 부모가 누구인지조차 왕이 모른다며 오이디푸스를 더욱 조롱한다. 이는 자신의 혈통에 대한 진실을 묻는 오이디푸스를 분노하게 만든다. 테이레시아스는 라이오스의 살인자가 그의 자녀들에게 형제이자 아버지, 그의 어머니에게 아들과 남편이 될 거라며 수수께끼로만 대답한다. 등장인물들이 퇴장하고 코러스가 무대 위에 올라 혼란스럽고 누구를 믿어야 할지 확신이 서지 않는 상황을 이야기한다. 그들은 증거가 제시되지 않는 한 오이디푸스에 대한 이 같은 비난을 믿지 않기로 결심한다.

크레온이 들어오고 곧 오이디푸스가 뒤따른다. 오이디푸스는 크레온을 비난하고 크레온은 오이디푸스에게 이성을 찾을 것을 요구하지만 오이디푸스는 크레온을 죽이고 싶다고 말한다. 크레온과 코러스의 지도자는 오이디푸스가 환상을 꾸미고 있다는 것을 이해시키려고 애쓰지만 오이디푸스는 그의 결심에 단호하다.

| 테베, 오이디푸스 궁전 |

(소년이 이끄는 테이레시아스 등장)

[오이디푸스]

말할 수 있는 것이든 없는 것이든, 하늘의 일이든 땅의 일이든, 모든 것에 통달하신 테이레시아스 님이시여! 비록 앞을 보지는 못하지만 어떤 역병이 이 나라를 덮칠지 그대는 알고 있소. 위대한 예언자여! 그대야말로 우리의 보호자이자 유일한 구원자요. 사자에게서 이미 들어 알고 있겠지만 다시 한번 말하리라. 아폴론께서는 우리가 그 가르침을 받들기 위해 보낸 사람에게 라이오스 왕의 암살자를 찾아내 사형에 처하거나 국외로 추방하는 것이 이 재앙을 면하는 유일한 길이라고 대답하셨습니다. 그러니 점치는 새소리든 무엇이든 그대가 아는 온갖 점성술을 아끼지 말고 그대 자신과 나라와 이 몸을 위해 그 죽음 때문에 일어나는 모든 재앙에서 구해주오. 우리의 운명은 그대 손에 달렸고 온 힘을 다해 남을 돕는 것이 그대의 가장 고귀한 일 아니겠소?

[테이레시아스]

아, 지혜가 아무 쓸모도 없구나. 안다는 것이 얼마나 무서운 일인가! 어쩌자고 내가 그것을 알면서도 여기까지 왔단 말인가. 그렇지 않았다면 오지 말았어야 했는데.

[오이디푸스]

무슨 소리요? 왜 그리 슬픈 얼굴이오?

[테이레시아스]

폐하! 제발 저를 돌려보내 주십시오. 그리하여 폐하께서는 폐하의 운명을 지고 저는 제 운명을 지고 가는 것이 가장 편한 길입니다.

[오이디푸스]

대답을 거절하는 것이 이상할 뿐만 아니라 그대를 키워낸 이 나라에 대한 충성도 아니오.

[테이레시아스]

폐하의 말씀은 사리에 어긋납니다. 저도 똑같은 실수를 저지르고 싶진 않습니다.

[오이디푸스]

오, 말하라. 미루지 말라. 그대에게 명하노니 그대가 안다면 숨김없이 말해주시오. 우리 모두 그대에게 이렇게 애원하니.

[테이레시아스]

모두 아무것도 모르기 때문입니다. 폐하의 불행을 들추지 않기 위해 제 불행도 들추지 않을 겁니다.

[오이디푸스]

그렇다면 그대는 뭔가를 알면서도 말하지 않겠다는 것인가? 우리를 배신하고 이 나라를 망칠 셈인가?

[테이레시아스]

저 자신과 폐하를 괴롭히고 싶진 않습니다. 이롭지도 않은 일을 어째서 물으십니까? 제게서 아무것도 들으실 것이 없습니다.

[오이디푸스]

뭐라고? 괘씸한 놈! 돌에도 마음이 있다면 네 말에 화가 날 것이다. 그래도 말하지 않겠는가? 언제까지 고집 피울 셈이냐?

[테이레시아스]

저를 꾸중하시지만 폐하 자신에게도 그것이 깃들어 있음을 모르시는군요.

[오이디푸스]

이 나라를 모욕하는 그런 말을 듣고 누가 분노하지 않겠는가?

[테이레시아스]

제가 벙어리라도 올 것은 저절로 옵니다.

[오이디푸스]

저절로 올 일이라면 그대가 말해도 되지 않는가?

[테이레시아스]

더 이상 말씀드리지 못하겠으니 얼마든지 화내십시오.

[오이디푸스]

물론 내고말고. 내 생각을 말하겠다. 손만 직접 안 댔을 뿐 네가 그 악행을 꾸며 저질렀을 것이다. 앞을 못 봐 망정이지 그렇지 않았다면 혼자 다 저질렀을 것이다.

[테이레시아스]

그렇게 말씀하시겠습니까? 그렇다면 들어보십시오. 폐하는 자기 입으로 말씀하신 것을 반드시 지키시고 지금부터 이들과 제게는 아무 말씀도 하지 마십시오. 바로 폐하 때문에 이 나라가 괴로움을 당하고 있습니다.

[오이디푸스]

아, 사악한 중상모략자구나! 뻔뻔하게 어디서 그런 말을 하느냐? 그러고
도 그 벌을 면할 수 있다고 생각하느냐?

[테이레시아스]

네. 저는 자유롭고 진리의 힘으로 강합니다.

[오이디푸스]

그것을 누구에게서 배웠느냐? 적어도 네 재주는 아니다.

[테이레시아스]

폐하입니다. 싫다는 것을 억지로 말하게 했으니까요.

[오이디푸스]

무슨 소리냐? 잘 알아듣게 다시 말해보라.

[테이레시아스]

정녕 못 알아들으셨단 말입니까? 아니면 저를 협박하시는 겁니까?

[오이디푸스]

네 말의 의미를 절반만 알아들었다. 다시 한번 말해보라.

[테이레시아스]

폐하께서 찾으시는 그 살인자는 바로 폐하라는 말씀입니다.

[오이디푸스]

두 번씩이나 그런 무서운 말을 하다니. 후회하지 않느냐?

[테이레시아스]

더 이상 말하면 역정만 내실 테니.

[오이디푸스]

말하고 싶은 대로 말해보라. 다 헛소리다.

[테이레시아스]

저는 폐하께서 폐하의 가장 가까운 친척과 함께 부끄러움도 모르고 살고 있다고 말합니다.

[오이디푸스]

네가 상처 없이 혀를 놀릴 수 있다고 생각하느냐?

[테이레시아스]

진리의 힘이 승리한다면 그렇습니다.

[오이디푸스]

그야 그렇지. 다만 너를 위한 힘은 아니다. 너는 그 힘이 없어. 귀도 마음도 눈도 병신이니까.

[테이레시아스]

불쌍한 사람이군. 여기 있는 모든 사람이 곧 폐하에게 퍼부을 욕설을 내게 다 퍼붓다니.

[오이디푸스]

너는 끝없는 어둠을 키우고 있으니 너는 나와 햇빛을 보는 그 밖의 사람이라면 누구든 결코 해치지 못한다.

[테이레시아스]

저 때문에 쓰러지는 것이 폐하의 운명은 아닙니다. 그것은 아폴론 신으로 충분하고 그분의 손으로 이 일이 이루어질 테니까.

테이레시아스

예언자 테이레시아스는 주로 테베의 전설에 등장해 주요 사건들에 관해 많은 예언을
했다. 오이디푸스가 아버지 라이오스 왕을 죽이고 어머니 이오카스테와 결혼한 사실
을 신탁을 통해 밝힌 것도 테이레시아스였다.

[오이디푸스]

이것은 크레온의 음모냐? 너 자신의 음모냐?

[테이레시아스]

천만에요. 크레온 님은 폐하의 재앙이 아닙니다. 폐하 자신이 폐하의 재앙입니다.

[오이디푸스]

오, 부와 경험과 기술에 의한 삶의 전장에서 기만, 이 세상의 치열한 경쟁에서 온갖 재주를 넘어선 재주여! 너희에게 붙어 다니는 질투심은 얼마나 큰 것이냐? 내가 바라지도 않았는데 이 나라가 내게 맡긴 권세 때문에 충실한 내 크레온, 오랜 친구인 크레온이 나를 몰래 엿보고 나를 쫓아낼 궁리로 이기적인 욕심에 정신이 팔리고 예언에 눈먼 이 교활한 협잡꾼을 선동하다니. 자, 말해보라. 어디서 네가 단 한 번이라도 참다운 예언자임을 보여 준 적이 있느냐? 저 요사스러운 노래를 부르는 암캐가 이곳에 나타났을 때 어째서 백성들에게 피할 방법을 알려 주지 않았느냐? 그 수수께끼는 아무나 풀 수 있는 것이 아니었다. 예언자의 재주가 필요했다. 그 재주를 너는 새의 점으로도, 어떤 신의 계시로도 분명히 보여 주지 못했다. 그런데 내가 나타났다. 아무것도 모르는 이 오이디푸스가 나타나 새에게서 배운 것이 아니라 내 지혜로 해답을 얻어 그 입을 봉했던 것이다. 그런 나를 감히 네가 크레온의 권세에 빌붙을 속셈으로 몰아내려고 하는구나. 하지만 네 놈과 일을 꾸민 놈은 자신이 저지른 짓을 후회할 것이다. 아니, 네 놈이 늙지만 않았다면 따끔한 맛을 보여 주어 깨닫게 했을 텐데.

[코러스]

오이디푸스 폐하시여! 저희 생각에 저분도 폐하께서도 모두 홧김에 말씀하시는 것 같습니다. 그러나 지금은 그런 말이 필요 없고 신의 명령을 가장 잘 따를 방도를 찾으셔야 합니다.

[테이레시아스]

당신은 폐하이지만 적어도 대답할 권리는 제게도 동등하게 주셔야 합니다. 그 점에서는 저도 권리가 있습니다. 저는 폐하의 노예가 아니고 제가 섬기는 분은 아폴론 님이십니다. 그리고 저는 크레온의 하수인도 아닙니다. 제가 눈먼 것을 폐하께서 모욕했기 때문에 드리는 말씀입니다. 당신은 눈뜨고도 얼마나 처참한 일에 빠져들었는지, 어디서 누구와 함께 살고 있는지 못 보고 있습니다. 당신이 누구의 자손인지는 아십니까?

당신은 살아 계신 저분과 돌아가신 분에게 큰 죄를 짓고 있습니다. 칼의 양날처럼 아버지와 어머니의 무서운 저주가 당신에게 닥쳐 언젠가는 당신을 이 나라 밖으로 몰아내고 지금은 밝은 그 눈도 그때는 끝없는 어둠밖에 못 볼 겁니다. 사방에 당신의 통곡이 미치고 머지않아 키타이론 방방곡곡에 메아리칠 것이니 그때 당신은 그렇게도 행복한 항해 후 그 집에서 맺은 저주스러운 결혼의 의미를 깨달을 겁니다. 게다가 당신이 깨닫지 못하는 더 비참한 재앙이 있으니 그것은 당신을 아버지라고 부르는 당신의 아이들이 당신의 자리에 오르는 겁니다. 그러니 크레온과 제 말을 실컷 비웃으십시오. 당신만큼 참담한 꼴을 당할 사람도 없을 테니까요.

[오이디푸스]

이 자의 무례를 견뎌야 하나? 더 이상 참을 수 없다. 어서 사라져라! 다시는 이 집에 얼씬도 하지 말라!

[테이레시아스]

누가 오고 싶어 왔습니까? 불러서 왔지.

[오이디푸스]

네 놈이 이렇게까지 어리석은 소리를 늘어놓을 줄 정말 몰랐다. 진작 알았다면 네 놈을 언제까지나 내 집에 부르진 않았을 것이다.

[테이레시아스]

폐하의 눈에는 제가 어리석어 보이겠지만 폐하를 낳으신 양친께서는 분별력 있는 분들이었습니다.

[오이디푸스]

양친이라니? 잠시만. 나를 낳은 사람이 누구란 말이냐?

[테이레시아스]

오늘 이날이 폐하를 낳고 폐하를 망칠 겁니다.

[오이디푸스]

네 놈은 정말 모를 소리만 하는구나.

[테이레시아스]

폐하께서는 수수께끼를 푸는 가장 뛰어난 재주가 있지 않나요?

[오이디푸스]

나의 그 위대한 재주를 네 놈이 욕보이는구나.

[테이레시아스]

바로 그 행운이 당신을 망친 겁니다.

[오이디푸스]

이 나라를 구할 수만 있다면 내 한 몸은 어찌 되든 상관없다.

[테이레시아스]

그렇다면 저는 이만 가겠습니다. 애야! 나를 데려가다오.

[오이디푸스]

그렇지! 데려가거라. 네 놈이 여기 있으면 방해되고 귀찮다. 사라지면 더 이상 나를 괴롭히지 못하겠지.

[테이레시아스]

가긴 가지만 폐하의 얼굴쯤은 두렵지 않습니다. 제가 여기 온 이유를 말해야겠습니다. 폐하는 저를 절대로 해칠 수 없으니까요. 폐하가 지금까지 찾아온 사람, 폐하를 위협하며 라이오스 폐하의 암살자를 밝혀내겠다고 선언한 사람이 바로 여기 있습니다. 여기서 그는 다른 나라 사람으로 알려졌지만 테베 태생임이 곧 드러날 것이고 그는 그런 운명을 기뻐하지 않을 겁니다. 밝았던 눈은 멀고 부유했던 몸은 거지가 되어 지팡이에 의지해 낯선 땅을 헤맬 겁니다. 그리고 함께 사는 자기 자식들의 형제이자 아비, 자기를 낳아준 여자의 아들이자 남편, 아비의 침실을 이어받은 자, 그리고 그 아비의 살인범임이 밝혀질 겁니다. 그러니 안에 들어가셔서 이 말을 잘 생각해보십시오. 그리고 제 말에 어폐가 드러나면 앞으로 제 예언이 별것 아니라고 말씀하셔도 좋습니다.

(테이레시아스가 퇴장하고 오이디푸스는 궁전으로 들어간다.)

[코러스]

(노래)

델포이의 바위에서 나온 신의 말씀이

피비린내 나는 손으로 형언하지 못할

죄악을 저질렀다고 말씀하신 것은 누구냐?

질풍처럼 재빠른 발의 다리보다 강하게

그를 도망가게 하라.

불붙은 번개로 무장한 제우스의 아드님은 달려

저 무섭고 피할 길 없는

복수의 여신과 함께 그를 덮친다.

눈 덮인 파르나소스 산에서 방금 나온 신의 소리는

온갖 수단을 다해 그 숨은 살인범을 찾아내라고 하신다.

야생의 숲과 땅굴 속, 바위틈을 황소처럼

불쌍하게도 홀로 외로이 헤매는 그는 대지의 한가운데

신전의 거룩한 소리를 피하려고 한다.

그러나 그 소리는 영원히 그치지 않고 그의 둘레를 맴돈다.

정녕 그 현명한 예언자는 무섭도록 나를 괴롭힌다.

옳지 않다고 말할 수도 없어

두려움에 가슴 조이며 지금도 앞날이 분별되지 않는다.

코러스

연극 속 코러스는 무대 앞에 나와 공연하는 주요 인물의 뒤에서 여럿이 춤추거나 노래 부르는 사람들이다.

라브다코스의 집안과 폴리버스의 아들 사이에
옛날도 지금도 싸움이 있었다고는 듣지 못했고
아무 증거도 없으니 오이디푸스라는 널리 알려진 이름에
의심을 품을 수도 없으며 이 괴이한 죽음을 위해
라브다코스 집안의 원수를 갚을 길도 알 수 없다.
제우스와 아폴론은 과연 명석해 이 세상 모르는 것이 없지만
모든 사람 중에 남들보다 뛰어난 지혜를 가진 이가 없지 않지만
예언자가 내 지혜를 능가한다고 말할 수는 없다.
남들이 그대를 욕하고 떠들어도 나는 믿지 않으리.
날개 돋친 저 요녀가 그대 앞에 나타났을 때
그대는 시련을 받아 큰 지혜를 보이고 이 나라를 구했으니
내 어찌 그대에게 죄가 있다고 생각할 수 있으랴.

| 제2장 분석 |

『안티고네』에서와 마찬가지로 테이레시아스의 출현은 줄거리에서 중요한 전환점을 나타낸다. 그러나 오이디푸스 왕에서 테이레시아스는 추가적인 역할을 하는데 그의 실명은 연극을 지배하는 극적 아이러니를 강화한다. 테이레시아스는 장님이지만 진실을 볼 수 있다. 오이디푸스는 시력은 있지만 진실을 못본다. 오이디푸스는 진실을 알고 싶다고 말한다. 테이레시아스는 진실을 보는 것은 한 가지 고통만 가져온다고 말한다. 이 무언의 아이러니 외에도 테이레시아스와 오이디푸스의 대화는 시각과 눈에 대한 언급으로 가득 차 있다. 오이디푸스는 점점 더 화를 내면서 장님인 테이레시아스가 시력과 통찰력, 지식을 혼란시킨다고 조롱한다. 테이레시아스는 오이디푸스의 모욕에 맞서 그가 한때 스핑크스의 수수께끼를 풀 수 있었던 탁월함을 조롱한다.

이번 장에서는 오이디푸스의 사고, 언행의 특징적인 신속함이 그에게 불리하게 작용하기 시작한다. 테이레시아스가 도착했을 때 오이디푸스는 그를 많은 전염병으로부터 테베를 보호한 전능한 선견자라고 칭찬한다. 이후 테이레시아스를 '쓰레기'라고 부르고 얼마 지나지 않아 그를 반역죄로 비난한다. 오이디푸스는 상황을 가늠하고 판단하고 행동한다. 오이디푸스는 테이레시아스와 크레온에게 많은 질문을 하지만 그것들은 답을 찾기보다 비난하고 추정하기 위한 것으로 수사학에 지나지 않는다. 테이레시아스는 오이디푸스 앞에서 진실을 분명히 밝혔지만 오이디푸스가 예언자의 말을 해석할 수 있는 유일한 방법은 공격이며 그는 그가 이미 믿고 있는 것을 확인하려고 할 뿐이다.

| 제3장 요약 |

오이디푸스의 아내 이오카스테가 들어와 오이디푸스에게 크레온을 죽이거나 추방하면 안 된다고 설득하지만 왕은 크레온이 유죄임을 확신한다. 크레온은 떠나고 코러스는 오이디푸스에게 항상 그에게 충성할 거라고 안심시킨다. 오이디푸스는 이오카스테에게 테이레시아스가 그를 어떻게 정죄했는지 설명하고 이오카스테는 모든 선지자가 거짓을 말한다고 대답한다. 그 증거로 그녀는 델포이 신탁이 라이오스에게 그의 아들에게 살해당할 거라고 말했지만 실제로 그의 아들은 아기일 때 테베에서 쫓겨났고 라이오스는 도둑들에게 살해당했다는 사실을 밝힌다. 그러나 그의 피살에 대한 그녀의 이야기는 오이디푸스에게 친숙하게 들리고 그는 더 많은 것을 듣고자 한다.

이오카스테는 오이디푸스가 테베에 도착하기 직전 라이오스가 세 갈래 교차로에서 살해당했다고 말한다. 오이디푸스는 자신이 라이오스를 죽인 사람일지도 모른다고 말하고, 오래전 그가 코린토스의 왕자일 때 연회에서 자신이 왕과 왕비의 아들이 아니라는 말을 듣고 델포이의 신탁에 가서 자신이 아버지를 죽이고 어머니와 동침할 것이라는 말을 들었으며 이후 고향을 떠났다고 말한다. 그때 테베로 가는 여정에서 오이디푸스는 라이오스가 살해당한 교차로에서 그가 정당방위로 살해한 행인 무리를 만나 괴롭힘을 당했다.

오이디푸스는 자신이 라이오스의 살인자로 밝혀지지 않기를 바라며 유일한 생존자인 목자를 보낸다. 오이디푸스와 이오카스테는 무대를 떠나고 코러스가 입장해 운명에 의해 지배되는 세상과 신들에게 도전하는 교만한 사람들을 비난한다. 동시에 코러스는 모든 예언과 신탁이 틀렸다면, 즉 교만한 사람이 실제로 승리할 수 있다면 결국 신들이 세상을 지배하지 못할 수도 있다고 걱정한다. 그리고 이오카스테는 양털로 싼 나뭇가지를 아폴론에게 바치기 위해 궁전에서 나온다.

| 테베, 오이디푸스 궁전 |

(크레온 등장)

[크레온]

시민 여러분! 저는 왕께서 악의에 찬 비난을 제게 퍼부으셨다는 말을 듣고 참을 수 없어 여기로 왔습니다. 왕께서 말로든 행동으로든 제가 지금 이 재앙을 초래했다고 생각하신다면 그런 치욕스러운 말을 듣고 더 이상 살고 싶지 않습니다. 제게 그런 소문은 불명예 이상의 크나큰 피해로 이 나라가 저를 배신자라고 부른다면 내 친구인 여러분도 배신자로 불릴 테니까요.

[코러스]

하지만 그런 말씀은 역정에 하신 말씀이지 깊은 생각에서 나온 건 아니겠지요.

[크레온]

그래, 왕께서는 그 예언자가 내 말에 선동되어 거짓말했다고 말씀하시던가요?

[코러스]

말씀은 그렇게 하셨지만 무슨 생각에서인지는 모르겠습니다.

[크레온]

나에 대한 그런 비난을 눈 하나 까딱 않으시고 본심에서 하시던가요?

[코러스]

그건 모르겠습니다. 웃어른께서 하시는 일은 알 수가 없습니다. 때마침 그분께서 여기로 오시는군요.

(오이디푸스 등장)

[오이디푸스]

이놈! 여기는 무슨 일로 왔느냐? 감히 내 문전에 나타나다니. 정말 철면피구나. 분명히 내 목숨과 내 왕관을 노리겠지. 어서 신들께 걸고 말하라. 그런 짓을 꾸미다니. 나를 겁쟁이나 바보로 생각했느냐? 내게 닥쳐오는 네 놈 짓을 눈치채지 못할 만큼 내가 어리석고 네가 저지른 짓을 알면서도 그냥 놔둘 줄 알았느냐? 네 놈의 꾀는 얼마나 어리석은가? 동지와 돈주머니가 있어도 왕좌는 손에 들어올까 말까인데 너는 동지도 한 패도 없이 왕위만 노리고 있으니.

[크레온]

저를 좀 보십시오. 제 대답도 듣고 나서 판단하십시오.

[오이디푸스]

네 놈의 말재주는 능하지만 들을 것이 없다. 네가 나의 흉악한 원수라는 것을 깨달았으니까.

[크레온]

하지만 바로 이 일에 대해 제 설명을 들어보십시오.

[오이디푸스]

네 놈이 배신자가 아니라는 말 따위는 하지 말라.

[크레온]

분별없는 고집불통을 대단한 장점으로 알고 계신다면 현명치 못하십니다.

[오이디푸스]

동기간에 악행을 저지르고도 아무 벌도 받지 않으리라 생각한다면 네 놈도 제정신이 아니다.

[크레온]

지당하신 말씀입니다. 하지만 제게서 무슨 해를 입으셨는지 말씀해보십시오.

[오이디푸스]

그 잘난 예언자를 부르라고 권고한 자가 너 아니었느냐? 아니냐?

[크레온]

지금도 그 생각에는 변함이 없습니다.

[오이디푸스]

도대체 그때부터 얼마나 지났느냐? 라이오스 왕께서….

[크레온]

왕께서 어찌 되셨다고요? 무슨 말인지 모르겠군요.

[오이디푸스]

그 흉악한 자의 손에 돌아가신 지가?

[크레온]

꽤 오래된 일입니다.

[오이디푸스]

그렇다면 그때도 이 예언자는 예언하고 있었느냐?

[크레온]

그렇습니다. 지금처럼 능했고 모든 사람의 존경을 받았습니다.

[오이디푸스]

그렇다면 그때도 그가 나에 대한 말을 했느냐?

[크레온]

아닙니다. 제 앞에서는 한 번도 안 했습니다.

[오이디푸스]

그런데 왜 그때는 그 살인범을 찾지 않았느냐?

[크레온]

물론 찾아보았지만 허사였습니다.

[오이디푸스]

그렇다면 어째서 그 지혜로운 자가 그때 그 얘기를 안 했느냐?

[크레온]

모르지요. 저는 알지도 못하는 일은 말하고 싶지 않습니다.

[오이디푸스]

하지만 한 가지만은 그대도 알고 있고 분명히 말할 수 있을 텐데.

[크레온]

그게 무슨 말씀입니까? 제가 아는 거라면 다 말씀드리겠습니다.

[오이디푸스]

그자가 그대와 공모하지 않고서야 내가 라이오스 왕을 암살했다는 따위의 말을 어찌 하느냐?

[크레온]

그가 그렇게 말한다면 왕께서 가장 잘 아시겠지요. 하지만 왕께서 제게 물으시듯이 저도 왕께 여쭙고 싶습니다.

[오이디푸스]

뭐든지 물어보라. 하지만 내게서 암살죄를 찾아내진 못할 것이다.

[크레온]

그렇다면 말하지요. 왕께서는 제 누님과 결혼하셨지요?

[오이디푸스]

그래. 그게 어쨌단 말이냐?

[크레온]

그리고 왕비도 같은 권력으로 이 나라를 다스리고 계시지요?

[오이디푸스]

그래. 그녀가 원하는 건 뭐든지 주고 있다.

[크레온]

그렇다면 저는 세 번째 자리의 영광을 차지한 사람 아닙니까?

[오이디푸스]

그렇지. 바로 그것 때문에 반역을 꾀했다는 말이다.

[크레온]

그렇지 않습니다. 당신도 저처럼 자신에게 물어보십시오. 우선 생각해
보십시오. 왕과 같은 권력을 가진 사람이라면 무엇 때문에 두려움과 불
안 속에서 권력을 잡기 위해 조용한 평화를 버리겠습니까? 저는 왕으로
불리고 싶은 마음이 전혀 없습니다. 생각 있는 사람이라면 누구든 그럴
겁니다. 지금 저는 필요한 모든 것을 아무 두려움 없이 당신에게서 얻고
있습니다. 그런데 만약 제가 왕이라면 싫어도 여러 가지 일을 해야 할 겁
니다. 그렇다면 제가 순탄한 지배와 권력을 버리고 왕좌를 바랄 이유가
어디 있겠습니까? 저는 제게 이로운 명예보다 또 다른 명예를 바랄 만큼
아직 그렇게까지 잘못되진 않았습니다.

지금 모든 사람이 제게 호의를 품고 저를 반겨줍니다. 왕께 소청이 있는
사람은 저를 먼저 찾아옵니다. 거기에 그들의 소원을 이룰 길이 있다는
것을 잘 알기 때문입니다. 그런데 어째서 제가 이 생활을 버리고 다른 것
을 취하려고 하겠습니까? 어림없는 말씀입니다. 저는 그렇게 어리석은
행동은 하지 않습니다. 저는 그런 야심에 끌린 적이 한 번도 없고 남들
이 유혹해도 절대로 부화뇌동하지 않을 겁니다. 그 증거로 우선 피토의
신전으로 가 제가 전한 신탁이 사실인지 아닌지부터 알아보십시오. 만
약 제가 그 예언자와 공모했다는 사실이 드러난다면 왕뿐만 아니라 저
와 공동 선고해 저를 사형에 처하십시오. 하지만 어림짐작만으로 제게

무작정 죄를 뒤집어 씌우진 마십시오. 악인을 덮어놓고 선인이라고 말하거나 선인을 악인이라고 말하는 것은 옳지 않습니다. 진정한 친구를 버리는 행위는 자신이 가장 애착을 가진 생명을 버리는 것과 같습니다. 머지않아 왕께서는 그것을 분명히 깨달으실 겁니다. 시간만이 올바른 자를 가려내기 때문이지요. 하지만 악인은 백일하에 드러나게 마련입니다.

[코러스]

왕이시여! 실패를 두려워하는 사람에게는 훌륭한 말씀이었습니다. 속단은 위험합니다.

[오이디푸스]

은밀한 음모자가 급히 다가올 때는 이쪽도 급히 대책을 세워야 한다. 주저앉아 기다리기만 하면 그의 음모로 나는 망하고 만다.

[크레온]

그렇다면 저를 어쩌실 겁니까? 국외로 추방하실 겁니까?

[오이디푸스]

아니다! 절대로. 추방이 아니라 사형이다. 질투가 어떤 것인지 보여 주기 위해.

[크레온]

양보도 안 하시고 저를 믿지도 않으신단 말입니까?

[오이디푸스]

너 같은 놈을 믿을 수는 없다고 생각한다.

[크레온]

아무래도 제정신이 아니시군요.

[오이디푸스]

적어도 내 일만큼은 정신을 차리고 있다.

[크레온]

하지만 아무것도 모르신다면서?

[오이디푸스]

그래도 나는 지배해야 한다.

[크레온]

잘못된 지배라면 하시면 안 됩니다.

[오이디푸스]

아, 내 나라! 내 나라여!

[크레온]

이 나라는 저와도 관계 있습니다. 당신만의 것이 아닙니다.

[코러스]

어르신들! 그만하십시오. 때마침 궁전에서 이오카스테 님이 나오십니다. 저분의 도움으로 이 불화를 원만히 해결하십시오.

(이오카스테 등장)

[이오카스테]

참 딱한 분들이군요. 어쩌자고 이토록 분별없는 말다툼을 벌이고 계십

오이디푸스와 이오카스테
비극의 두 사람은 어머니와 아들 사이로 오이디푸스가 어릴 때 헤어진 둘은 우여곡
절 끝에 만나지만 운명의 장난으로 부부 사이가 된다.

니까? 부끄럽지도 않으신가요? 온 나라가 이렇게 고난을 겪고 있는데 사사로운 일로 다투시다니…. 왕께서는 궁전으로 들어가세요. 크레온 님도 댁으로 돌아가시고요. 그리고 하찮은 일을 크게 벌이지 마세요.

[크레온]

누님! 누님의 남편이신 오이디푸스 님이 제게 무서운 일을 하시겠답니다. 조상의 땅에서 추방하든 잡아 죽이든 하겠답니다.

[오이디푸스]

그렇소, 왕비! 저놈이 간사한 술책으로 내게 못된 짓을 하려다가 붙잡혔으니.

[크레온]

제가 그렇게 비난받을 짓을 했다면 자진해 행운의 버림을 받고 악담으로 죽을 겁니다.

[이오카스테]

오이디푸스 님! 제발 부탁입니다. 그의 말을 믿어주세요. 무엇보다 신께 드린 그의 엄숙한 맹세와 저와 여기 당신 앞에 있는 사람을 위해서.

[코러스]

선선히 받아들이십시오. 왕이시여! 간청하옵니다.

[오이디푸스]

무엇을 받아들이란 말인가?

[코러스]

전에도 현명했고 지금도 굳게 맹세한 사람을 존중하십시오.

[오이디푸스]

그대들이 무엇을 구하고 있는지 아는가?

[코러스]

알고 있습니다.

[오이디푸스]

그렇다면 말해보라.

[코러스]

저렇게까지 맹세하는 친구에게 근거없는 소문으로 불명예스러운 욕을
보이면 안 됩니다.

[오이디푸스]

그렇다면 잘 들어라. 그대가 내게 그것을 구할 때 이 몸의 파멸이나 이
땅으로부터의 추방을 구하는 것이다.

[코러스]

아닙니다. 모든 신보다 앞서는 신, 해의 신께 맹세컨대 결코 아닙니다.
제가 그런 생각을 했다면 축복도 친구도 없이 불행의 밑바닥에서 죽기
라도 하겠지요. 황폐한 나라 꼴에 가슴이 메입니다. 지나간 재앙에 두 분
의 불화까지 겹치다니….

[오이디푸스]

그렇다면 그자를 용서해주어라. 내가 틀림없이 살해당하든 치욕스럽게
이 땅에서 추방당하든 단지 그대의 애원을 듣고 그놈이 불쌍해졌기 때문
이지 그놈의 말 때문이 아니다. 그가 어디 있든 나는 그를 증오할 것이다.

[크레온]

양보하기 싫은 얼굴을 하고 노여움에는 과격하시군. 성미가 그래서야 자기 몸을 자기가 들볶아 마땅하지.

[오이디푸스]

나를 좀 놔두고 물러가지 않겠느냐?

[크레온]

가겠습니다. 왕은 잘못 생각하셨지만 이 사람들의 눈에는 제가 옳습니다.

(크레온 퇴장)

[코러스]

왕비님! 어째서 이분을 궁전 안으로 다시 모셔 가기를 주저하십니까?

[이오카스테]

나도 무슨 일인지 알고 나서 그렇게 하겠소.

[코러스]

소문으로 터무니없는 혐의가 생겼으니 그 불의에 가슴이 아픕니다.

[이오카스테]

양쪽에서 서로 비난했단 말이오?

[코러스]

그렇습니다.

[이오카스테]

그 얘기란 무엇이었소?

[코러스]

이젠 됐습니다. 그걸로 충분합니다. 나라가 이렇게 고난을 겪을 때 단지 이대로 끝내는 것이 상책 같습니다.

[오이디푸스]

그대의 착한 마음씨에서 나온 것이겠지만 내 노여움을 가라앉히고 누그러뜨려 어떤 일이 일어날지 그대는 알고나 있는가?

[코러스]

왕이시여! 그건 여러 번 말씀드렸습니다. 왕을 버린다면 정녕 우리는 생각 없는 미치광이겠지요. 사랑하는 이 나라가 고난을 겪을 때 앞장서 올바른 번영으로 이끄셨고 지금도 훌륭한 지도자이신 분을.

[이오카스테]

제발 제게도 말씀해주세요. 도대체 무슨 이유로 그렇게 역정나셨는지.

[오이디푸스]

말해주리다. 내게는 이 사람들보다 그대가 더 소중하니까. 크레온이 화근이란 말이오. 그놈이 음모를 꾸몄단 말이오.

[이오카스테]

말씀해주세요. 어째서 그 싸움이 일어났는지 말씀하실 수 있다면….

[오이디푸스]

내가 라이오스 왕을 암살했다는 거요.

[이오카스테]

그가 그걸 알고 하는 말인가요, 아니면 남의 말을 듣고 그러는 건가요?

[오이디푸스]

그놈은 자기 입은 깨끗이 씻고 그 고약한 예언자를 대신 써먹고 있단 말이야.

[이오카스테]

그렇다면 당신이 말씀하신 일에 마음 상하지 마시고 제 말씀을 들어주세요. 예언술 따위를 가진 인간은 아무도 없습니다. 간단한 증거를 보여드리지요. 언젠가 라이오스 왕께 신탁이 내린 적이 있었습니다. 직접 포이보스 신 자신으로부터 내린 거라고 말씀드리진 않겠지만 그분을 섬기는 자들로부터였지요. 그 신탁이란 왕과 저 사이에서 태어난 아들의 손에 왕께서 살해당할 운명이라는 것이었습니다. 그런데 적어도 소문으로는 그분이 큰 삼거리 한복판에서 다른 나라 도둑들의 손에 암살당하셨다는 겁니다. 아들이 태어난 지 겨우 사흘밖에 안 되었을 때 왕께서는 아이의 두 발뒤꿈치를 뚫고 한데 엮어 사람을 시켜 인적 없는 산속에 내버렸습니다. 그래서 아폴론 신은 그 아이가 아비를 죽이는 자가 되지 않고 또 그것을 매우 두려워하시던 라이오스 왕께서는 아들 손에 죽는 일이 없도록 하셨던 겁니다. 예언의 결과는 이렇게 된 겁니다. 하지만 그것은 왕께서 심려하실 일이 전혀 아닙니다. 신께서 필요해 구하시는 일은 그 자신께서 쉽게 밝혀주실 겁니다.

[오이디푸스]

왕비! 당신의 말을 들으니 갈피를 못 잡겠고 지나간 일로 생각이 산란하오.

[이오카스테]

그건 또 무슨 심려에서 하시는 말씀입니까?

[오이디푸스]

라이오스 왕께서 삼거리 대로에서 돌아가셨다고 당신이 말한 것 같은데.

[이오카스테]

그렇다더군요. 아직도 그 소문이 가라앉지 않고 있어요.

[오이디푸스]

그 흉사가 일어난 곳은 어디요?

[이오카스테]

그 고장은 포키스라고 합니다. 거기서 갈라진 길이 델포이와 다우리아로 통하지요.

[오이디푸스]

그래, 그 사건이 일어나고서 얼마나 지났소?

[이오카스테]

그건 당신께서 이 나라를 지배하시기 바로 전 나라 안에 퍼진 소문이었습니다.

[오이디푸스]

아, 제우스 신이시여! 제게 무엇을 하시려는 겁니까?

[이오카스테]

오이디푸스 님! 그게 뭐 그리 걱정되시나요?

[오이디푸스]

내게 아무것도 묻지 마오. 라이오스 왕께서는 키가 얼마나 크시고 연세는 얼마나 되셨소?

[이오카스테]

키는 크셨고 흰머리가 더러 섞이기 시작했는데 당신 모습과 별로 다르지 않으셨지요.

[오이디푸스]

아이고, 맙소사! 무서운 저주 속으로 당장 이 몸을 스스로 던지고 있으면서도 그걸 모르고 있었구나.

[이오카스테]

무슨 말씀이세요? 뵙기에도 무서운 그 모습은.

[오이디푸스]

무서운 의심이지만 그 예언자에게는 정말 보이는지도 모른다. 한 마디만 더 말해준다면 더욱 분명해질 것이오.

[이오카스테]

정말 무서워집니다. 하지만 물어보세요. 뭐든지 다 말씀해드리지요.

[오이디푸스]

그때 왕께서는 몇몇 사람만 거느리셨는가, 아니면 왕의 행차답게 많은 수행자를 거느리셨는가?

[이오카스테]

모두 다섯 명으로 그중 한 명은 길잡이였고 라이오스 왕을 모신 마차 한

대가 있었지요.

[오이디푸스]

아, 이건 너무나 분명하구나! 왕비! 도대체 누가 그 얘기를 전했소?

[이오카스테]

집의 종입니다. 그 녀석만 겨우 살아 돌아왔습니다.

[오이디푸스]

그래, 그 종은 이 집에 아직 있는가?

[이오카스테]

없습니다. 그 종이 돌아와 돌아가신 라이오스 왕 대신 당신께서 집권하
신 것을 알고는 제 손에 매달려 이곳에서 최대한 멀리 떨어진 시골 목장
으로 보내달라고 간청했습니다. 그래서 보내주었지요. 노예치곤 더 잘
해주어도 좋을 정직한 사람이었습니다.

[오이디푸스]

그자를 당장 여기로 데려올 수는 없을까?

[이오카스테]

그건 쉽습니다. 그런데 어째서 그런 분부를 내리십니까?

[오이디푸스]

왕비! 내가 말을 너무 많이 했나 보오. 어쨌든 그자를 빨리 만나보고 싶소.

[이오카스테]

그러시다면 서둘러 불러오겠습니다. 하지만 왕이시여! 당신의 걱정거리
를 저도 알 권리가 있다고 생각하는데요.

[오이디푸스]

그렇지. 내 근심이 이쯤 되었으니 숨길 이유가 전혀 없지. 운명이 이 지경에 이르렀으니 당신 말고 누구에게 말하겠소? 내 아버지는 코린토스의 폴리버스 왕이셨고 어머니는 도리스 사람인 메로페이셨소. 나는 나라 안에서 가장 훌륭한 사나이로 알려져 있었지.

그러던 어느 날 놀라운 일이 벌어졌소. 별로 걱정할 일은 아니지만. 어느 날 잔치에서 한 사람이 술에 취해 나보고 내 아버지의 친자식이 아니라고 떠들어댔소. 화가 났지만 그날은 꾹 참고 있다가 다음날 양친께 가사실 여부를 여쭤보았소. 양친께서는 그따위 소리를 뇌까린 자에게 몹시 역정을 내셨소. 나도 그걸로 마음이 놓였지만 그 소문은 멈추지 않고 퍼져 내 마음을 늘 괴롭혔소. 그래서 나는 어머니와 아버지께는 아무 말씀도 안 드리고 피토로 갔소. 포이보스 신께서는 내가 묻는 일에 대해서는 가르쳐주시지 않고 괴롭고 무섭고 비참한 이야기를 들려주셨소. 그건 내가 어머니와 결혼해 차마 볼 수 없는 자손을 이 세상에 내놓고 나를 낳은 아버지를 죽일 운명이라는 것이었소.

그 말을 들은 나는 코린토스를 피해 오직 별들에만 의지해 그곳 위치를 재며 내게 내린 그 비참하고 불길한 신탁이 이루어지지 않을 곳으로 달아났던 것이오. 그렇게 길을 가다가 왕께서 돌아가셨다고 당신이 말한 바로 그곳에 이르렀던 것이오. 자, 왕비! 나는 당신에게 솔직히 말하리다. 내가 그 삼거리에 다다랐을 때 당신이 말한 바와 같이 한 명의 길잡이와 망아지가 끄는 마차에 탄 사람을 만났소. 그러자 길잡이와 노인까

오이디푸스와 라이오스
오이디푸스가 아버지 라이오스를 몰라본 채 시비가 벌어져 그를 죽이는 장면이다.

지 나를 길에서 억지로 몰아내려고 했소. 나는 화가 나 나를 몰아내려던 마부를 때렸지. 그것을 본 노인은 내가 옆으로 지나가기를 기다렸다가 마차 안에서 두 갈래로 갈라진 몽둥이를 꺼내 내 머리를 힘껏 내리쳤소. 하지만 그는 더 큰 앙갚음을 받았소. 그는 내 지팡이로 한 대 얻어맞고 벌렁 나자빠졌고 나는 남은 자들까지 모조리 죽여버리고 말았소. 그 낯선 자가 라이오스 왕과 무슨 관계라도 있다면 이 몸보다 더 불행한 사람이 어디 있을까? 신의 미움을 나보다 더 받은 자가 있을까? 다른 나라 사람도, 이 나라 사람도 그자를 집안에 들이면 안 된다, 말을 걸어도 안 된다, 그를 집에서 몰아내야 한다는 저주가 내게 떨어졌고 게다가 이 저주를 내린 것은 바로 나 아닌가! 이 두 손으로 죽인 그를 내가 더럽히고 있다. 그렇지! 나는 더러운 놈 아니냐? 온몸을 더럽힌 놈 아닌가? 나는 추방되어야 하고 추방된 이 몸은 집안끼리도 만나지 못하고 내 나라에 발을 들여도 안 된다. 그렇지 않으면 어머니와 결혼해 나를 낳아 키워주신 내 아버지, 폴리버스 왕을 죽일 운명이라니. 그 누가 이것을 신의 가혹한 처사가 아니라고 하겠는가? 신성하고 존귀한 신이시여! 그런 날이 절대로 오지 않도록 하시옵소서. 아니, 그런 더러운 불행을 당하기 전에 차라리 이 세상에서 없어지게 하옵소서.

[코러스]

왕이시여! 과연 무서운 일입니다. 그러나 그 자리에 있던 당사자로부터 이야기를 직접 들으실 때까지는 희망이 있습니다.

[오이디푸스]

희망이라곤 단 하나, 양치기를 기다리는 것뿐이다.

[이오카스테]

그가 오면 어쩌시렵니까?

[오이디푸스]

말하리다. 그자의 말이 당신 말과 같다면 나는 재앙을 면할 것이오.

[이오카스테]

제 말씀 중에서 각별히 마음에 걸리시는 점은 무엇입니까?

[오이디푸스]

당신 말에 따르면 그 양치기는 도둑들이 왕을 암살했다고 말하더라는 것이었소. 암살범이 역시 도둑들이라고 그가 말한다면 내가 왕을 죽인 것은 아니오. 하나는 여러 개와 같을 수 없기 때문이오. 하지만 한 명의 나그네였다고 말한다면 거기선 피할 길이 없소. 그건 바로 나를 가리키는 것이오.

[이오카스테]

어쨌든 그가 그렇게 말한 건 틀림없습니다. 지금 와 그가 스스로 말한 것을 돌이킬 수는 없습니다. 저뿐만 아니라 온 나라가 그 얘기를 들었으니까요. 그리고 설령 처음 얘기와 다른 점이 다소 있더라도 왕이시여, 라이오스 왕께서 예언대로 돌아가셨다는 것을 그자도 결코 증명하진 못할 겁니다. 록시아스께서는 분명히 왕은 친자식 손에 돌아가신다고 말씀하셨기 때문입니다. 하지만 가엾은 그 자식은 왕을 죽이긴커녕 제가 먼저 죽고 말았습니다. 그래서 저는 앞으로 예언 때문에 여기저기 기웃거리지 않겠습니다.

[오이디푸스]

옳은 생각이오. 사람을 보내 그 종 녀석을 여기로 불러오시오. 이 일을 가벼이 생각하지 마시오.

[이오카스테]

지체없이 사람을 보내겠습니다. 하지만 어쨌든 안으로 들어가시지요. 심기를 건드릴 일은 절대로 하지 않겠습니다.

[코러스]

(노래)

내 운명은 저 드높고 맑은 하늘에 태어나

숭고한 불멸의 법을 다루고자

모든 말이나 행동에서

경건한 정결을 지키는 이 몸과 운명을 함께 할지어다.

이 법은 올림포스만 아버지로 하고 죽어야 할 인류가

만든 것은 아니며

망각의 잠 속에 결코 빠지지 않는다.

신은 그 법에서 위대하시며 늙음을 모르신다.

오만은 폭군을 낳는다.

오만은 어울리지도 않고 이롭지도 않은 재물에 이끌려

드높은 돌벽 끝을 기어오르고
험난한 운명의 절벽에 떨어져
발디딜 곳도 여기에는 없다.
그래도 나라에 이바지하려는
열망에 불타는 참다운 애국자를
신께서 보호해주소서!
신을 내 보호자로 영원히 받들겠나이다.
정의를 두려워하지 않고
신의 모습을 공경하지 않고
언행이 오만한 자는
그 불행한 오만 때문에
재앙을 받으리라.
만약 그가 이득을 바르게 구하지 않고
성스럽지 못한 행동을 피하지 않고
어리석게도 신성한 것들을 더럽힌다면
그런 일들이 있을 때 그 누가
신들의 화살에서 그 생명을 지킬 수 있으랴.
그런 죄가 명예스럽다면
내 어찌 성스러운 춤과 노래에 끼어들겠는가.
만약 저 신탁이
누구에게나 분명해지지 않는다면

대지 한복판 신전에도
아바에와 올림피아에도
다시는 참배하지 않으련다.
만유를 주재하시는 불멸의 힘, 제우스 신이시여!
그 이름이 옳으시다면
옛 신탁을 밝혀주시옵소서.
라이오스 왕의 옛 기억은 희미해지고
그 무서운 사건도 잊혀져
아폴론의 영광을 존중하는 자는 줄어들고
신들에 대한 믿음은 식어가고 있으니….

| 제3장 분석 |

두 번째 장에서 오이디푸스가 호언장담하는 동안 오이디푸스에 대해 우리가 잃었을지도 모르는 동정심이 무엇이든 우리는 세 번째 장에서 적어도 부분적으로 그에 대한 동정심을 회복한다. 이오카스테가 오이디푸스와 크레온의 싸움을 중재한 후 오이디푸스는 진정하고 테베의 통치자로서 풀어야 할 책임이 있는 수수께끼가 앞에 있음을 회상한다. 결과적으로 그의 끊임없는 질문은 테이레시아스와 크레온과의 대화에서보다 더 큰 목적이 있다. 우리는 오이디푸스가 진리에 대한 선입견이 없을 때 논리적이고 진지하게 진리를 추구한다는 것을 알 수 있다. 오이디푸스는 자신이 라이오스를 죽였다고 진정으로 믿으며 그 행위에 대한 책임뿐만 아니라 처벌까지 기꺼이 받아들인다는 것을 보여 준다. 연설은 오이디푸스가 진실의 절반만을 알고 있다는 것을 보여 주기 때문에 가슴이 아프다.

이번 장에서 이오카스테는 부주의하고 모성적이다. 그녀는 오이디푸스에게 예언은 이루어지지 않는다고 말하고 라이오스가 자기 아들의 손에 살해당할 거라고 신탁이 잘못 예언했다는 사실을 증거로 사용한다. 이오카스테의 실수는 이전 장 오이디푸스의 실수와 유사하다. 그녀는 결론과 증거를 혼동한다. 오이디푸스가 테이레시아스의 불쾌한 주장이 반역일 수밖에 없다고 생각했듯이 이오카스테는 한 예언이 분명히 이루어지지 않았기 때문에 예언은 거짓말일 수밖에 없다고 가정한다. 두 번째 장에서 오이디푸스의 성급하고 불완전한 논리는 그의 자존심과 깊은 관련이 있지만 이번 장의 이오카스테는 자신도 모르는 사이 오이디푸스를 달래고 어머니가 되려는 욕망에 집착하는 것 같다. 그녀는 그를 진정시키고 궁전으로 들어갈 것을 요청하며 여생 동안 걱정할 것이 없고 더 이상 질문할 필요도 없다고 말한다.

　이오카스테의 태연한 태도는 이번 장 전체에서 오이디푸스에게 계속 충성하는 코러스를 화나게 한다. 코러스 합창의 송가는 오이디푸스, 이오카스테, 동정심 많은 청중이 침착함을 느끼면 안 된다는 것을 상기시키는 역할을 하는데 신탁은 목적을 말하고 인간의 운명을 통제하는 신들로부터 영감을 얻기 때문이다. 연극 내내 코러스는 전염병이 끝나고 도시의 안정이 회복되기를 간절히 바란다. 그럼에도 불구하고 코러스는 테이레시아스의 예언이 이루어질 거라는 믿음을 굳게 고수한다. 그렇지 않으면 땅이나 하늘에 질서가 없기 때문이다.

| 제4장 요약 |

전령이 들어와 오이디푸스를 찾는다. 그는 이오카스테에게 오이디푸스의 아버지 폴리버스가 죽었고 코린트의 오이디푸스가 와서 통치하기를 원한다고 말하기 위해 코린토스에서 왔다고 말한다. 이오카스테는 폴리버스가 자연사했기 때문에 오이디푸스가 그의 아버지를 살해할 거라는 예언이 거짓임을 확신하며 기뻐한다. 오이디푸스가 도착해 전령의 소식을 듣고 이오카스테와 함께 기뻐한다. 왕과 왕비는 예언이 무가치하고 세상이 우연에 의해 지배된다는 데 동의한다. 그러나 오이디푸스는 여전히 어머니와 동침할 거라는 예언의 일부를 두려워한다. 전령은 폴리버스와 그의 아내 메로페이가 실제로 오이디푸스의 친부모가 아니어서 그 걱정을 없앨 수 있다고 말한다.

전령은 몇 년 전 그가 목자였다고 설명한다. 어느 날 그는 테베 근처 시테론 산에서 아기를 발견했다. 아기의 양쪽 발목은 묶였고 이전 목자는 발목을 풀어주었다. 그 아기는 오이디푸스였는데 그는 오래전 발목을 다쳐 여전히 절뚝거리며 걷고 있었다. 누가 그를 산속 숲에 남겨 두었는지 오이디푸스가 묻자 전령은 다른 목자인 라이오스의 종이 아기 오이디푸스를 넘겨주었다고 대답한다. 그러자 이오카스테는 끔찍한 계시를 감지한 듯 날카롭게 몸을 돌린다. 오이디푸스는 이 목자를 찾아 친부모가 누구인지 알아내려 한다. 이오카스테는 수색을 즉시 포기할 것을 그에게 간청하지만 오이디푸스는 수색을 고집한다. 비명을 지르고 간청했지만 소용없자 이오카스테는 결국 궁전으로 다시 도망친다. 오이디푸스는 자신이 가난한 부모에게서 태어났을지도 모른다는 속물적인 두려움으로 자신의 우려를 일축하고 코러스와 함께 자신의 부모가 진정 누구인지 곧 알게 될 가능성에 기뻐한다.

라이오스의 피살을 목격한 바로 그 목자로 밝혀진 다른 목자가 무대에 오른다. 오이디푸스는 새로 도착한 사람을 심문하고 누가 아기를 건네주었는지 묻지만 목자는 말하기를 거부한다. 결국 오이디푸스가 고문으로 그를 위협한 후 목자는 아기가 라이오스의 집에서 왔다고 대답한다. 그는 오이디푸스가 라이오스의 아기였고 아이가 부모를 죽일 거라는 예언 때문에 이오카스테가 아기를 죽이도록 그에게 주었다고 말한다. 그러나 목자는 아기를 다른 목자에게 주어 코린토스에서 왕자로 키울 수 있도록 했다. 자신이 누구이고 부모가 누구인지 깨달은 오이디푸스는 진실을 보았다고 비명을 지르고 다시 궁전으로 도망친다. 목자와 전령은 천천히 무대를 빠져 나간다.

| 테베, 오이디푸스 궁전 |

(이오카스테가 궁전에서 꽃가지와 향을 들고 다시 등장)

[이오카스테]

이 나라의 어른이 되시는 분들, 나는 이 탄원의 꽃가지와 향을 들고 신들의 사원을 참배하기로 마음먹었습니다.

왕께서는 온갖 괴로움으로 지나치게 상심하시어 분별력 있는 사람처럼 옛 경험으로 지금 일을 판단하려고 하시지 않고 무서운 말을 하는 자의 뜻대로 되고 계시니까요. 제가 무슨 말씀을 드려도 소용없군요. 리키아의 아폴론 신이시여! 당신께서 가장 가까이 계시니 이런 제물을 가져왔습니다. 부디 저희가 부정에서 벗어나도록 구원해주소서. 배 키잡이의 근심스러운 얼굴을 보는 것 같아 저희 모두 걱정이 태산입니다.

(코린토스에서 온 사자 등장)

[사자]

여러분! 오이디푸스 왕의 궁전이 어디인지 가르쳐 주십시오. 혹시 당신께서 어디 계신지 아시면 일러주십시오.

[코러스]

이것이 궁전이고 그분은 이 안에 계십니다. 바로 이분이 그분 자녀들의 어머님이십니다.

[사자]

그분은 훌륭한 왕비님이시니 왕비님과 왕가에 영원히 행운이 깃들기를 기원합니다.

[이오카스테]

나도 그대를 축복합니다. 그대의 다정한 말에 대한 당연한 보답이지요. 그런데 무슨 일로, 무슨 기별이 있어 오셨는지 말씀하시오.

[사자]

왕비님! 왕가와 왕께 좋은 소식입니다.

[이오카스테]

무슨 소식인가요? 누가 보낸 사자인가요?

[사자]

코린토스에서 왔습니다. 제 말씀을 들으시면 정녕 기뻐하실 겁니다. 하기야 한탄도 하시겠지만.

[이오카스테]

뭐라고요? 어째서 그런 두 가지 의미가 있나요?

[사자]

이스트미아 땅의 백성들은 그분을 그곳 왕으로 모시길 원합니다. 거기서 그렇게 말하더군요.

[이오카스테]

뭐라고요? 영민하신 폴리버스 왕께서 이미 재위하시지 않았나요?

[사자]

그렇습니다. 돌아가셔서 무덤 속에 계십니다.

[이오카스테]

그게 무슨 말이오? 노인장! 폴리버스 왕께서 돌아가셨다고요?

[사자]

제 말씀이 거짓이라면 제가 죽어도 좋습니다.

[이오카스테]

시녀들아! 어서 가 왕께 말씀 올려라. 아, 신들의 말씀이여! 어찌 되었단 말인가! 오이디푸스 님께서는 자신의 운명으로 그분을 죽이게 될까 봐 오랫동안 두려워하시면서 멀리 피해 계셨는데 이제 그분은 천명으로 돌아가셨군요. 분명히 오이디푸스 님의 손으로서가 아니었군요.

(오이디푸스 등장)

[오이디푸스]

사랑하는 내 이오카스테! 무슨 일로 나를 부르셨소?

[이오카스테]

제 말씀을 좀 들어보세요. 그걸 들으시고 신들의 무서운 신탁이 어찌 되었는지 판단하십시오.

[오이디푸스]

이 사람은 누구요? 내게 무엇을 알리려는 것이오?

[이오카스테]

코린토스에서 온 사람입니다. 당신의 아버님이신 폴리버스 왕께서는 이미 이 세상에 안 계시고 돌아가셨다는 기별입니다.

[오이디푸스]

뭐라고? 사자여! 그대 입으로 직접 말해보시오.

[사자]

우선 그 소식부터 분명히 밝혀야 한다면 말씀드리지요. 그분은 돌아가셨습니다.

[오이디푸스]

암살이었나, 아니면 병환이었나?

[사자]

저울대가 조금만 기울어도 노인은 가고 맙니다.

[오이디푸스]

애처롭게도 병환으로 돌아가신 모양이군.

[사자]

그렇지요. 게다가 연로하시니.

[오이디푸스]

아, 왕비! 피토의 예언이나 하늘에서 우는 새들에게 마음을 쓸 필요가 있을까? 내가 내 아버지를 죽인다더니 아버님께서는 이미 돌아가시어 땅속에 묻히셨구려. 그런데 나는 여기 있고 창칼에는 손도 대지 않았는 걸. 내 생각이 간절하시어 돌아가셨다면 내가 돌아가시게 했다고도 할 수 있겠지. 그러나 그 예언은 아무 가치도 없어. 폴리버스 왕께서는 당신과 함께 그 예언을 이미 하데스(저승)로 몽땅 가져가셨단 말이야.

[이오카스테]

오래전부터 그렇다고 제가 말씀드리지 않았습니까?

[오이디푸스]

그랬지. 하지만 나는 무서워 어리둥절했던 것이오.

[이오카스테]

그런 일들에 더 이상 심려치 마세요.

[오이디푸스]

하지만 어머니와의 결혼은 두렵지 않은가?

[이오카스테]

인간들이 걱정한다고 무슨 소용 있겠어요? 인간에게는 운명이 절대적이어서 앞날 일을 하나도 분명히 알 수 없으니까요. 마음 내키는 대로 살아가는 게 상책입니다. 어머니와의 결혼도 두려워할 게 못 돼요. 꿈에 어머니와 동침했다는 사람도 많습니다. 하지만 그따위 일들을 아무렇지도 않게 생각하는 사람이 가장 속 편하게 세상을 살아갑니다.

[오이디푸스]

내 어머니가 생존해 계시지 않다면 당신 말이 옳소. 그러나 그분이 살아 계시니 당신 말이 옳더라도 두려워하지 않을 수 없구려.

[이오카스테]

하지만 아버님이 돌아가신 것만도 불행 중 다행입니다.

[오이디푸스]

그건 그렇지. 그러나 살아 계신 그분이 무섭소.

[사자]

그녀가 누구길래 그렇게 무서워하시나요?

[오이디푸스]

노인장! 메로페이라는 폴리버스 왕의 왕비라오.

[사자]

왜 그분이 무섭단 말씀인가요?

[오이디푸스]

그건 노인장! 신의 무서운 말씀이 있었기 때문이오.

[사자]

남이 들어도 괜찮은 겁니까? 들으면 안 되는 겁니까?

[오이디푸스]

물론 괜찮소. 내가 어머니와 결혼하고 내 손으로 아버지를 죽일 운명이라고 전에 아폴론 신께서 말씀하셨소. 그래서 나는 코린토스에서 오랫동안 멀리 떨어져 사는 것이오. 행복하게 지내지만 부모님 얼굴을 보고 싶은 마음 그지없구려.

[사자]

그럼 정말 그것이 두려워 그 나라를 떠나신 겁니까?

[오이디푸스]

노인장! 내 아버지의 살해자가 되고 싶지 않기 때문이오.

[사자]

그렇다면 왕이시여! 제가 기쁜 소식을 가져왔는데도 어째서 근심이 사라지지 않습니까?

[오이디푸스]

물론 당신의 소식에는 응당한 상을 내려줘야지.

[사자]

저도 왕께서 고국으로 돌아가시는 날 제게도 좋은 일이 있으리라 생각해 여기로 온 겁니다.

[오이디푸스]

아니, 나는 양친 곁으로 다시는 돌아가지 않겠소.

[사자]

지금 당신께서 무엇을 하고 계신지 전혀 모르시는군요.

[오이디푸스]

어째서? 노인장! 제발 그 이유를 말해주시오.

[사자]

그것 때문에 고국으로 돌아가시기를 꺼리신다면.

[오이디푸스]

그렇지. 나는 포이보스 신의 말씀이 이루어질까 봐 두렵소.

[사자]

양친 일로 죄를 저지르는 게 두려우신가요?

[오이디푸스]

바로 그렇소, 노인장! 나는 늘 그것이 두려웠소.

[사자]

그렇다면 전혀 아무것도 아닌 일을 두려워하시는 것을 모르십니까?

[오이디푸스]

아무것도 아니라니? 내가 바로 그 양친에게서 태어났는데도?

[사자]

왕께서는 폴리버스 왕과 핏줄도 닿지 않았습니다.

[오이디푸스]

무슨 소리요? 폴리버스 왕이 내 아버님이 아니시라고?

[사자]

한낱 이 늙은이와 같지요. 전혀 다를 바 없습니다.

[오이디푸스]

어째서 내 아버지가 아무것도 아닌 사람과 같을 수 있는가?

[사자]

그분은 저와 마찬가지로 왕의 아버님이 아니십니다.

[오이디푸스]

그럼 어째서 그분이 나를 아들이라고 부르신 것이오?

[사자]

제가 그분께 선물로 왕을 바쳤다는 것을 알아두십시오.

[오이디푸스]

그래도 남에게서 받은 것을 그렇게까지 극진히 귀여워해 주셨단 말이오?

[사자]

그때까지 어린애가 없었기 때문이지요.

[오이디푸스]

그렇다면 노인은 그때 나를 샀던가? 아니면 어쩌다 주운 것인가?

[사자]

키타이론의 첩첩산중에서 발견했습니다.

[오이디푸스]

도대체 그런 곳을 왜 지나갔는가?

[사자]

거기서 양 떼를 치고 있었지요.

[오이디푸스]

뭐라고? 양치기였다고? 그때 노인은 떠돌이 품팔이꾼이었군.

[사자]

그렇습니다. 그때 당신을 구해드린 겁니다.

[오이디푸스]

그대가 나를 팔에 안았을 때 나는 어떤 고난을 겪었는가?

[사자]

그야 당신 발뒤꿈치가 증명하고 있지요.

아기 오이디푸스와 코린토스의 양치기
발을 꿰뚫어 산속 나무에 매달린 아기 오이디푸스를 코린토스의 양치기가 발견해 자식이 없던 코린토스 왕에게 데려가 바쳤고, 오이디푸스는 왕자로 자랐다.

[오이디푸스]

아, 어쩌자고 내 옛 상처를 들추는가?

[사자]

누군가가 당신 뒷발목을 꿰뚫어 한군데 묶어 놓은 것을 제가 풀어드렸지요.

[오이디푸스]

그렇지. 나는 갓난아기 때부터 부끄러운 상처가 있었지.

[사자]

바로 그 운명 때문에 현재 이름으로 불리게 되신 겁니다.

[오이디푸스]

제발 부탁이오. 누가 그랬나? 어머니인가, 아버지인가? 제발 말해주오.

[사자]

모르겠습니다. 그건 당신을 제게 준 사람이 더 잘 알 겁니다.

[오이디푸스]

그럼 남에게서 받았고 그대가 발견한 것은 아니었군?

[사자]

그렇습니다. 다른 양치기가 제게 주었습니다.

[오이디푸스]

그가 누구인가? 말해보오.

[사자]

라이오스 왕 댁 사람이라더군요.

[오이디푸스]

오래전 이 나라를 다스리셨던 왕 말인가?

[사자]

맞습니다. 그분의 양치기였습니다.

[오이디푸스]

그가 아직도 살아 있는가? 내가 만나볼 수 있을까?

[사자]

그건 그대 나라 사람들이 더 잘 알겠지요.

[오이디푸스]

여기 있는 사람 중에서 이 노인이 말하는 양치기를 아는 사람이 없는가? 그자를 시골이나 여기서 본 사람이 없는가? 알고 있다면 내게 곧바로 알려라. 이 일을 분명히 할 때가 왔다.

[코러스]

앞에서 만나고 싶다고 하신 농사꾼 말씀인 듯합니다. 그러나 누구보다 이오카스테 님께서 가장 잘 말씀하실 수 있을 겁니다.

[오이디푸스]

왕비! 방금 우리가 부르러 보낸 사람을 알고 있겠지? 이 노인은 그자를 말하는 건가?

[이오카스테]

이 사람이 말씀드린 자를 어찌시겠다는 겁니까? 내버려두세요. 그따위에 마음 쓰실 것 없어요. 공연한 일입니다.

[오이디푸스]

이만큼 실마리가 잡혔는데도 내 출생을 밝히지 않고선 견딜 수 없어.

[이오카스테]

당신 목숨을 소중히 여기신다면 그렇게 들추어내는 일은 제발 그만두세요. 더 이상 견딜 수가 없군요.

[오이디푸스]

염려마시오. 설령 내가 3대 전부터 노예의 어머니에게서 태어났더라도 당신 명예에 누를 끼치진 않을 것이오.

[이오카스테]

하지만 제 말씀을 좀 들어주세요. 제발 그만두세요.

[오이디푸스]

그럴 수는 없어. 이 일은 밝혀내야 해.

[이오카스테]

하지만 저는 당신을 위해 가장 좋은 길을 권하고 있는 겁니다.

[오이디푸스]

가장 좋다는 그것이 지금 나를 괴롭히고 있단 말이야.

[이오카스테]

불행하시군요. 자신이 누구인지 절대로 모른 채 지내시기를!

[오이디푸스]

누구든 어서 가 그 양치기를 데려오너라. 이 여자에게는 그 고귀한 지체를 자랑하도록 내버려두면 된다.

[이오카스테]

아, 가엾은 분! 이것이 당신께 드리는 제 마지막 말입니다. 다시는 아무 말도 하지 않겠습니다.

(이오카스테가 궁전 안으로 퇴장)

[코러스]

오이디푸스 님! 왕비께서는 왜 저리 비통해하며 가버리셨습니까? 침묵으로 뭔가 불길한 일이 터질 것 같습니다.

[오이디푸스]

터질 테면 터져라! 내 지체가 아무리 천하더라도 알지 않고선 못 견디겠다. 여자들의 흔한 자존심으로 그녀는 천한 내 출신을 분명히 부끄러워하겠지. 그러나 나는 은총 많은 행운의 신의 아들이라고 생각하고 있으니 전혀 부끄럽지 않다. 그런 어머니에게서 태어나 내 동기인 달과 더불어 나도 때로는 흥하고 기우는 것이다. 나는 그렇게 태어났으니 내 출신을 밑바닥까지 들추는 게 두렵지 않다. 아무것도 나를 다르게 만들 수 없다.

[코러스]

(노래)

만약 내가 예언자이자 지혜 깊은 자라면

오, 키나이론이여! 올림포스의 끝없는 하늘을 날아

내일의 둥근 달에 오이디푸스는 그대를 낳은 땅, 길러낸 유모,

어머니로서 공경하고
우리 왕의 온정 덕분에
우리는 춤추며 그대를 칭송하리.
오, 우러러 받드는 포이보스여! 이를 가상히 여기소서.

내 아들아!
너를 낳은 자가 누구냐? 장수하는 요정 중 누구인가?
산을 떠도는 판과 맺어 그대 어머니가 되신 분은
아니면 목장을 사랑하는 아폴론의 신부인가?
이 신은 높은 곳 목장을 사랑하시니
아니면 퀼레네를 다스리는 신인가?
아니면 산마루에 사는 바쿠스인가?
언제나 즐겨 노는 헬리콘의 님프에게서
새로운 기쁨을 얻으셨나?

| 제4장 분석 |

폴리버스가 죽었다는 것을 오이디푸스와 이오카스테가 알게 되는 장면을 소포클레스는 이상하게도 희극적으로 보이게 만든다. 오이디푸스는 슬픔의 흔적을 전혀 보이지 않고 폴리버스의 죽음 소식을 소화한다. 사실 그 순간은 오이디푸스가 예언에 대한 그의 의심이 확인되었다고 믿기 때문에 거의 승리의 기회가 된다. 이제 그는 예언이 쓸모없음을 확신한다. 이오카스테는 오이디푸스가 느끼는 죄책감을 덜어주기 위해 가장 작고 기괴한 세부 사항에 기뻐한다. 그러나 오이디푸스의 집요함은 완전한 진실을 원한다.

아직 풀리지 않은 퍼즐 조각, 즉 아기 오이디푸스를 받은 남성의 정체가 남은 것을 알게 된 오이디푸스는 모든 진실이 밝혀질 때까지 저항할 수 없이 질문을 던지는 것처럼 보인다. 따라서 그는 자신의 죄책감을 덜 수 있는 모호한 세부 사항을 하나둘씩 걷어낸다. 물론 이오카스테는 오이디푸스 앞에서 수수께끼를 풀고 자신이 그의 어머니임을 깨닫는다. 오이디푸스는 이오카스테가 비명을 지르며 무대를 떠날 때 뭔가 잘못되었음을 깨달아야 했다.

새로운 정보의 맹공격에 압도당한 오이디푸스는 자신의 진정한 정체성을 밝히려는 의도를 발표하며 지상의 관계를 천상의 관계로 다시 구상한다. 그는 자신의 현실을 직시할 수 없는 것처럼 보인다. 기본적으로 그는 자신의 정체성을 찾아야 하는 사람으로 자신을 식별한다. 스핑크스의 수수께끼를 푸는 기술로 유명한 오이디푸스는 자신의 삶을 수수께끼로 만든다.

전령과 목자는 그리스 비극의 끝에서 무대 밖에서 벌어진 끔찍한 사건을 알리기 위해 들어가는 전령 캐릭터와 비슷하거나 다르다. 전형적인 마지막 장면의 전령과 마찬가지로 이 캐릭터들은 무대에서 일어나지 않은 사건과 관련된 중요한 전달 사항을 갖고 있다. 그러나 전형적인 마지막 장면의 전령과 달리 이 캐릭터들은 청중뿐만 아니라 전달 사항이 직접 영향을 미치는 사람에게도 소식을 전한다.

오이디푸스가 자신의 비극을 마주하고 연극이 끝날 무렵 과감하게 행동하는 것은 그리스 연극의 마지막 장면에서 재앙을 이야기하는 전령 캐릭터의 말에 관객이 어떻게 반응해야 하는지에 대한 과장된 모델이 된다. 연극 내내 오이디푸스는 신탁, 이오카스테가 언급한 교차로, 라이오스의 일행 중 죽음을 피한 전령 등 정확한 단어에 관심을 보였다. 그러나 자신의 출생에 대한 진실을 알게 된 오이디푸스는 단어에 물리적 결과를 부여한다. 그는 전령의 진술을 유형적이고 삶을 변화시키는 물리적 공포로 변환해 청중에게 그 반응이 어때야 하는지를 보여 준다.

| 제5장 요약 |

코러스가 들어와 가장 위대한 사람인 오이디푸스조차 자신도 모르게 아버지를 살해하고 어머니와 결혼했기 때문에 운명에 의해 낮아졌다고 소리친다. 전령은 궁전에서 일어난 일을 코러스에게 알리기 위해 다시 들어간다. 이오카스테는 자살로 죽었다. 그녀는 침실에 갇혀 라이오스를 위해 울고 그녀의 괴물 같은 운명에 대해 울었다. 오이디푸스는 분노해 문으로 와 칼을 요구하고 이오카스테를 저주했다. 마침내 그는 침실 문에 몸을 던져 문을 뚫고 들어갔고 그곳에서 올가미에 매달린 이오카스테를 보았다. 오이디푸스는 흐느끼며 이오카스테를 껴안고 그녀 예복의 고정된 금핀으로 자신의 눈을 찔렀다.

전령이 이야기를 마치는 순간 오이디푸스는 궁전에서 나온다. 장님 눈에서 피가 흐르면서 그는 자신의 운명과 그를 감싼 무한한 어둠에 대해 호언장담한다. 그는 아폴론이 자신의 운명을 정했지만 자신의 눈을 뚫은 것은 자신뿐이라고 주장한다.

그는 테베에서 추방시켜 달라고 요청한다. 코러스는 오이디푸스의 출생, 결혼, 삶을 저주하며 오이디푸스로부터 멀어진다.

크레온이 들어오고 코러스는 질서를 회복할 수 있다는 희망을 표현한다. 크레온은 오이디푸스의 과거 반역 혐의를 용서하고 오이디푸스의 수치를 공개적으로 드러내지 않게 해달라고 요청한다. 크레온은 오이디푸스를 도시에서 추방하는 데 동의하지만 모든 세부 사항이 신의 허락을 받은 경우에만 그렇게 할 것이라고 말한다. 오이디푸스는 어떤 이유로 신들이 그를 살려두고 싶어 한다고 믿기 때문에 망명 희망을 받아들인다. 그는 마지막으로 딸들을 돌봐달라고 크레온에게 요청한다.

안티고네와 이스메네, 소녀들이 울면서 나온다. 오이디푸스는 그들을 껴안고 근친상간의 결과물인 그들과 누구도 결혼하기를 원치 않을 것이기 때문에 그들을 위해 울고 있다고 말한다. 그는 크레온에게 돌아서서 그가 그들을 돌보겠다고 약속해줄 것을 요청한다. 그는 크레온에게 손을 뻗었지만 크레온은 그의 손을 잡지 않을 것이다. 오이디푸스는 딸들에게 자신보다 나은 삶을 살 수 있도록 기도해 달라고 부탁한다. 그런 다음 크레온은 오이디푸스가 충분히 오랫동안 부끄럽게 울었다고 말하며 작별 인사를 마친다. 크레온은 경비병들에게 안티고네와 이스메네를 오이디푸스에게서 떼어놓으라고 명령하고 그의 권력은 끝났다고 오이디푸스에게 말한다. 모두 퇴장하고 코러스가 다시 한번 무대에 오른다. 그들은 가장 위대한 사람인 오이디푸스가 타락했기 때문에 모든 삶은 비참하며 오직 죽음만 평화를 가져올 수 있다고 말한다.

| 테베, 오이디푸스 궁전 |

[오이디푸스]

여러 어른들, 아직 그자를 만난 적은 없지만 짐작하건대 저기 보이는 사람이 우리가 아까부터 기다리던 양치기 같군. 늙기도 이 노인과 비슷하고 그를 데려오는 자들도 내 집 하인들 같고. 그러니 전에 그대가 저 양치기를 본 적 있다면 나보다 잘 알겠지.

(양치기 등장)

[코러스]

알고 말고요. 라이오스 왕을 모신 양치기로 매우 충실한 사람이었습니다.

[오이디푸스]

우선 코린토스의 나그네에게 묻겠네. 저 사람이 바로 그대가 말한 사람이오?

[사자]

당신께서 보고 계신 사람이 바로 그 사람입니다.

[오이디푸스]

자, 그럼 할아범! 고개를 들고 내가 묻는 말에 하나도 빠짐없이 대답하라. 너는 전에 라이오스 왕을 섬기고 있었느냐?

[양치기]

그렇습니다. 팔려 온 노예는 아니었고 어릴 때부터 댁에서 자랐습니다.

[오이디푸스]

어떤 일을 했고 어떻게 지냈느냐?

[양치기]

대부분 양을 보살피고 있었습니다.

[오이디푸스]

주로 많이 있었던 곳은 어디인가?

[양치기]

키타이론이거나 그 근처였습니다.

[오이디푸스]

그렇다면 그 근처에서 저 노인을 본 기억이 나겠군.

[양치기]

무슨 말씀이십니까? 누구를 보았다고 말씀하시는 겁니까?

[오이디푸스]

여기 이 사람 말이다. 전에 만난 적 있느냐?

[양치기]

글쎄요. 얼른 생각이 안 나는군요.

[사자]

그럴 겁니다. 하지만 제가 그의 기억을 분명히 되살려 놓겠습니다. 그럼
키타이론에서 있었던 일이 잘 기억날 겁니다. 저 사람은 양 떼 두 무리,

저는 양 떼 한 무리를 몰며 꼬박 3년 동안 봄부터 가을까지 거의 반 년씩 그곳에 있었습니다. 겨울에 저는 양 떼를 제 우리에 몰아넣고 저 사람은 라이오스 왕의 우리에 몰아넣었습니다. 내 말 맞지? 안 그런가?

[양치기]

맞소. 하지만 오래전 일이군.

[사자]

그럼 묻겠는데 그때 자네가 내게 어린애를 주지 않았나? 내가 양자로 삼아 기르라고.

[양치기]

뭐라고? 그건 왜 묻지?

[사자]

이 사람아! 자네 앞에 서 계신 분이 바로 그때 어린애란 말이야.

[양치기]

염병할 놈! 입 닥치지 못해!

[오이디푸스]

늙은이! 이 사람을 나무랄 것이 아니다. 이 노인보다 네 말을 더 나무라야겠다.

[양치기]

높으신 어른! 어째서 그렇습니까?

[오이디푸스]

이 노인이 묻는 그 어린애에 대해 너는 아무 대답도 안 하기 때문이다.

[양치기]

저자는 아무것도 모르는 주제에 헛소리만 지껄이고 있습니다.

[오이디푸스]

바른대로 말하지 않으면 따끔한 맛을 보여 주겠다.

[양치기]

그저 이 늙은이를 용서하십시오.

[오이디푸스]

여봐라! 당장 이놈의 두 손을 묶어라.

[양치기]

아이고! 왜 이러십니까? 무슨 말을 더 들으시겠단 겁니까?

[오이디푸스]

이자가 묻고 있는 그 어린애 말인데. 네가 이 사람에게 주었지?

[양치기]

주었습니다. 차라리 그날 내가 죽었어야 했는데.

[오이디푸스]

바른대로 말하지 않으면 그렇게 될 거다.

[양치기]

아닙니다. 제가 말하면 더 큰일이 벌어질 겁니다.

[오이디푸스]

아직도 우물쭈물할 셈이구나.

[양치기]

아닙니다. 저 사람에게 주었다고 방금 말씀드렸습니다.

[오이디푸스]

어디서 얻었느냐? 네 집에 있었느냐, 아니면 남에게서 얻었느냐?

[양치기]

제 애는 아닙니다. 어떤 분에게서 받았습니다.

[오이디푸스]

여기 시민들 중 누구에게서? 누구 집에서?

[양치기]

제발 소원입니다. 왕이시여! 더 이상 묻지 마십시오.

[오이디푸스]

또다시 물어보게 하면 너는 죽임을 당하리라.

[양치기]

그건 라이오스 왕 댁의 아기였습니다.

[오이디푸스]

노예인가? 그의 친자손인가?

[양치기]

이것 참 딱하군. 아무래도 무서운 말을 해야겠으니.

[오이디푸스]

나도 마찬가지다. 하지만 기어이 들어야겠다.

[양치기]

왕의 친아들이라고 말했습니다. 그러나 안에 계신 왕비님께서 그 사연을 가장 잘 말씀하실 겁니다.

[오이디푸스]

뭐라고? 왕비가 내주었단 말이냐?

[양치기]

그렇습니다. 임금님.

[오이디푸스]

무엇 때문에?

[양치기]

제게 죽여 없애라는 것이었죠.

[오이디푸스]

그럴 수가? 제 자식이면서!

[양치기]

불길한 신탁이 두려웠기 때문이랍니다.

[오이디푸스]

무슨 신탁?

[양치기]

그 아이가 아버지를 죽인다는 것이었습니다.

[오이디푸스]

그럼 어째서 너는 그 아이를 저 노인에게 주었느냐?

[양치기]

어린것이 너무 가엾어 그랬습니다. 이 사람이 아기를 다른 곳으로, 제 나라로 데려갈 것으로 생각했습니다. 하지만 이 사람이 살려 놓았기 때문에 큰일이 벌어졌습니다. 왕께서 바로 제가 말하는 분이라면 정말 불행하게 태어나셨군요.

[오이디푸스]

아! 모든 게 분명해졌구나. 모든 사실이! 오, 빛이여! 다시는 너를 못 보게 해다오. 이 몸은 저주스럽게 태어나 저주받은 혼인을 하고 해치면 안 될 분의 피를 흘렸구나.

(오이디푸스가 궁전 안으로 뛰어 들어간다.)

[코러스]

아, 사람의 자손들이여!

너희는 하루살이 목숨.

그는 누구인가? 누구인가? 저 행운도 이름뿐.

속절없는 행운,

행운보다 더한 것을 얻은 자는 누구인가?

좋은 훈계다. 그대 운명은

그대의 그것은 아, 불행한 오이디푸스 님이시여!

이 세상 일, 무엇을 행운이라 하랴!

저 님은 비길 데 없는 솜씨로 과녁을 맞추어

모든 것에서 영화의 행운을 얻었다.

오, 제우스 신이시여! 저 굽은 손톱의

요사스러운 가희를 넘어뜨리고 나라를 위해

죽음을 막는 수루가 되셨다.

그로부터 당신은 우리 왕으로 불려

가장 높은 분으로 받들려고

테베를 다스리셨다.

그러나 이제 그 누가 이보다 슬픈 이야기를 들을까?

오, 삶에서 고뇌를 함께 할 자가 있을까?

오, 이름 높은 오이디푸스 님이시여!

같은 하나의 휴식 자리는

아들이면서 아버지로서의

당신에게 혼인의 침실을 제공했다.

아, 가엾은 자여! 당신 아버지가 씨를 뿌린 밭이 그런 잘못을

어찌 그리 오랫동안 아무 말없이 견딜 수 있었던가.

모든 것을 꿰뚫어보는 세월은

깨닫지 못한 당신의 죄를 들추어

오랫동안 이미 아버지이자 아들인

이 엄청난 혼인을 심판한다.

아, 슬퍼라. 라이오스의 아들이여!

차라리 당신을 보지 말 것을.

나는 슬픈 노래가 터져 나오듯 한탄한다.

기절하는 이오카스테
모든 진실이 밝혀진 순간 충격에 빠진 오이디푸스와 기절하는 이오카스테.

과연 당신으로 인해 되살아났고

당신으로 인해 어둠은

내 눈을 덮었다.

(안에서 다른 사자가 등장)

[사자]

영원히 이 나라 최대의 영예를 지닌 분들. 여러분께서 한 핏줄로서 라브다코스 집안일을 걱정하신다면 이런 일들은 들으시고 보셔야 합니다. 이런 큰 슬픔을 당하시다니! 이스트로스나 파시스의 강물도 이 집을 깨끗이 씻어내진 못할 겁니다. 모르지 않고 알고 한 일이지만 이 댁의 숱한 재앙에서 하나는 숨기고 하나는 곧 드러납니다. 스스로 불러들인 불상사 때문에 고통은 더 큽니다.

[코러스]

지금까지 알고 있던 일만 해도 딱하기 그지 없는데 또 무엇을 알리겠단 말인가?

[사자]

한마디로 말씀드리지요. 우리 왕비 이오카스테 님께서 돌아가셨습니다.

[코러스]

아, 가엾은 분! 도대체 어쩌다가?

[사자]

자신의 손으로. 이번 일에서 가장 비참한 것을 당신들은 보지 못했기 때문에 여러분의 괴로움은 작습니다. 그러나 내가 기억하는 한 불행하신 그분의 운명을 말씀드리겠습니다. 그분은 미친 듯 집안으로 뛰어들어 머리채를 두 손으로 쥐어뜯으면서 곧바로 침실로 가셨습니다. 방에 들어가시자마자 문을 철컥 잠그고 이미 오래전에 돌아가신 라이오스 왕의 이름을 소리쳐 부르셨습니다. 전에 그 몸에서 태어난 아드님을 생각하셨던 겁니다. 아버지를 죽이고 어머니를 자기 소생으로 저주받게 한 아들, 그 엄청난 아들을 말입니다. 불쌍하게도 남편에게서 남편을, 자식에게서 자식이라는 이중출산을 한 그 혼인을 통탄하셨습니다.

그다음에 어떻게 돌아가셨는지 저는 모릅니다. 오이디푸스 왕께서 소리치시며 뛰어 들어오셨기 때문에 그분의 임종은 보지 못하고 왕께서 서성이는 것을 누구나 다 물끄러미 바라보기만 했습니다. 왕께서는 오락가락하시며 "칼을 달라! 아내이면서 아내가 아니고 자식과 자식을 함께 낳은 사람은 어디 있느냐?"라고 외치셨습니다. 왕께서 그렇게 미친 듯 소리치시는 동안 아무도 못 보았지만 무슨 힘이 이끌었는지 왕께서는 소리지르며 문에 덤벼들어 빗장을 비틀어 벗기고 방안으로 뛰어드셨습니다. 그러나 왕비께서는 이미 밧줄에 매달려 있었습니다. 밧줄에 목을 맨 겁니다. 그 광경에 왕께서는 목멘 소리를 내시며 밧줄을 풀었습니다. 가엾은 그 시신을 눕히자 차마 못 볼 일이 벌어졌습니다. 왕께서는 왕비 옷에서 황금 장식 바늘을 빼 높이 들더니 당신의 두 눈을 콱 찌르시고 이렇게 말씀하셨습니다. "내게 덮친 수많은 재앙, 내가 저지른 수많은 죄업을 너희가 보는 것도 이게 마지막이다. 내가 보면 안 되었던 사람을 보고 내가 알고 싶었던 사람을 알아차리지 못했던 너희는 지금부터 영원히 어둠 속에 있을 것이다." 이렇게 저주를 되풀이하시며 한 번도 아니고 몇 번씩이나 눈을 찌르시니 그때마다 눈에서 흐르는 피가 수염을 적셨습니다. 아니, 핏방울이 떨어졌다기보다 시커먼 피가 쏟아졌습니다. 이런 무서운 일이 양쪽 내외분께 일어난 겁니다. 예로부터 내려오던 이 집안의 행복은 과연 그전까지는 행복이었지만 오늘은 비탄, 파멸, 죽음, 치욕 등 온갖 재앙입니다.

[코러스]

그래, 그 불쌍한 분은 이제 고통이 좀 가라앉으셨는가?

[사자]

이렇게 호통치십니다. "빗장을 벗기고 모든 카드모스 사람들에게 보여 주어라. 이 아비를 죽인 자, 그의 어머니의…" 하지만 내 입으로 부정의 말을 되풀이할 수는 없습니다. 그분은 "나를 이 나라에서 내쫓아라. 여기 더 머물러 스스로 말한 저주를 이 집에까지 끼치지 않도록 하라"는 것이었습니다. 그러나 그분은 힘도 없고 이끌어 주는 사람도 없습니다. 인간으로서 차마 견딜 수 없는 고통입니다. 곧 당신도 보시겠지만 저기 빗장이 열리고 있습니다. 곧 그 모습이 보일 겁니다. 너무 슬픈 일이어서 혐오를 느끼는 사람조차 가엾은 모습입니다.

(앞을 못 보는 오이디푸스가 두 눈에서 피를 흘리며 등장한다.)

자신의 눈을 찌른 오이디푸스
아버지를 죽이고 어머니와 결혼한 사실이 밝혀지자
스스로 자신의 눈을 찌른 오이디푸스가 절규하는 모습이다.

[코러스]

아, 이 얼마나 무서운 일인가!

일찍이 본 적 없는 처참한 모습이란 말인가!

아, 이 무슨 광증인가!

그 무슨 운명의 마귀가 덮쳐 당신을 망쳤나요?

아, 딱하다. 애처롭다.

묻고 싶고 듣고 싶은 것이 많아도 눈이 끌리면서도

차마 바라볼 수 없군요.

무섭기만 합니다.

[오이디푸스]

아, 슬프다! 재앙의 이 몸! 나는 어디로 가는가? 내 목소리가 지향 없이
날아가다니! 아, 내 운명이여! 너는 어디로 가는가?

[코러스]

무서운 곳으로. 차마 보기도 듣기도 처참한 곳으로.

[오이디푸스]

아, 무서운 먹구름의 이 어둠! 손을 쓸 수도 형언할 수도 없이 점점 죄어
오는구나. 아, 비참하다! 상처의 아픔과 불행한 기억이 이 마음을 얼마
나 깊이 찔렀던가!

[코러스]

이렇게 큰일, 겹친 한탄, 겹친 괴로움을 느끼셔도 전혀 이상할 게 없습
니다.

[오이디푸스]

아, 친구여! 그대는 아직도 변함없이 나를 생각해주는가. 아직도 이 소경을 걱정해주는가. 아직도 내 가까이 있는가. 내게 들리는 것은 그대 음성이군. 비록 그대 얼굴은 보이지 않지만….

[코러스]

아, 무서운 일을 하신 분! 무슨 마귀가 몰아친 탓인가요?

[오이디푸스]

아폴론이다. 친구들이여! 쓰라리고 괴로운 내 재앙을 불러온 것은 아폴론이다. 그러나 눈을 찌른 것은 바로 불쌍한 나다. 나는 무엇 때문에 보아야 하는가? 눈이 보여도 즐거운 거라곤 아무것도 안 보이는데.

[코러스]

옳은 말씀입니다.

[오이디푸스]

말해다오, 친구들이여! 볼 만한 아름다움이 어디 있느냐? 들을 만한 기쁜 것이 어디 있느냐? 나라 밖으로 어서 데려가다오, 친구들이여! 끌어내다오. 절망과 저주의 사람으로 그 누구보다 신들의 미움을 받은 이 사람을.

[코러스]

자책과 불행으로 비통이 겹친 분, 차라리 뵙지 않았다면 좋았을 텐데.

[오이디푸스]

그 목장에서 내 발사슬을 풀고 나를 죽음에서 살려낸 사람을 나는 저주한다. 반갑지도 않다. 그때 죽었다면 친구에게도 내게도 이런 고통이 없었을 텐데.

[코러스]

저도 그러길 바랐을 겁니다.

[오이디푸스]

그랬다면 내 아버지는 피흘리지 않았을 것이고 나를 낳은 사람의 남편으로도 불리지 않았겠지. 하지만 지금은 신들의 버림을 받은 자. 부정한 어머니의 아들. 이 불행한 나를 낳은 아버지의 침실을 이어받은 자. 비통한 것 중 비통한 것이 있다면 바로 오이디푸스의 운명이다.

[코러스]

그렇다고 그 처사가 잘된 일이라고 할 수는 없습니다. 장님으로 사느니 차라리 죽는 게 나았을 텐데.

[오이디푸스]

그 일이 가장 잘된 일이 아니라는 훈계 따위는 치워라. 더 이상 충고는 필요없다. 저승에 가 무슨 눈으로 아버지와 불쌍한 어머니를 뵙겠는가. 두 분께 목매 죽어도 모자랄 죄를 지었다. 그렇게 낳은 내 자식들은 어떻게 볼 수 있을까. 이 나라도, 그 성벽도, 신들의 귀하신 모습도. 이처럼 비참한 내 몸은 테베 땅에서 태어난 으뜸가는 젊은이였건만 이제 두 번 다시 보면 안 된다고 스스로 선고하게 되었구나! 누구든 이 더러운 사내, 신들이 더러운 놈으로 보신 이 사내, 라이오스 왕의 피를 받은 사나이를 내쫓으라고 스스로 명령한 것이다. 아, 그런 더러운 사나이임을 알면서 내 어찌 이들을 똑바로 바라보겠는가. 절대로 그럴 수 없다. 절대로 그럴

수 없다. 절대로 그럴 수는 없다. 귀로 듣는 근원을 막는 길만 알았다면 눈뿐이겠는가. 내 두 귀도 들리지 않도록 이 참혹한 몸뚱이를 기꺼이 감옥으로 만들었을 텐데. 마음이 슬픔에서 벗어나 산다는 건 즐거운 일이니까. 아, 키타이론이여! 어쩌자고 나를 숨겨주었는가? 받아들이자마자 왜 죽이지 않았는가? 그랬다면 이 몸의 본색이 세상에 드러나지 않았을 텐데. 오, 폴리버스 왕이시여! 코린토스여! 그리고 옛 조상의 집이라고 불러온 것이여! 그토록 아름다운 겉모습 뒤에 재앙을 숨긴 채 나를 키워주다니! 이제 나는 악인이오, 악하게 태어났음을 알겠다. 저 삼거리 길이여! 숨은 골짜기여! 세 갈래 길의 숲과 오솔길이여! 너희는 내 손에서 나와 피를 나눈 내 아버지의 피를 마셨구나. 잊진 않았겠지. 너희가 보는 앞에서 내가 무슨 짓을 저질렀는지! 그 후 이곳에 다시 와 무슨 짓을 했는지!

오, 운명의 결혼이여! 너는 나를 낳았으면서도 다시 같은 사나이의 씨를 받았다. 아버지와 형제와 자식, 새색시와 아내와 어머니, 육친끼리 피를 섞는 죄를 낳았다. 그렇다! 인간 세상에 더없이 더러운 죄업이구나. 그 더러운 일은 입에 올리기조차 더럽다. 자, 제발 부탁이다. 어디로든 어서 나를 나라 밖으로 숨겨다오. 죽이든 바닷속에 던지든 다시는 보이지 않는 곳으로! 이리 와 이 불행한 자를 붙들어라. 부탁이다. 두려워할 것 없다. 내 죄는 나 외에 그 누구와도 상관없으니.

[코러스]

때마침 크레온 님께서 오시는군요. 저분이 당신 소원을 들어주시거나 의논해주시겠지요. 당신 대신 나라를 지킬 사람은 저분뿐이니까요.

[오이디푸스]

아, 그에게 뭐라고 말을 걸어야 할까? 어떡해야 나를 믿어줄까? 전에 내가 그토록 모질게 대했으니.

[크레온]

오이디푸스 님! 빈정대거나 지난날 잘못을 비난하려고 여기 온 게 아닙니다. (수행인들에게) 너희들! 사람 몸으로 태어난 자를 더 이상 귀하게 여기지 않더라도 적어도 만물을 키워주시는 태양의 불길을 공경하고 햇빛도 받아들일 수 없는 이런 부정을 숨김없이 누구에게나 들추어내는 것만큼은 삼가야 한다. 자, 궁전 안으로 어서 모셔라. 집안의 불행은 집안 사람만 보고 듣는 것이 가장 경건하고 합당하니까.

[오이디푸스]

제발 부탁이오. 그런 갸륵한 마음씨로 내게 와 뜻밖에도 이 극악무도한 나의 불안을 물리쳐주었으니 부탁을 꼭 들어주오. 나를 위해서가 아니라 그대를 위해 말하는 것이오.

[크레온]

그렇게까지 원하시는 게 도대체 무엇입니까?

[오이디푸스]

어서 나를 이 땅에서 내쫓아주오. 말을 걸어줄 사람이 아무도 없는 곳으로.

[크레온]

정녕 그렇게 해드려도 좋겠지만 우선 신의 분부를 기다려야지요.

[오이디푸스]

하지만 이미 신의 말씀은 분명하오. 아비를 죽인 자, 신을 모독한 자를 파멸시키라는 것이오.

[크레온]

그렇게 하겠습니다. 하지만 일이 이렇게 되었으니 어떡해야 할지 분명히 알아보시는 게 좋지 않겠습니까?

[오이디푸스]

이런 비참한 자를 위해 알아보겠다는 말이오?

[크레온]

그렇고 말고요. 이제 당신께서도 신을 믿으실 테니까요.

[오이디푸스]

그렇지. 그리고 이건 그대를 믿고 간청하는 것이오. 저 안에 있는 사람을 그대 뜻대로 잘 묻어주오. 그대 누님이니 그대가 당연히 치러야 할 마지막 소임이오. 하지만 나는 살아 있는 동안 아버지 나라에 살면서 이 나라를 절대로 더럽히면 안 된다는 것이오. 그렇지! 나를 저 인연 깊은 키타이론산에서 살게 해주오. 내 양친께서 생존해 계셨을 때 내 무덤으로 삼으려고 했던 곳이오. 그러니 이제 나를 죽이려던 분들이 정하신 대로 나는 그곳에서 죽겠소. 하지만 이것만은 알고 있소. 병이나 다른 일이 나를 파멸시키진 못한다는 것이오. 그렇지 않고서야 일단 죽으려던 것이 구조되진 않았을 테니까. 아니지. 어떤 무서운 불행에 빠지기 위한 것이었겠지. 에라! 이놈의 팔자! 될 대로 되라지. 다만 애들에 관해서는 크레온이여! 두 놈은 걱정할 것 없소. 사내놈들이니 어디 가든 구실은 하겠지. 하지만 불쌍한 딸들은 나와 함께 식사했고 함께 지내지 않았던 적이 없으니 제발 그들만은 잘 돌봐주시오. 가능하다면 그 애들을 이 손으로 만져보고 내 실컷 울게 허락해주오. 그대! 갸륵한 마음을 가진 사람! 부디 소원이오. 눈이 보일 때와 마찬가지로 손으로 어루만질 수 있다면 그 애들이 내 곁에 있는 것 같을 거요. 저, 저것이 무슨 소리요? 신들이시여! 내 귀여운 것들이 우는 게요? 크레온이 나를 불쌍히 여겨 내 귀여운 애들, 저 두 딸을 보내주셨는가? 그렇지?

[크레온]

그렇습니다. 내가 그렇게 했습니다. 전에도 그렇게 기뻐하셨으니 지금도 기뻐하시리라는 것을 알기 때문입니다.

[오이디푸스]

아무쪼록 그대에게 행운이 있기를! 그리고 애들을 데려다준 보답으로 신께서 나보다 그대를 친절히 지켜주시기를! 얘들아! 어디 있느냐? 이리 오너라. 동기이기도 한 내게 와다오. 이 손이 너희 아비의 전에 밝았던 눈을 이 모양으로 만들었구나. 얘들아! 그 아비는 전혀 눈치채지 못하고 너희 아비가 되었다. 나는 너희를 위해 운다. 너희를 볼 수는 없지만 지금부터 너희가 모진 세상 풍파에 시달리며 살아갈 쓰라린 생활을 생각하기 때문이다. 시민들은 모임에도 너희를 초대하지 않을 것이고 무슨 축제를 보러 가도 구경은커녕 눈물로 돌아서지 않을까? 그리고 시집갈 나이가 되어서도 얘들아! 내 자식들에게도, 너희 자식들에게도 틀림없이 매정한 비난을 받아들이는 모험을 할 사내놈이 있을까? 비참한 일치고 없는 게 없구나. 너희 아비는 제 아비를 죽였다. 자기를 낳은 어미를 아내로 삼았다. 그리고 제가 태어난 몸에서 너희를 낳았다. 너희는 그런 조롱을 받겠지. 그럼 누가 결혼해주겠느냐? 그래 줄 사람은 아무도 없다. 정녕 자식도 없는 처녀로 시들겠지. 아, 메노이케우스의 아들이여! 우리를 낳으신 두 분 모두 돌아가셨으니 그대는 이 두 아이의 하나 남은 아버지이니 한 핏줄인 그 애들이 가난하고 시집도 못 간 채 거리를 헤매지 않도록, 그리고 나 같은 불행에 빠지지 않도록 해주오. 아무쪼록 불쌍히 여겨다오. 이런 어린 나이로는 그대 외에는 기댈 곳이 없구려. 후덕한 사람이여! 승낙의 표시로 내 손을 만져주오.

(크레온이 그의 오른손을 잡는다.)

그리고 얘들아! 너희가 철이 들었다면 일러두고 싶은 말이 많다. 하지만 지금으로서는 이렇게 기도해다오. 허락된 곳에서 너희가 살아가고 너희 아비보다 행복하게 살아갈 수 있게 해달라고.

[크레온]

이제 더 이상 상심치 마시고 안으로 드시지요.

[오이디푸스]

그래야겠지. 괴롭지만.

[크레온]

무슨 일이든 다 때가 있게 마련입니다.

[오이디푸스]

무슨 약속으로 내가 안으로 들어가는지 알겠소?

[크레온]

말씀해보십시오. 들어보지요.

[오이디푸스]

나를 나라 밖으로 내쫓아주오.

[크레온]

신들께서 정하신 일을 제게 말씀하시는군요.

[오이디푸스]

하지만 나는 신들께서 가장 미워하는 자가 되었소.

[크레온]

그렇다면 곧 소원을 이루시겠지요.

[오이디푸스]

그럼 들어주겠지?

[크레온]

마음에도 없는 것을 함부로 말하진 않습니다.

[오이디푸스]

그렇다면 여기서 나를 데려가주오.

[크레온]

그럼 이리로. 하지만 애들은 놓으십시오.

[오이디푸스]

아니! 애들을 내게서 빼앗진 마시오.

[크레온]

뭐든지 뜻대로 지배하실 생각은 마십시오. 모처럼 손에 넣으신 권세도 평생 따르진 않았으니까요.

[코러스]

조국 테베 사람들이여!

보라! 이분이 오이디푸스시다.

이분이야말로 저 이름 높은

수수께끼를 알고 권세가 이를 데 없던 사람

온 장안의 누구나 그 행운을 부러워했건만

보라! 지금은 저토록 거센 비운의 풍랑에 묻히시고 말았다.

그러니 마지막 날 보기를 기다려

괴로움에서 벗어나 삶의 끝에 이르기 전에는

누구든 사람으로 태어난 몸을 행복하다고 부르진 마라.

| 제5장 분석 |

이번 장의 시작을 알리는 코러스의 연설은 이전에 오이디푸스의 성공과 국가 관리 능력을 상징했던 쟁기와 선장 이미지를 그의 실패 이미지로 바꾼다. 그리고 그런 방식은 특히 오이디푸스 행동의 성적 측면에 초점을 맞추어 매우 극단적이다. 오이디푸스와 그의 아버지는 항구에 정박한 두 척의 배처럼 '넓은 항구'를 공유했고 오이디푸스는 아버지가 쟁기질한 것과 같은 '고랑'을 쟁기질했다. 항구의 이미지는 표면적으로 이오카스테의 침실을 가리키지만 두 이미지 모두 오이디푸스와 아버지가 공유한 공간인 이오카스테의 질을 분명히 나타낸다.

흙과 흙의 이미지는 장면 전체에 걸쳐 계속되며 오이디푸스의 마지막 연설 중 하나에서 가장 눈에 띄게 그가 한 일을 자녀들에게 이야기한다. 이런 흙, 쟁기질의 이미지는 국가의 토양을 경작하는 튼튼한 쟁기의 은유를 제안하는 데 사용되지만 오이디푸스가 죽인 가족구성원의 피를 마시는 토양의 이미지도 제안한다. 오이디푸스의 범죄는 오이디푸스와 그의 가족, 시민들이 서 있는 대지를 감염시키고 오이디푸스의 폭력의 결과로 모두 묻히는 역병에 대한 일종의 은유로 제시된다.

모두가 오이디푸스 스스로 자초한 실명에 대해 알게 된 후 소년이 이끄는 오이디푸스가 들어오는데 이는 그가 경멸했던 장님 선지자 테이레시아스의 모습과 닮아 있다. 육체적으로 볼 수 없게 된 그는 이제 너무나 잘 꿰뚫고 드러내는 통찰력, 즉 내적 시각을 갖게 되었다. 코러스는 오이디푸스가 그런 행동을 하고 나서 겪어야 할 육체적 고통의 양에 매료되었지만 오이디푸스는 육체적 고통에 대해서는 언급하지 않는다. 테이레시아스와 마찬가지로 그는 진실에 대한 묵상에 수반되는 심리적 고통에 초점을 맞추기 위해 물리적 세계의 우려를 뒤로 미루고 있다.

라이오스 피살사건 미스터리가 풀리자 크레온은 재빨리 권력을 자신에게 넘긴다. 오이디푸스는 여전히 지도력의 덫에 집착하는데 가장 한심한 예는 크레온에게 자신이 적합하다고 생각하는 대로 이오카스테를 묻으라는 명령이다. 오이디푸스는 크레온에게 추방을 요청하지만 크레온은 오이디푸스에게 더 이상 실질적인 통제력이 없음을 알고 있다. 크레온은 무뚝뚝하고 오이디푸스가 극 초반에 그랬듯 효율적인 지도자다. 오이디푸스가 첫 장면에서 코러스의 신탁과의 협의 요구를 예상했듯이 크레온은 오이디푸스의 추방 요청을 예상했다. 오이디푸스가 추방을 요청하자 크레온은 이미 그것에 대해 '신'과 상의했다고 말한다. 또한, 크레온은 오이디푸스가 딸들을 보고 싶어 할 것을 이미 예상하고 그들을 무대로 데려왔다가 다시 데려가게 한다.

오이디푸스는 극의 마지막 순간 괴물이 아닌 비극적 인물이 된다. 연극 내내 오이디푸스는 모든 행동에서 진지하고 솔직했다. 우리는 오이디푸스의 판단을 신뢰한다. 그는 항상 그가 말하는 것을 의미하고 그가 옳다고 믿는 것을 하기 위해 노력하는 것처럼 보이기 때문이다. 그러므로 그가 맹목과 추방에 대한 형벌을 받은 것은 그가 그것을 자신에게 가했기 때문에 정당해 보인다. 반면, 크레온은 솔직한 본성의 겉모습은 갖고 있지만 그 실체는 없다.

권력욕이 없던 크레온의 초기 항의는 오이디푸스의 왕좌를 차지하려는 열망과 연극이 끝날 때 오이디푸스를 침묵시키는 날카로운 사나움에 의해 완전히 거짓으로 판명되었다. 연극 끝에서 한 가지 자존심은 단지 다른 종류의 자존심을 대체했을 뿐이며 코러스가 계속 말했듯이 모든 사람은 비참해질 운명에 처하게 될 것이다.

소포클레스 비극 3부작

THE OEDIPUS CYCLE

| 제2부 |

콜로누스의 오이디푸스

내가 헛되이 보낸 오늘은
어제 죽어간 이들이
그토록 꿈꾸던 내일이다

콜로누스의 오이디푸스

등장인물

[오이디푸스]

추방된 테베의 왕이자 장님, 늙은 방랑자

[안티고네]

오이디푸스의 딸

[이스메네]

오이디푸스의 딸

[테세우스]

아테네의 왕

[크레온]

테베의 섭정, 오이디푸스의 죽은 아내 이오카스테의 동생

[폴리네이케스]

오이디푸스의 장남

[낯선 사람]

콜로누스의 시민

[전령]

테세우스의 하인

[코러스]

콜로누스의 노인

| 제1장 요약 |

테베에서 수년 동안 망명 생활한 후 오이디푸스는 아테네 외곽 숲에 도착한다. 눈이 멀고 허약한 그는 딸 안티고네의 도움을 받는다. 그녀도 오이디푸스도 그들이 있는 곳을 알지 못하지만 그곳은 아테네 외곽 숲속 성지의 흔적이 있는 곳이다. 콜로누스의 시민이 다가와 오이디푸스와 안티고네는 그곳을 떠나야 한다고 주장한다. 오이디푸스는 숲을 관장하는 신이 누구인지 묻고 에우메니데스 '운명의 여신'임을 알게 된다. 오이디푸스는 자신이 움직이면 안 된다고 주장하고 시민을 보내 아테네와 그 주변의 왕 테세우스를 데려온다. 그런 다음 오이디푸스는 안티고네에게 그의 생애 초기 아폴론의 신탁이 그의 운명을 예언했을 때 신은 오이디푸스가 이 땅에서 죽을 거라고 선언했다고 말한다.

코러스가 들어와 콜로누스의 성지에 감히 발을 들여놓은 낯선 이들을 저주한다. 코러스는 안티고네와 오이디푸스에게 숲 옆의 바위 노두(路頭, 지표면에 노출된 암석)로 이동하도록 설득하고 나서 오이디푸스에게 그의 내력을 심문한다. 오이디푸스가 마지못해 자신을 밝히자 코러스는 공포에 질려 울부짖으며 오이디푸스에게 즉시 콜로누스를 떠나라고 간청한다. 오이디푸스는 자신의 끔찍한 행동에 대해 책임이 없다고 주장하고 도시가 그를 몰아내지 않으면 도시가 큰 이익을 얻을 수 있다고 말한다. 오이디푸스는 그 문제에 대한 테세우스의 선언을 기다리는 데 동의할 정도로 자신의 주장을 강력히 표명한다.

숲에 등장하는 다음 사람은 테세우스가 아니라 오이디푸스의 둘째 딸 이스메네다. 오이디푸스와 두 소녀는 포옹한다. 오이디푸스는 신탁에서 소식을 수집하기 위해 여행한 이스메네에게 감사를 표하고 그녀의 언니인 안티고네는 그의 가이드로 그와 함께 한다. 이스메네는 그들의 고향 테베로 돌아온 오이디푸스의 어린 아들 에테오클레스가 그의 장남 폴리네이케스를 전복시켰다는 소식을 전한다. 폴리네이케스는 이제 그의 형제와 크레온을 공격하기 위해 아르고스에 군대를 집결시킨다.

신탁은 오이디푸스의 매장지가 그것이 위치한 도시에 행운을 갖다줄 것으로 예상했다. 크레온뿐만 아니라 두 아들도 이 예언을 알고 있었고 크레온은 현재 오이디푸스를 감금해 그의 왕국에 묻을 권리를 주장하기 위해 콜로누스로 가는 중이다. 코러스는 오이디푸스에게 그가 신성한 땅을 침입했을 때 기분을 상하게 한 영혼들을 달래야 한다고 말하고 이스메네는 신전으로 가 필요한 기도를 수행할 것이라고 말한다.

| 콜로누스의 신성한 숲 |

(아테네에서 가까운 콜로누스의 신성한 숲에 오이디푸스가 등장한다.)

[오이디푸스]

안티고네야! 우리는 어느 나라에 왔느냐? 이곳은 누구의 도시국가란 말이냐? 오늘은 누가 이 방랑자에게 빈약한 선물을 제공할 것인가? 나는 갈망하는 것은 없고 얻는 것도 없지만 이대로도 충분하다. 내 고통, 내가 살아온 오랜 세월, 나 자신의 고귀한 기원은 그것에 만족하도록 내게 가르쳐주었다. 그러니 내 딸아! 네가 쉴 곳을 보거나 평지나 어떤 신성한 숲 옆에 있다면 나를 거기로 인도해 앉혀 우리가 어디 있는지 알아내게 해야 한다. 우리는 외국인으로 이곳 사람들의 경계의 대상이 되면 안 되기 때문이다.

[안티고네]

오, 아버지! 고통받으시는 불쌍한 오이디푸스여! 이 도시를 지키는 탑은 제 눈에는 아직 멀리 보입니다. 이곳은 월계수와 올리브 나무가 있고 포도 덩굴이 빽빽이 뭉친 신성한 땅 같습니다. 숲속에는 깃털이 달린 수많은 나이팅게일이 달콤한 노래를 부르고 있습니다. 이 거친 돌 위에 앉아 팔다리를 쉬세요. 연로하신 몸으로 무척 먼 길을 오셨습니다.

테베를 떠나는 오이디푸스
앞을 못 보는 오이디푸스를 부축하고 테베를 떠나는
오이디푸스의 장녀 안티고네.

[오이디푸스]

좋아! 나를 그곳에 앉혀 앞을 못 보는 나를 보살펴다오.

[안티고네]]

(**오이디푸스의 동작을 돕는다.**) 오랫동안 해온 일이어서 말씀 안 하셔도 잘 알고 있습니다.

[오이디푸스]

우리가 있는 곳이 어디인지 말해주겠니?

[안티고네]

이곳은 아테네와 가깝지만 아테네는 아닙니다. 이곳이 어디인지 알아볼까요?

[오이디푸스]

그래, 내 딸아! 여기 누군가가 있다면.

[안티고네]

근처에 인가가 보입니다. 하지만 그곳에 갈 필요는 없습니다. 누군가가 여기로 오고 있네요.

[오이디푸스]

그가 우리에게 오고 있다고? 여기로 오는 게 분명하냐?

[안티고네]

그는 이미 여기 왔습니다. 뭐든지 그에게 물어보세요.

(낯선 사람 등장)

[오이디푸스]

오, 낯선 사람이여! 이 아이의 눈은 내 눈이기도 합니다. 이 아이에게서 들으니 때마침 그대가 우리 가까이 오셨다는데 우리의 궁금증을 풀어 주시오.

[낯선 사람]

그보다 어서 이 자리를 떠나시오. 이곳은 당신들이 들어오면 안 되는 신성한 구역이오.

[오이디푸스]

도대체 이곳은 어떤 곳이오? 신을 모신 곳이오?

[낯선 사람]

불가침의 땅인 이곳은 아무도 살아선 안 되는 땅이오. '대지의 신'과 '어둠의 신'의 딸인 무서운 여신들이 사는 곳입니다.

[오이디푸스]

내가 불러야 할 끔찍한 이름을 말해주시오.

[낯선 사람]

은혜로운 자들, 모든 것을 보시는 분, 그래서 우리 사람들은 그들을 부르지만 다른 곳에서는 다른 이름이 만연합니다.

[오이디푸스]

그렇다면 이 신들은 탄원자를 너그럽게 용서하시겠군요. 나는 이 상서로운 곳에서 떠나지 않고 여기서 쉴 작정이오.

[낯선 사람]

그게 무슨 뜻이오?

[오이디푸스]

내 운명의 암시이자 표어요.

[낯선 사람]

그렇습니까? 내가 본 일을 보고하고 나라의 명령을 받기 전에는 당신들을 여기서 내쫓지 않겠습니다.

[오이디푸스]

그렇다면 이제 신의 이름으로 나를 나그네처럼 멸시하지 마십시오. 내가 갈망하는 것을 말해주시오.

[낯선 사람]

말씀하시오. 거절하진 않겠소.

[오이디푸스]

그럼 우리가 있는 곳을 뭐라고 부르나요?

[낯선 사람]

내가 아는 건 뭐든지 당신께 알려드리겠습니다. 이곳은 모두 신성합니다. 무서운 '바다의 신' 포세이돈에게 봉헌된 곳이고 불을 가져온 티탄 프로메테우스의 숭배를 받는 곳입니다. 하지만 당신이 밟는 지점, 놋쇠 발문지방이라는 이름은 아테네의 요새이며 이웃 땅은 기사 콜로노스를 으뜸가는 주인으로 모시며 모든 사람이 그의 이름을 따 자신들의 이름을 지었지요. 당신도 알다시피 이곳은 그런 곳이며 설화 속에서보다 오히려 이곳을 사랑하는 생활 속에서 찬양받고 있습니다.

[오이디푸스]

이곳에는 정말 사람들이 살고 있습니까?

[낯선 사람]

물론입니다. 이곳에는 영웅의 후손들이 살고 있지요.

[오이디푸스]

왕이 통치하고 있습니까? 아니면 일반 백성들의 목소리가 통치합니까?

[낯선 사람]

이곳은 아테네의 영지로 통치받고 있습니다. 아테네의 영주는 우리 군
주입니다.

[오이디푸스]

말과 힘이 위대한 아테네 군주는 누구입니까?

[낯선 사람]

테세우스라는 분입니다. 우리 선왕이신 아이게우스의 아드님이시지요.

[오이디푸스]

그분에게 심부름 가실 분 없을까요?

[낯선 사람]

무슨 말씀을 전하려고요? 아니면 왕을 오시라고 하려고요?

[오이디푸스]

사소한 봉사로 큰 이익을 얻을 겁니다.

[낯선 사람]

앞을 못 보는 사람에게서 어떻게 이익을 얻을 수 있습니까?

[오이디푸스]

내가 하는 말에는 선견지명이 있소.

[낯선 사람]

무슨 일이 일어나고 있는지 나는 사람들에게 가 말할 겁니다. 도시 사람들이 아닌 이 지역 사람들. 그들은 당신이 머물러야 할지, 다시 여행해야 할지 결정할 겁니다.

(낯선 사람 퇴장)

[오이디푸스]

애야! 그 사람은 갔느냐?

[안티고네]

네, 그는 떠났습니다. 아버지 곁에 저 혼자 있으니 원하시는 일을 두려워 마시고 말씀하셔도 됩니다.

[오이디푸스]

오, 무서운 눈을 가진 신성들이여! 이 땅에 들어와 제가 처음 무릎 꿇은 곳은 여러분의 신성한 자리이니 아폴론 신이나 저를 퉁명스럽게 대하지 말아 주십시오. 아폴론 신께서는 제게 허다한 비탄으로 가득 찬 운명이라고 선언하시면서 오랜 세월이 흘러 제가 쉴 곳은 이곳이라고 말씀하셨습니다. 제가 목표로 정한 고장에 다다르면 거기 무서운 여신들의 자

오이디푸스와 안티고네
효심이 깊은 안티고네가 아버지 오이디푸스와
숲속 그늘에서 쉬는 장면이다.

리에서 편히 쉴 은신처를 찾을 것이며 거기서 고달픈 내 일생을 마칠 거라고, 내가 거기서 사는 동안 나를 반겨주는 자에게는 은혜가 내리고 나를 떠나게 하고 나를 내쫓는 자에게는 멸망만 있을 뿐이라고, 계속 아폴론 신께서는 이런 일의 조짐은 지진과 천둥, 제우스의 번개 섬광 같은 징후가 내게 올 거라고 말했습니다. 이제 저는 이 성별된 땅으로 여행을 떠나게 한 것이 당신이 보낸 믿을 만한 징조가 틀림없다는 것을 압니다. 그렇지 않았다면 내가 방황하는 동안 온화한 내가 포도주를 만지지 않는 엄격한 여신들을 먼저 만났거나 거칠게 깎인 이 신성한 바위에 앉았겠습니까? 오, 신들이시여! 내가 다른 필멸의 인간보다 훨씬 비참한 노예가 된 것처럼 보이지 않는 한, 아폴론의 신탁이 선언한 것을 따르고 마침내 내 삶을 끝내기를 기도합니다. 영원한 어둠의 사랑스러운 딸들아! 내 말을 들어라! 강력한 팔라스의 이름을 딴 도시, 오 아테네! 모든 도시 중에서 가장 영예로운 사람이여! 그 사람 오이디푸스의 불쌍한 유령을 불쌍히 여기소서. 이 사람은 옛날 그 사나이가 아니옵니다.

[안티고네]

쉿! 저기 회색 수염 노인들이 오세요. 아버님을 살피러 오는 모양입니다.

[오이디푸스]

나는 벙어리가 되겠다. 저들이 무슨 말을 하는지 알 때까지 길에서 떨어진 숲속에 나를 숨겨다오. 저들의 말을 들어보면 우리가 어떡해야 할지 알게 될 거야.

(안티고네가 오이디푸스를 은신처로 인도한다. 콜로누스의 노인들로 이루어진 코러스 등장)

[코러스]

그를 찾아라. 도대체 그는 누구일까? 이 세상에서 가장 무례하고 불경스럽고 부끄러움을 모르는 그자가 어디로 달아났단 말이냐? 땅을 자세히 살펴라. 잘 보아라. 어서 구석까지 찾아보라. 그 노인은 지역 시민이 아니라 방황하는 방랑자임이 틀림없다. 그렇지 않다면 아무도 저항할 수 없는 여신들에게 헌정된 신성한 숲에 감히 발을 들여놓지 못했을 것이다. 우리는 여신들의 이름만 들어도 벌벌 떨고 그 옆을 지나갈 때는 눈을 돌리고 말소리도 죽이고 조용히 입술만 움직여 경건한 기도를 올리지 않느냐? 그런데 이야기가 믿을 만하다면 어떤 멍청한 이국인이 우리의 이런 행동을 모독했다고 한다. 이 거룩한 곳을 수색했지만 그를 엿볼 수 없다. 그가 어디 숨었는지 나는 모른다.

(오이디푸스와 안티고네가 은신처를 떠나 앞으로 나온다.)

[오이디푸스]

당신들이 찾는 사람이 바로 나요. 옛말에도 있듯이 내 귀가 바로 내 눈이기도 하오.

[코러스]

오, 보기도 듣기도 두렵다.

[오이디푸스]

제발 나를 무법자로 생각하지 마시오. 나는 당신께 간청하고 있습니다.

[코러스]

우리의 수호자이신 제우스 신이시여! 저희를 지켜주소서. 이 늙은이는
누구입니까?

[오이디푸스]

이 땅의 수호자 여러분! 저는 아무도 행복하다고 부를 수 없는 운명을 가
진 사람입니다. 그렇지 않다면 왜 남의 눈에 의지해 걸어다니고 약한 자
에게 내 힘을 떠맡기겠는가.

[코러스]

아, 그대는 태어날 때부터 앞을 못 보는가? 짐작하건대 그동안 고생도 많
았고 긴 세월이 흐른 것 같구려. 하지만 내가 도와줄 수 있는 일이 있다
면 그대의 운명에 또 다른 저주를 더하지 않는 것뿐이오. 머나먼 곳으로
가는 분이구려. 머나먼 곳으로! 하지만 달콤한 신주 방울이 떨어져 넘쳐
흘러 작은 시내를 이룬 곳, 조용한 숲속 잔디밭에는 함부로 들어가지 마
시오. 불행한 방랑자여! 침범하지 않도록 조심하시오. 물러나 나오시오.
이리 나오시오. 우리 사이는 상당히 떨어졌는데 고생에 찌든 방랑자여!
내 말이 들리시오? 우리에게 할 말이 있거든 금지된 땅에서 누구에게나
허락된 곳에서 말씀하시오. 하지만 그때까지는 삼가시오.

[오이디푸스]

내 딸아! 이제 우리는 어떤 조언을 구해야 하느냐?

[안티고네]

아버님! 이 고장의 관습을 따르는 게 좋겠습니다. 순종하고 여기서 그들이 하는 것처럼 행동해야 합니다.

[오이디푸스]

그렇다면 네 손을 다오.

[안티고네]

오, 아버지여! 여기 제 손이 있습니다.

[오이디푸스]

여보시오! 그대들의 말을 믿고 안전한 곳에서 나가니 부당한 일을 당하지 않게 해주시오.

[코러스]

당신 뜻에 반해 아무도 당신을 몰아낼 수 없습니다.

(오이디푸스가 은신처에서 나가기 시작한다.)

[오이디푸스]

이 정도면 충분합니까?

[코러스]

됐소. 그 정도면 당신이 우리 말을 들을 수 있을 것이오.

[오이디푸스]

앉아도 되겠소?

[오이디푸스]

앉아도 되겠소?

[코러스]

좋소. 옆으로 비켜 그 바위 끝에 앉으시오.

[안티고네]

아버님! 제가 도와드릴게요.

[오이디푸스]

아, 이런! 이런!

[안티고네]

천천히 걸으세요. 늙으신 몸을 제 팔에 의지하세요. 아버님을 사랑하는
제가 아버님께서 앉으시도록 도와드리겠어요.

[오이디푸스]

어두운 영혼의 불쌍한 신세여!

[코러스]

아, 불행한 사람! 이제 편안해졌으니 우리에게 말하시오. 당신은 어느 혈
통이며 고달프게 살아온 당신 이름은 무엇이오? 그리고 당신 나라는 어
디인지 말해주시오.

[오이디푸스]

여러분! 나는 추방된 사람입니다. 나는 집이 없으니 그런 질문은 하지
마시오.

[코러스]

그게 뭐요? 노인! 당신이 말하기에 두려운 게 있단 말이오?

[오이디푸스]

아니오. 내가 누구인지 제발 묻지 마시오. 내 이름과 내 나라를 묻지 마시오.

[코러스]

왜요?

[오이디푸스]

내 운명은 말할 만한 것이 못 되오.

[코러스]

자세히 알려주시오.

[오이디푸스]

아, 내 딸아! 내가 뭐라고 말해야 하느냐?

[코러스]

낯선 사람이여! 당신의 혈통과 당신의 아버지를 말하시오.

[오이디푸스]

아, 내 딸아! 나는 어떡해야 하느냐?

[안티고네]

말씀하세요. 피할 수 없는 막다른 골목에 몰렸어요.

[오이디푸스]

나는 말할 것이다. 진실을 숨길 수 없다.

[코러스]

한동안 두 분은 미루고 계셨습니다. 요점을 말씀하십시오.

[오이디푸스]

당신은 라이오스의 아들에 대해 잘 알고 있습니까?

[코러스]

아, 안 돼!

[오이디푸스]

랍다코스의 가문에 대해 아시오?

[코러스]

아, 제우스 신이시여!

[오이디푸스]

저 불쌍한 오이디푸스에 대해서도 알고 계시오?

[코러스]

그렇다면 당신이 바로 그 사람이오?

[오이디푸스]

내가 하는 말을 두려워하면 안 되오.

(코러스가 반쯤 돌아서 망토로 눈을 가리며 절규한다.)

[코러스]

아, 안 돼! 아니오! 아니오!

[오이디푸스]

나는 저주받은 몸이오.

[코러스]

아니오! 아니오!

[오이디푸스]

내 딸아! 이제 무슨 일이 일어날까?

[코러스]

당신들은 이 땅을 떠나야 하오. 어서 가시오.

[오이디푸스]

그럼 당신들은 내게 한 약속을 어쩌겠단 말이오? 나와의 약속을 어떻게 지키겠소?

[코러스]

사람은 자신에게 행해진 악에 반응할 때 운명으로부터 처벌받지 않습니다. 당신은 우리를 속였으니 이제 우리도 똑같이 하고 있습니다. 그런 행동은 만족스러운 보상이 아니라 고통만 갖다줄 뿐입니다. 그러니 지금 앉은 곳을 떠나시오. 이 땅은 당신을 위한 곳이 아니오. 당신에게 지워진 죄를 우리에게 부과하지 마시오.

[안티고네]

마음씨 너그러운 어르신들이시여! 아버님이 모르고 저지르신 일은 소문을 들어 아실 테니 늙으신 제 아버님을 용서하실 수 없을 겁니다. 하지만 이 소녀를 제발 가엾게 여겨 주세요. 부탁입니다. 오직 아버님을 위해 간청드립니다. 나는 당신의 피를 나누는 사람처럼 여전히 당신 자신을 응시할 수 있는 이 눈으로 당신께 간청드립니다. 고통받는 이 사람이 당신의 연민을 얻게 하십시오. 비참한 우리에게 당신은 신과 같습니다. 우리는 당신의 힘 안에 있습니다. 우리에게 뜻밖의 이 혜택을 주소서. 나는 당신이 사랑하는 모든 것, 당신의 자녀, 당신의 아내, 당신의 재산, 당신의 신들께 간청드립니다. 어디를 찾아도 신들이 그를 재앙으로 이끌 때 피할 수 있는 필멸의 인간을 찾진 못할 겁니다.

[코러스]

이것을 알라. 오이디푸스의 아이여! 우리는 네 시련에 있는 너와 그를 동정한다. 하지만 우리는 신들이 우리에게 무슨 짓을 할지 두렵고 이미 우리가 말한 것 외에 다른 것을 말할 힘도 없다.

[오이디푸스]

좋은 평판이나 영광이 무슨 소용이겠습니까? 사람들은 아테네가 그 어느 곳보다 신들을 숭배하며 곤경에 처한 낯선 이를 구해줄 힘을 가진 유일한 도시라고 주장합니다. 그런데 당신들은 내 이름만 들어도 두려워 이 바위로부터 나를 일으켜 이 땅에서 내쫓으려고 하고 내 힘과 내 행동을 두려워한단 말인가? 분명히 말하지만 나는 그렇게 생각하지 않소. 내가 저지른 행동 이상으로 내가 고통받고 있으니까. 당신들에게 내 어머니와 아버지 이야기를 들려줄 수만 있다면 얼마나 좋겠소? 그 일 때문에 당신들이 나를 두려워한다는 것을 잘 알고 있소. 하지만 내 천성까지 악했단 말인가? 내게 부당한 짓을 저지른 사람에게 나는 복수했을 뿐이니까. 설령 내가 잘 알고 그런 짓을 했더라도 나를 나쁘다고 할 수는 없소. 하지만 내가 그런 짓을 저질렀을 때 나는 아무것도 몰랐고 그들이 하는 일을 온전히 알고 나를 해친 사람들은 나를 멸망시키려고 했소. 그러니 여러분! 나는 신들께 맹세코 애원합니다. 당신들이 나를 이곳으로 불러 냈으니 나를 보호해주시오. 그리고 당신들이 신을 찬양하는 동안 신들 께 마땅히 바쳐야 할 자를 거부하지 마시오. 하지만 신들께서는 신을 두 려워하는 자와 믿음이 없는 자를 분별하시니 오히려 경건하지 않은 자 는 절대로 벗어날 수 없다고 생각하시오. 신들의 이런 도움을 받아 부정 한 행동 때문에 아테네의 밝은 명성이 흐려지지 않도록 하시오. 하지만 당신들은 맹세하고 내 간청을 받아들였으니 나를 구하고 끝까지 지켜주 시오. 내 얼굴이 보기 흉해도 나를 비웃지 마시오. 나는 성스럽고 경건하 고 이 나라 백성들에게 즐거움을 주는 자로 여기 왔기 때문이오. 하지만 그대들의 왕이 어느 분이든 그분이 오시면 당신들도 모든 일을 듣고 알 게 될 것이오. 그때까지는 절대로 경거망동하지 마시오.

[코러스]

방금 당신이 한 주장, 노인, 무게를 지닌 말로 우리는 존중해야 합니다. 이 문제는 이 땅을 다스리는 사람들이 해결해야 한다고 생각합니다.

[오이디푸스]

그런데 여러분! 이 국가의 통치자는 어디 있습니까?

[코러스]

그분은 조상 때부터 계승된 이 땅의 도시에 계시오. 우리를 여기로 보낸 사자가 그분을 모시러 갔소.

[오이디푸스]

그분께서 장님인 나를 보거나 돌보기 위해 몸소 여기로 오실 것 같소?

[코러스]

물론입니다. 그분은 당신 이름을 들으면 그렇게 할 겁니다.

[오이디푸스]

이 일을 전하러 간 사람은 누구요?

[코러스]

길은 멀지만 나그네들이 소문을 퍼뜨리고 있소. 왕께서 이 소문을 들으시면 곧 오실 테니 걱정할 필요 없습니다. 노인의 이름이 방방곡곡 울려 퍼지고 있소. 그러니 왕께서는 그대 이름을 들으면 만사 제치고 달려오실 겁니다.

[오이디푸스]

그가 어서 여기로 와 나와 그의 도시에 행운을 갖다주기를 바랍니다. 품위 있는 사람은 다른 사람들을 도와줌으로써 자신을 돕지 않습니까?

[안티고네]

오, 제우스 신이시여! 내가 뭐라고 말할까요? 어떻게 생각해야 할까요? 아버지!

[오이디푸스]

안티고네! 내 딸아! 무슨 일이냐?

[안티고네]

나는 한 여인이 조랑말을 타고 여기로 오는 것을 보았는데 젊은 시칠리아 말이었습니다. 그녀는 태양으로부터 얼굴을 보호하기 위해 테살리아 천 모자를 쓰고 있습니다. 내가 무슨 말을 해야 할까? 그녀인가? 아닌가? 내 마음은 계속 변합니다. 그녀라고 말해야 합니까, 아니면 다른 사람이라고 말해야 합니까? 맞아! 틀림없어! 아냐. 그럴 리 없어. 아, 불쌍한 아이! 이 세상에 하나밖에 없는 내 동생. 그 아이가 밝은 표정으로 내게 인사하네. 틀림없이 사랑하는 내 동생 이스메네야!

[오이디푸스]

내 딸아! 너는 무슨 말을 하느냐?

[안티고네]

내 여동생, 아버님의 딸이 보여요. 아버님은 그 아이의 목소리를 들으면 당장 알아볼 수 있어요.

(이스메네 등장)

[이스메네]

아, 저기 두 분! 아버지와 언니! 그립고 그리웠던 분들! 간신히 찾았군요. 그런데 눈물이 앞을 가려 볼 수가 없어요.

[오이디푸스]

오, 내 딸아! 네가 여기 왔느냐?

[이스메네]

아, 아버지! 이렇게 초췌하시다니!

두 딸과 오이디푸스
효심이 깊은 안티고네와 이스메네가 아버지의 초췌한 모습에 절규하는 장면이다.

[오이디푸스]

얘야! 네가 옆에 있지 않느냐?

[이스메네]

네, 여기 있어요. 그동안 고생 많으셨군요.

[오이디푸스]

손을 잡아주렴. 내 딸아!

[이스메네]

두 분 손을 잡을게요.

[오이디푸스]

오, 내 피의 자녀들아!

[이스메네]

얼마나 비참한 삶입니까?

[오이디푸스]

안티고네와 내 것?

[이스메네]

그리고 내 것도. 저는 인생이 비참한 셋째입니다.

[오이디푸스]

얘야! 왜 왔느냐?

[이스메네]

아버님, 아버님 걱정이 되어서요.

[오이디푸스]

내가 그리웠느냐?

[이스메네]

네, 제 입으로 아버님께 소식을 전하고 싶어 하나밖에 안 남은 충실한 종을 데려왔어요.

[오이디푸스]

이렇게 급할 때 너희 젊은 오라비들은 어디 있느냐?

[이스메네]

그들의 처소에 있습니다. 하지만 참담한 생활을 하고 있을 거예요.

[오이디푸스]

오, 그 애들의 정신도 생활도 이집트 방식과 비슷하겠구나. 거기서는 사내들이 집 안에서 바느질하고 여자들은 양식을 구하러 밖에 나간다. 내 딸들아! 그 일을 해야 할 두 아들은 딸들처럼 집에 있고 너희 둘이 그들 대신 불쌍한 아버지의 고통의 짐을 떠맡는다. 너희 중 한 명은 아이 티를 겨우 벗고 여자 구실을 하게 되자 고달프게 방랑하는 늙은이를 끌고 때로는 굶주리고 맨발로 숲속을 헤매며 폭우와 찌는 듯한 더위에 시달려 왔다. 그리고 이 아버지를 봉양하기 위해 집안의 즐거움 따위는 염두에 두지도 않는다. 그리고 내 딸! 너도 일찍이 테베에 있는 사람들이 알지 못하는 사이 네 아버지에게 와 오이디푸스에 대한 모든 신탁을 가져왔다. 내가 그 땅에서 쫓겨났을 때 너는 내 충실한 파수꾼이 되어 주었다. 그런데 이스메네야! 지금은 어떤 새로운 소식을 아비에게 전하러 왔느냐? 무슨 연유로 집을 떠나 여행하게 되었느냐? 네가 빈손으로 올 애가 아니라는 것을 나는 잘 안다. 아비에게 전할 중요한 말이 있을 거야.

[이스메네]

아버님께서 어디 계시는지 알아내기 위해 애쓰면서 겪은 고통은 말씀드리지 않겠어요. 자세히 말씀드려봤자 공연히 고생만 새로워질 테니까요. 하지만 지금 아버님의 불운한 아들들에게 닥친 불행을 알려드리려고 해요. 오라비들은 전부터 우리 집안에 붙어다닌 재앙과 그 재앙이 아버님의 불행한 집안에 어떻게 닥쳤는지를 냉정히 생각해보고 처음에는 크레온에게 왕좌를 맡겨 나라의 오점을 씻으려고 했어요. 하지만 지금은 어떤 신에게 홀려 사악한 마음에 사로잡혔는지 서로 지배자가 되어 왕권을 놓고 불행한 경쟁을 벌이고 있어요.

과격한 작은 오라비가 큰 오라비 폴리네이케스에게서 왕좌를 빼앗고 그를 고국에서 추방했어요. 그런데 지금 널리 퍼진 소문에 의하면 큰 오라비는 망명자로 산으로 둘러싸인 아르고스 지방으로 가 새로운 혈연관계를 맺고 용사들을 친구로 삼고 있다네요. 따라서 곧 아르고스가 도의상 테베의 땅을 차지하거나 그 나라의 영광을 종식할 것 같아요. 아버님! 공연한 말이 아니에요. 정말 무서운 사실이에요. 그리고 신께서 아버님의 불행에 자비를 베풀기까지 얼마나 걸릴지 저도 알 수가 없어요.

[오이디푸스]

너는 신께서 나를 용서해줄 거라는 희망을 품고 있느냐?

[이스메네]

네, 아버님! 그것은 제가 최근 신탁을 듣고 알게 된 겁니다.

[오이디푸스]

그 신탁은 어떤 내용이냐? 애야! 무엇이 예언되었느냐?

[이스메네]

테베 사람들은 곧 자신의 안전을 위해 아버님이 살아 계시든 돌아가시든 아버님을 다시 찾게 된다는 겁니다.

[오이디푸스]

나 같은 사람에게서 누가 이익을 얻을 수 있을까?

[이스메네]

사람들은 그들의 힘이 아버님에게 달려 있다고 말합니다.

[오이디푸스]

나는 무용지물이 되었는데 지금도 내가 대장부란 말이냐?

[이스메네]

그럼요. 지금 신들이 아버님을 응원하기 때문이에요. 전에 그들은 아버님의 멸망을 빌었지만요.

[오이디푸스]

늙은이의 힘을 돌워봤자 무슨 소용 있겠니? 그것은 젊을 때 짓밟힌 노인에게 권력을 회복시키는 비열한 정신이다.

[이스메네]

이유가 무엇이든 크레온이 곧 아버님을 찾아올 거예요. 오래 걸리지 않을 겁니다.

[오이디푸스]

얘야! 무엇 때문에 오는지 말해다오. 내 딸아!

[이스메네]

아버님을 테베 땅 가까이서 살게 해 아버님을 꼼짝 못 하게 하려는 거지요. 하지만 아버님은 국경 안에는 발을 들여놓지 못하실 거예요.

[오이디푸스]

내가 그들의 국경 밖에 누워 있다면 그들에게 무슨 도움이 되느냐?

[이스메네]

아버님 묘에 불행이 내리면 자신들에게도 저주가 내린다고 생각하기 때문이지요.

[오이디푸스]

그것은 신의 도움 없이도 알 수 있을 텐데.

[이스메네]

그래서 그들은 아버님을 이웃으로 받아들이려는 거예요. 아버님이 주인 노릇을 할 수 없는 곳에서.

[오이디푸스]

그들이 나를 테베 땅에 묻겠다는 것이냐?

[이스메네]

아닙니다. 그건 허용되지 않아요. 혈족 간에 피를 흘린 죄 때문에 그러진 못합니다.

[오이디푸스]

그렇다면 그들은 나를 절대로 끌어들이지 못한다.

[이스메네]

그렇다면 언젠가 그것은 테베 시민들에게 재앙이 될 겁니다.

[오이디푸스]

무엇 때문에?

[이스메네]

그들이 아버님 무덤 앞에 섰을 때 아버님의 노여움을 느낄 거라고 생각하기 때문이지요.

[오이디푸스]

이스메네야! 이런 말을 어디서 들었느냐?

[이스메네]

델포이 신전에서 돌아왔을 때 신성한 사신이 전해 주었어요.

[오이디푸스]

그렇다면 아폴론 신께서 나에 대해 정말 그런 말씀을 하셨단 말이냐?

[이스메네]

테베로 돌아온 사람들이 그렇게 말하더군요.

[오이디푸스]

그렇다면 내 아들 중에서 누가 그 예언을 들었느냐?

[이스메네]

두 오라비는 그것에 대해 모두 알고 있어요.

[오이디푸스]

그렇다면 그 천한 놈들은 이 일을 잘 알면서도 내게 돌려줄 왕위를 포기하지 않고 서로 다투기만 했단 말이냐?

[이스메네]

이 말을 듣는 것은 고통스럽지만 사실입니다.

[오이디푸스]

그렇다면 신들이 이 두 아들의 예정된 다툼을 막지 않기를 기도합니다. 그들이 싸우려는 이 전투의 마지막 중재자가 되어 서로에게 창을 겨누기를 바랍니다. 현재 왕권과 왕좌를 가진 자도 오래가지 못할 것이며 쫓겨난 자도 다시는 돌아오지 못할 겁니다. 아비인 제가 제 나라에서 수치스럽게 추방되었을 때 그들은 이를 막으려고 하지도 않았고 나를 지켜주지도 않았습니다. 아니, 그들은 제가 집 없이 쫓겨나는 것을 방관했고 제가 추방당할 신세를 한탄하는 것도 듣고 있었습니다. 그놈들은 그때 저 자신이 추방되기를 바랐고 나라에서 제때 은혜를 베풀지 않았냐고 말하지 않았겠어요? 하지만 정녕 그렇지 않습니다.

내 간절한 소망은 죽음, 그렇습니다. 제게 주어질 수 있는 것은 돌에 맞아 죽는 것이었습니다. 하지만 아무도 내가 원하는 것을 들어주지 않았습니다. 나중에 모든 분노가 사라지자 내 열정이 과거 실수에 대해 너무 큰 형벌을 구했다고 생각했지만 모든 시간이 지난 후 도시는 테베에서 나를 추방했습니다. 당시 제 아들들은 저를 도와줄 수 있었지만 도우려고 하지 않았습니다. 이놈들이 정말 이럴 수 있단 말입니까? 아니, 그들이 단 한마디도 거들어주지 않아 나는 영원히 추방되어 걸인으로 방랑한 겁니다. 여기 이 두 사람, 내 딸들에게서 나는 자연이 줄 수 있는 만큼 일용할 음식, 안전한 휴식 장소, 가족의 보살핌을 받습니다. 하지만 그들의 형제는 왕좌와 왕홀과 땅을 다스릴 권력을 위해 아버지를 배신했습니다. 내 아들들은 절대로 나를 동맹으로 삼지 못할 겁니다. 그리고 그들은 테베를 왕으로 통치함으로써 이익을 전혀 얻지 못할 겁니다. 그러니 크레온이든 테베의 다른 유력자든 저를 찾아오라고 하십시오. 신이시여! 여기 있는 제게 만족하신다면 제가 이 나라의 구원자가 되는 것을 거절하지 마십시오.

[코러스]

오이디푸스여! 당신은 우리의 동정을 얻었습니다. 당신과 이 소녀들, 당신 이야기 외에도 당신이 자신을 이 땅의 구세주로 생각하기 때문에 이제 당신의 이익을 위해 몇 가지 조언을 하고 싶습니다.

[오이디푸스]

친애하는 내 친구들이여! 내게 도움을 주십시오. 그럼 나는 당신이 말하는 모든 것을 실행할 겁니다.

[코러스]

먼저 당신이 짓밟은 이 여신들 앞에서 자신을 정화해야 합니다.

[오이디푸스]

내가 무엇을 해야 하는지 알려 주시오.

[코러스]

우선 손부터 정화하고 쉼 없이 흐르는 샘에서 신성한 물을 가져오십시오.

[오이디푸스]

이 순수한 물을 다시 가져와 어떡해야 합니까?

[코러스]

숙련된 장인의 작품인 그릇의 양쪽 테두리와 손잡이를 덮습니다.

[오이디푸스]

무엇으로 그들을 덮습니까? 양모? 올리브 나뭇가지?

[코러스]

암컷 양에서 갓 깎은 양모를 사용하십시오.

[오이디푸스]

좋습니다. 다음은? 의식은 어떻게 끝내나요?

[코러스]

이른 새벽을 향한 술을 붓습니다.

[오이디푸스]

당신이 말한 그 그릇에 담긴 물을 쏟으면 됩니까?

[코러스]

그렇소. 세 번 쏟되 마지막에는 전주를 비우시오.

[오이디푸스]

세 번째 그릇을 놓기 전에 무엇으로 채워야 합니까?

[코러스]

물과 꿀을 넣되 포도주는 넣지 마십시오.

[오이디푸스]

그리고 어두운 잎으로 덮인 땅이 마시면 어떻게 될까요?

[코러스]

두 손으로 올리브 나뭇가지 아홉 개씩 세 묶음을 내려놓고 이 기도를 암송합니다.

[오이디푸스]

나는 기도를 들어야 합니다. 그것이 가장 중요하오.

[코러스]

우리가 그들을 친절한 자들이라고 부르기 때문에 그들이 은혜롭게 탄원을 받고 그를 구원할 수 있도록 기도합시다. 이 기도를 직접 하거나 다른 사람이 대신 암송하도록 해야 합니다. 아무도 당신 말을 듣지 않게 말하시오. 큰 소리로 기도하지 마십시오. 그런 다음 그 장소를 떠나 돌아서지 마십시오. 당신이 이렇게 하면 나는 당신 곁에 당신의 친구로 설 힘을 가질 겁니다. 그렇지 않다면 나는 당신을 두려워할 겁니다.

[오이디푸스]

자녀들아! 친절하신 이분들의 말씀을 들었느냐?

[안티고네]

우리도 들었어요. 우리가 할 일을 알려 주세요.

[오이디푸스]

나는 갈 수가 없구나. 내가 그 일을 하기에는 힘이 없고 눈도 안 보이니 너희 중 한 명이 가서 이 의식을 치르다오. 착한 마음으로 신전에 간다면 한 명이 천만 명의 죄도 충분히 속죄할 수 있다고 생각한다. 자, 어서 가거라. 하지만 나 혼자 있게 하진 마라. 누가 도와주거나 손을 끌어주지 않으면 움직일 수가 없구나.

[이스메네]

그렇다면 제가 의식을 치르기 위해 가겠어요. 그런데 그곳에 어떻게 가나요? 그 신성한 곳이 어디인지 모르겠어요.

[코러스]

저기 숲 너머입니다. 필요한 것이 있으면 거기 누군가가 있습니다. 그분이 당신을 인도하실 겁니다.

[이스메네]

그럼 가겠어요. 안티고네 언니! 여기서 아버님을 보살펴주세요. 그 일이 어렵더라도 아버지를 위한 것이니 저는 고생으로 여기지 않겠어요.

(퇴장)

| 제1장 분석 |

『콜로누스의 오이디푸스』는 『오이디푸스 왕』보다 몇 년 후가 배경이며 오랫동안 방황한 오이디푸스는 망명의 관점을 바꾸었다. 첫째, 그는 자신의 운명에 책임이 없다고 결정했지만 이전 연극의 끝에서 자신의 행동에 대한 책임을 자랑스럽게 주장하고 눈을 멀게 한 후 망명을 구걸했다. 또한, 오이디푸스는 아들들이 그의 망명을 막았어야 한다고 말하지만 『오이디푸스 왕』에서 그의 아들들은 무대에 등장조차 하지 않았다. 우리는 오이디푸스의 바뀐 정서를 어떻게 받아들여야 할지 아직 모른다. 그는 단순히 변명하는 '부서진 사람'일 수 있고, 어쩌면 그의 오랜 방황이 그에게 새로운 지혜를 불어넣었는지도 모른다.

오이디푸스는 자존심과 경멸을 친절과 바꾼 것처럼 보이지만 연극을 시작하는 장면은 수수께끼 같은 모순을 만든다. 등장인물들은 안티고네가 사랑스럽게 묘사한 성지에 침입한다. 경전에 헌정된 연극이 거룩한 땅에 침입하는 것으로 시작된다는 것이 이상해 보인다. 분명한 것은 오이디푸스가 이전보다 훨씬 독실하다는 것, 즉 기도나 해방이 요구될 때 즉시 동의한다는 것이다. 하지만 오이디푸스는 필요한 의식을 딸들에게 치르게 하고 자신의 잘못에 대해 실제로 사과하진 않는다. 오히려 자신을 순진한 시민의 지식을 넘어서는 신에 대한 지식을 갖춘 사람으로 간주한다. 경건과 교만 사이의 이 이상한 긴장은 연극이 진행되면서 멈추지 않고 지속될 것이다.

오이디푸스는 이제 훨씬 덜 역동적이고 영웅적이다.

고뇌하는 오이디푸스

| 제2장 요약 |

코러스는 오이디푸스 주변에 모여 그의 범죄를 신랄히 비난하고 그의 비극적인 삶에 대한 이야기를 들려달라고 주장한다. 오이디푸스는 마지못해 아버지를 죽이고 어머니와 결혼했다고 말하는데 두 가지 범죄 모두 자신도 모르게 저질렀다고 주장한다. 이제 테세우스는 오이디푸스의 이야기를 알고 있으며 그의 운명을 불쌍히 여기며 등장한다. 오이디푸스는 테세우스가 자신의 이야기를 다시 반복하지 않게 해준 데 감사하고 그의 몸이 도시에 큰 도움이 될 거라고 말한다.

오이디푸스는 테세우스에게 콜로누스에 자신이 묻힐 장소를 제공해달라고 요청하고 테세우스는 이에 동의한다. 그런 다음 오이디푸스는 테베가 자신의 몸에 대한 권리를 위해 아테네를 공격할 거라고 경고하고 테세우스는 오이디푸스가 집으로 돌아가 죽지 않는 이유를 묻는다. 그 대답으로 오이디푸스는 망명의 잔인함, 우정과 사랑, 유대의 연약함, 자신을 매장한 도시에 대한 보호를 약속하는 영원한 신을 제외한 모든 신을 신뢰할 수 없음을 한탄하기 시작한다. 테세우스는 테베로부터 오이디푸스를 보호하고 절대로 그를 배신하지 않겠다고 맹세한다. 테세우스가 나가고 합창단이 콜로누스를 칭찬하기 위해 나온다.

안티고네는 크레온과 그의 경비병들이 다가오는 것을 본다. 크레온은 가족의 두려움을 눈치채고 오이디푸스를 집으로 데려와 쉴 수 있게 해주겠다고 약속한다. 그는 오이디푸스에게 그의 불행한 방황이 테베에 수치를 안겨준다고 말하지만 오이디푸스는 크레온이 기꺼이 그를 추방할 것이라고 주장하며 그의 말을 믿지 않는다. 오이디푸스는 테베로 돌아가고 싶지 않고 다만 죽음의 평화에 들어가고 싶다고 크레온에게 말한다. 그는 크레온을 보내려고 하지만 크레온은 마음을 가라앉히지 않고 경비병들에게 안티고네와 이스메네를 잡으라고 명령한다. 코러스는 크레온을 비난하지만 그를 막을 힘이 없다.

그런 다음 크레온은 오이디푸스를 붙잡아 테베로 데려가겠다고 협박한다. 하지만 오이디푸스에게 손을 얹는 순간 테세우스가 돌아와 소란스러운 이유를 묻는다. 오이디푸스는 자초지종을 설명하고 테세우스는 안티고네와 이스메네를 되찾기 위해 병사들을 보낸다. 그는 크레온을 저주하며 기만적인 행동으로 테베를 부끄럽게 했다고 말하지만 크레온은 오이디푸스의 끔찍한 범죄로 인한 자기 행동의 정당성을 주장한다. 이 말을 들은 오이디푸스는 자신의 운명에 책임이 없다고 다시 주장한다.

테세우스는 부하들에게 오이디푸스의 딸들을 찾으러 가는 크레온을 계속 지켜보라고 명령하고 크레온은 지금은 자신이 물러나겠지만 테베에 군대를 다시 집결하면 복수하겠다고 약속한다. 오이디푸스와 코러스를 제외한 모든 사람이 무대를 떠난다. 테세우스는 오이디푸스가 딸들을 되찾을 거라고 약속한다.

| 콜로누스의 신성한 숲 |

[코러스]

나그네여! 오랫동안 잊었던 슬픔을 다시 상기시키는 것은 유쾌하지 않지만 그래도 듣고 싶구려.

[오이디푸스]

무슨 말씀을 하시려고?

[코러스]

아무 도움도 없이 비통한 심정으로 고통을 겪어야 했던 당신의 괴로움에 대해 말이오.

[오이디푸스]

친절을 베푸셔서 내가 겪은 옛 상처를 제발 들추지 마십시오.

[코러스]

사실 그 이야기는 잘 알려져 있소. 하지만 친구여! 나는 사실을 듣고 싶은 것이오.

[오이디푸스]

아, 가엾은 신세!

[코러스]

부탁이오. 이렇게 간청하오.

[오이디푸스]

아, 아!

[코러스]

내 작은 청을 들어주시오. 그럼 나도 당신의 작은 청을 들어주겠소.

[오이디푸스]

오, 내 친구들이여! 나는 최악의 고통을 겪었지만 맹세컨대 내가 하려던 일이 아니었소. 그리고 그 모든 행동을 굽어살피소서. 하늘이여! 모든 게 나 자신이 혐오하는 것들이었소.

[코러스]

어떻게 그런 일이 일어났습니까?

[오이디푸스]

테베는 아무것도 모르는 내게 죄악이 되는 결혼을 감행시켰소. 내게는 운명적인 결합이었소.

[코러스]

자신의 어머니와 잠자리를 공유함으로써 부끄러워했다는 것이 사실입니까? 그게 사람들이 말하는 겁니까?

[오이디푸스]

아, 그 말은 듣기에 치명적인 말입니다. 하지만 저 딸들, 내가 낳은….

[코러스]

무슨 말을 하려고?

[오이디푸스]

불행한 이 두 딸은 나를 낳으신 분에게서 태어났소.

[코러스]

오, 제우스 신이시여! 그럼 그 애들은 당신의 자식이면서….

[오이디푸스]

그렇소. 그 애들 아비의 누이들이기도 하오.

[코러스]

아, 무서운 일이구나.

[오이디푸스]

정말 무서운 일이오. 그렇소. 수없이 일어난 무서운 일이 내 영혼을 짓밟아 놓았소.

[코러스]

오, 신이시여! 당신은 너무나 괴로웠겠지….

[오이디푸스]

견디기 힘든 고통을 겪었다오.

[코러스]

당신은 죄를 지었으니….

[오이디푸스]

고의로 저지른 죄는 아니오.

[코러스]

무슨 뜻인가요?

[오이디푸스]

나는 그녀를 선물로 받았소. 아, 가슴이 찢어지는구나. 테베로부터 나라를 구한 대가로 보상을 받지 않았더라면 얼마나 좋았을까.

[코러스]

이 불쌍한 사람아! 그다음에는 어떻게 되었소? 당신 손으로 피를 흘리게 했소?

[오이디푸스]

그 일을 왜 묻소? 무엇을 알고 싶소?

[코러스]

아버지를 죽였습니까?

[오이디푸스]

오, 그게 아니야. 두 번째 칼질이구나. 상처 위에 또 상처를 내는구나.

[코러스]

그래서 당신은 그를 죽였습니까?

[오이디푸스]

나는 그를 죽였소. 하지만 거기에는….

[코러스]

뭐라고 변명하겠소?

[오이디푸스]

내 말을 들어보고 올바로 판단하시오. 나는 그를 몰랐소. 내가 죽인 사람들은 내 목숨을 빼앗으려고 했소. 법과 신 앞에 맹세컨대 나는 죄가 없습니다.

[코러스]

저기 좀 봐! 여기 우리 통치자 아이게우스의 아드님이신 테세우스께서 당신 소식을 듣고 오셨소.

(테세우스와 수행원들 등장)

[테세우스]

옛날부터 여러 사람에게서 당신 눈이 잔인한 상처를 입었다고 들었소. 라이오스의 아들이여! 나는 당신을 곧 알아보겠소. 내가 여기로 오면서 소문을 듣고 틀림없이 당신이라고 생각했소. 그대의 옷차림과 고뇌로 일그러진 얼굴은 그대 이름을 드러내고 있소. 나는 당신에게 동정을 금치 못해 묻거니와 불운한 오이디푸스여! 당신과 당신 곁의 그 불운한 소녀를 알고 싶소. 나 자신도 당신처럼 망명 생활을 하며 자랐고 외국에서 나는 그 누구보다 많은 필멸의 위험에 맞서 싸웠소. 그러니 당신 입장에서 낯선 사람을 외면하거나 돕는 것을 거부하지 않을 것이오. 내가 필멸의 사람임을 나는 잘 알고 있고 따라서 내일 가져올 일의 내 몫은 당신 몫보다 크지 않소.

[오이디푸스]

테세우스 님! 당신이 말한 그 몇 마디의 고귀함은 더 이상 내가 대답할 필요가 없을 정도입니다. 당신은 내가 누구인지, 내 아버지가 누구인지, 내가 태어난 땅이 어디인지 말했습니다. 그래서 내 소망을 말하는 것만 남았습니다. 내 소망은 벌써 말했소.

테세우스를 만나는 오이디푸스
아테네 왕 테세우스가 오이디푸스를 만나는 장면이다.

[테세우스]

그렇더라도 소망을 말해보시오. 직접 듣고 싶소.

[오이디푸스]

슬픔에 지친 이 몸을 당신께 선물로 바치려고 합니다. 보기 좋진 않지만
내 몸에서 얻는 이득은 아름다움 그 이상입니다.

[테세우스]

당신은 우리에게 어떤 이득을 줄 수 있소?

[오이디푸스]

나중에 알게 될 수도 있지만 지금은 아닙니다.

[테세우스]

그렇다면 당신의 이 선물은 어느 시점에 우리에게 드러날까요?

[오이디푸스]

내가 죽었을 때 당신이 내 장례식을 치러주면.

[테세우스]

묻어달라는 게 당신 소원이오? 하지만 그때까지의 일은 생각하지 않는
가? 아니면 개의치 않는가?

[오이디푸스]

그렇소. 그것은 나를 묻어주는 것과 깊은 관련이 있소.

[테세우스]

당신이 내게 요구하는 호의는 크지 않소.

[오이디푸스]

하지만 조심하십시오. 이것은 사소한 문제가 아니며 나를 둘러싼 투쟁은 작지 않을 겁니다.

[테세우스]

당신 아들과 나를 말하는 겁니까?

[오이디푸스]

왕이시여! 그들은 나를 테베로 데려가고 싶어합니다.

[테세우스]

당신이 원하는 게 그거라면 당신의 추방은 부적절합니다.

[오이디푸스]

아니오. 내가 테베에 머물고 싶었을 때 그들은 동의하지 않았소.

[테세우스]

당신은 어리석군요. 곤경에 처했을 때 분노는 도움이 안 됩니다.

[오이디푸스]

내 이야기를 듣고 나서 꾸짖으십시오. 그때까지 참아주십시오.

[테세우스]

말해보시오. 잘 알지도 못하면서 내가 무슨 말을 하겠소?

[오이디푸스]

테세우스 님! 앞에서 이야기한 것보다 혹독한 시련을 나는 겪었습니다.

[테세우스]

옛날부터 당신 집안에 내려온 재앙을 말하려는 건가요?

[오이디푸스]

아니오. 전혀 아닙니다. 그 일로 그리스 전체가 떠들썩했지요.

[테세우스]

그렇다면 필멸의 슬픔 이상으로 심한 그 시련이란 무엇이오?

[오이디푸스]

그런 일이 어떻게 내게 일어났는지 생각해보시오. 내 나라에서 나를 내쫓은 건 바로 내 자식들이고 지금 나는 아버지의 피를 흘리게 한 죄 때문에 다시는 돌아가지 못할 운명입니다.

[테세우스]

당신 말이 사실이라면 그들이 왜 당신을 소환할까요?

[오이디푸스]

신의 신탁이 그들을 강요한 겁니다.

[테세우스]

신탁은 그들을 그토록 두려워하게 만드는 어떤 악을 선언했습니까?

[오이디푸스]

그들은 이 땅에서 멸망할 운명이랍니다.

[테세우스]

그럼 어째서 이 나라들 사이에 전쟁이 일어날 수 있단 말인가요?

[오이디푸스]

아이게우스의 가장 친애하는 아들이여! 오직 신들만 늙음과 죽음으로 괴로워하지 않습니다. 다른 모든 것은 모든 것을 정복하는 시간에 의해 결국 파괴됩니다. 대지의 힘은 사라지고 몸의 힘도 시들고 충성심도 사라지고 불신이 나타나고 좋은 친구 사이와 마찬가지로 두 도시의 관계도 절대로 그대로 유지되지 않습니다. 조만간 유쾌한 조화는 쓰라린 증오로 바뀌고 증오는 다시 우정으로 바뀝니다. 그러니 오늘 당신과 테베 사이에 태양이 밝게 빛나고 모든 것이 잘된다면 무한한 시간의 끝없는 흐름은 무수한 낮과 밤을 낳고 그 시간에 사소한 이유가 지금 당신 사이에 맺은 조약이 무엇이든 창으로 산산조각내라고 설득할 겁니다. 그리고 제우스는 당시도 여전히 제우스이고 그의 아들 아폴론이 진실을 말하면 차가운 땅속에 묻힌 내 시신은 뜨거운 테베의 피를 마실 겁니다. 나는 말하면 안 되는 비밀은 말하지 않을 것이므로 내가 시작한 곳에서 내 말을 끝내겠습니다. 당신이 맹세한 대로만 행하고 신들이 나를 속이지 않는다면 당신은 오이디푸스를 여기 당신의 땅에 숨기고 아무 이익도 얻지 못했다고 절대로 말하지 않을 겁니다.

[코러스]

폐하! 이 사람은 처음부터 우리나라를 위해 약속을 지키겠다는 결심을 보여 주었습니다.

[테세우스]

그렇다면 누가 이런 사람의 호의를 거절하겠는가? 그런 사람에게는 어떤 경우에도 서로 동맹자의 권리를 갖고 우리의 호의를 보여주어야 하지 않겠는가? 게다가 그는 우리 신들에게 은총을 돌리고 있으니 그의 작은 청을 받아들여 나는 그의 호의를 물리치지 않을 것이고 그를 이 나라의 시민으로 삼겠다. 이 나그네가 여기서 살고 싶다면 나는 그대들에게 이 사람을 지켜주라는 명령을 내린다. 하지만 나와 함께 가기를 바란다면 여기에 남든 나를 따라오든 그대 마음대로 하시오. 오이디푸스여! 그대 뜻은 내 뜻이기도 하오.

[오이디푸스]

오, 제우스 신이시여! 이런 사람들에게 은혜를 베푸소서.

[테세우스]

그럼 당신은 어떡하겠소? 내 궁전으로 가겠소?

[오이디푸스]

제게 그런 선택권이 주어진다면 여기 남겠습니다. 하지만 이곳은….

[테세우스]

여기서 무엇을 하시겠습니까? 나는 당신의 선택에 반대하지 않을 겁니다.

[오이디푸스]

이곳은 나를 내쫓은 자들을 패망시킬 곳입니다.

[테세우스]

그렇다면 당신이 여기 있으면 우리에게 무척 이로울 겁니다.

[오이디푸스]

그렇습니다. 내게 한 약속을 이행한다면 그럴 겁니다.

[테세우스]

나는 당신을 실망시키지 않을 겁니다.

[오이디푸스]

나는 사악한 사람들에게 하듯이 맹세로 당신의 서약을 확인할 것을 요구하지 않을 겁니다.

[테세우스]

하지만 내가 약속한 것 이상을 얻진 못할 것이오.

[오이디푸스]

그렇다면 어떡하시겠습니까?

[테세우스]

정확히 무엇이 두렵소?

[오이디푸스]

그들이 올 겁니다.

[테세우스]

하지만 여기 있는 사람들이 그들을 다룰 겁니다.

[오이디푸스]

이곳을 떠나시더라도 조심하시길….

[테세우스]

내가 해야 할 일을 알려 줄 필요는 없소.

[오이디푸스]

내가 그것을 하도록 내 두려움이 유도합니다.

[테세우스]

하지만 내 마음 속에 두려움은 없소.

[오이디푸스]

당신은 그들의 위협에 대해 아무것도 모릅니다.

[테세우스]

내 뜻을 어기고 당신을 여기서 데려갈 사람이 한 명도 없다는 것을 나는 알고 있소. 사람들은 화가 나면 흔히 쓸데없이 목청 높여 위협하지만 마음이 가라앉으면 그런 위협 따위는 잊어버리는 법이오. 그리고 그들이 당신을 무력으로 위협할 만큼 대담하다면 그들은 여기서 거친 여행을 하며 거친 바다로 항해할 겁니다. 용기를 내야 합니다. 그것이 내 충고입니다. 게다가 내 결심이 무엇이든 아폴론 신께서 그대를 이곳에 보냈다면 염려하지 않아도 될 것이오. 나는 다른 곳에 있지만 내 이름이 모든 위험으로부터 당신을 보호해줄 거라는 걸 알고 있소.

(테세우스 퇴장)

[코러스]

낯선 이여! 그대는 명마가 나는 곳,

땅 위에서 가장 아름다운 집,

우리의 하얀 콜로누스로 왔구나.

나이팅게일이 끊임없이 찾아와

푸른 숲속의 아늑한 골짜기,

검은 포도빛 담쟁이에 깃을 치고

온갖 과일이 풍성하고 햇빛조차 찾아들지 못하며

비바람도 어지럽히지 못하는
신의 거룩한 나무 그늘에서
맑은 노래를 부르는 곳으로
'술의 신' 디오니소스가
자신을 키워준 요정들과 함께 거니는 곳으로

하늘에서 내리는 이슬을 마시고
아침마다 탐스럽게 피어나는 나르키소스는
옛날부터 위대한 여신들의 왕관.
금빛 크로커스도 피었구나.
잠시도 잠들지 않는 샘에서는
케피소스의 물이 솟아 나오고
매일 맑은 물이 이 땅의 부푼 가슴으로 흘러가지만
잠시도 줄어들지 않는다.
뮤즈의 여신도
황금 고삐를 가진 아프로디테도
이곳을 너무나 좋아하는구나.

아시아 땅에서도 그 이름을 들어보지 못했고
펠로프스의 크나큰 도리스 섬에도 없는 것이
이곳에 있다.

정복되지 않고 저절로 다시 살아나며
적의 창이 두려워하는 선물
이 땅에서 무성히 자라나는 식물
어린애를 키워주는 회색 잎 올리브
젊은이도 늙은이도 파괴의 손을 뻗쳐
이 나무에 상처를 내진 못하리라.
모리아스의 제우스의 잠을 모르는 눈과
아테네의 회색빛 눈이 지켜보는구나.

우리 어머니인 이 나라의 또 하나 자랑을 빼놓을 수 있을까.
위대한 신의 선물, 이 땅의 가장 높은 영광을
준마의 힘, 망아지의 힘, 바다의 힘을
오, 크로노스의 아들, 우리 주인인 포세이돈
그대는 이 땅에 이런 자랑을 주었다.
그대는 사나운 말을 다루는 고삐를
이 길에서 처음 보여 주었구나.
또한, 사람 손에 꼭 맞는 아름다운 노(櫓)는
백 개 다리를 가진 네레이데스를 따라
바다 위를 쏜살같이 달린다.

| 제2장 분석 |

『콜로누스의 오이디푸스』는 외견상 긴장이나 해결되지 않은 갈등이 거의 없어 보인다. 줄거리는 간단하다. 테세우스는 영웅이고 크레온은 악당이다. 크레온은 오이디푸스의 딸들을 데려가고 테세우스는 그들을 다시 데려온다. 마침내 신들의 편이 된 오이디푸스는 그가 요구하는 것을 받는다. 우리는 크레온의 성격 안에서 긴장을 감지하기 시작한다. 더 이상 그는 오이디푸스의 혈족이 아니다. 대신 그는 테세우스의 엄격한 권위와 오이디푸스의 무한한 감정 사이 어딘가에 있고 이제 그는 고의적이고 전복적인 힘으로 등장한다.

크레온은 강력하고 난폭한 방식으로 안티고네와 이스메네를 데려가라고 명령하고 오이디푸스도 납치하겠다고 협박한다. 하지만 테세우스가 현장에 도착하자 크레온은 자신이 더 미묘하게 행동해야 한다는 것을 깨닫는다. 크레온은 오이디푸스처럼 테세우스에게 명령하는 대신 오이디푸스가 아테네의 골칫거리라고 테세우스를 설득한다.

다시 말하지만 캐릭터의 행동은 회의적으로도 볼 수 있다. 예를 들어, 테세우스가 크레온으로부터 오이디푸스를 보호하는 것은 고귀한 행동처럼 보이지만 테세우스의 동기는 사실 실용적이다. 오이디푸스도 자신이 말하는 것만큼 무기력하지는 않다. 소경이 집으로 돌아가기를 거부하는 것은 경건함이라기보다 교만한 행동이며 그의 모욕은 분노한 자의 잔인한 조롱과 같다. 그의 거절과 모욕은 크레온으로 하여금 딸들을 납치하게 만든다. 크레온과 오이디푸스는 모두 겉으로 보이는 것보다 더 복잡한 동기를 품고 있을지 모른다.

| 제3장 요약 |

코러스는 콜로누스와 테베 사이에서 영광스러운 전투가 벌어져 강하고 축복받은 콜로누스가 승리할 것으로 예상한다. 테세우스는 안티고네와 이스메네를 이끌고 돌아온다. 그는 딸들을 구해준 테세우스에게 감사를 표하지만 테세우스는 소녀들을 구한 용감한 투쟁을 설명하지 않고 말보다 행동으로 자신을 증명하는 것을 선호한다고 말한다. 그는 최근 아르고스에서 한 남성이 도착했으며 그 낯선 자가 포세이돈 제단에 서는 것을 보았고 그가 오이디푸스와 이야기하고 싶어 한다는 소문을 전한다.

오이디푸스는 낯선 자가 그의 아들 폴리네이케스라는 것을 깨닫고 간청하지만 테세우스와 안티고네는 오이디푸스에게 아들의 말을 들으라고 설득한다. 그들은 오랜 원한을 품기보다 이성에 귀 기울여야 한다고 주장한다. 오이디푸스는 원칙적으로 동의하지 않지만 테세우스가 자신을 위험으로부터 보호하겠다고 약속하면 폴리네이케스의 말을 듣겠다고 동의하고 테세우스는 퇴장한다. 코러스는 오이디푸스 주변에 모여 태어나지 않는 것이 최선이지만 태어나야 한다면 인생은 견딜 수 없고 오직 죽음만 평화를 가져오므로 짧은 삶이 긴 삶보다 낫다고 노래한다. 그런 다음 폴리네이케스가 등장한다.

폴리네이케스는 가족의 운명을 불쌍히 여기며 오이디푸스가 테베에서 추방당하도록 내버려둔 것을 후회한다고 털어놓는다. 그는 자신의 형제 에테오클레스가 테베 사람들에게 뇌물을 주어 어떻게 자신에게서 등을 돌렸고 이제 무력으로 어떻게 왕좌를 되찾고 테베에 일곱 군대를 보낼 계획인지 말한다. 오이디푸스는 아들에게 대답하기를 거부하지만 코러스는 그에게 말해달라고 간청한다. 오이디푸스는 폴리네이케스가 자신을 정죄했던 것과 같은 망명과 슬픔을 겪는 것이 매우 적절하다고 대답한다. 그는 에테오클레스와 폴리네이케스가 각각 상대방 손에 죽을 거라고 말한다.

폴리네이케스는 절대로 아버지의 지지를 얻지 못할 것임을 깨닫고 누이들에게 의지하고 전투에서 죽을 경우 매장해달라고 요청한다. 안티고네는 오빠에게 전쟁을 취소할 것을 요청하지만 그는 자매들의 안위를 기도한 후 테베로 떠난다.

| 콜로누스의 신성한 숲 |

[안티고네]

오, 아테네여! 다른 어떤 땅보다 더 많이 칭찬받는 땅. 지금은 당신이 어떻게 행동할지를 보여 줄 때입니다. 그런 훌륭한 칭찬이 무엇을 의미하는지 보여 주십시오.

[오이디푸스]

무슨 일이냐? 내 딸아!

[안티고네]

크레온입니다. 아버지! 그가 호위를 받으며 우리 쪽으로 오고 있어요.

[오이디푸스]

오, 노인 여러분! 가장 친애하는 내 친구들이여! 이제 여러분의 마지막 서약을 지키고 저를 구원해주시기 바랍니다.

[코러스]

우리의 서약은 여전히 유효합니다. 우리는 늙었을지 몰라도 우리 나라의 힘은 아직 늙지 않았습니다.

(호위병과 함께 크레온 등장)

[크레온]

이 땅의 고귀한 주민 여러분! 저의 등장이 예상치 못한 두려움으로 여러분을 사로잡았다는 것을 압니다. 뒤로 물러서거나 적대적인 발언을 하지 마시오. 나는 무력을 사용할 의도가 없습니다. 나는 노인이고 그리스의 어떤 국가가 진정으로 강하다면 그것은 내가 도달한 강력한 도시라는 것을 압니다. 나는 늙었지만 이 사람이 테베로 돌아가도록 설득하기 위해 이곳에 파견되었습니다. 나는 한 사람에 의해서만 파견된 게 아니라 모든 시민의 소원에 의해, 그리고 테베의 그 누구보다 그가 내 친척이기 때문에 그의 불행을 슬퍼하고 있습니다. 오, 불쌍하고 비참한 오이디푸스여! 내 말을 듣고 집으로 돌아오십시오. 카드모스의 모든 백성이 당신을 부르는 것은 정당한 일이오.

노인! 비참하게 버림받은 자, 영원한 방랑자이자 걸인인 어린 소녀와 함께 당신이 도움을 청하는 것을 보면서 고통스럽지 않다면 나는 태어난 모든 사람 중 가장 악인이 될 것이오. 아, 나는 그녀가 이런 굴욕적인 불행에 빠지리라고 전혀 예상하지 못했소. 불쌍한 생물, 방랑자처럼 살며 항상 당신의 곁에서 당신을 간호하오. 오이디푸스, 우리 조상의 신들에 의해 내가 말하는 것을 들으시오. 당신 조상의 고향 테베로 돌아가기로 동의함으로써 우리의 불명예를 숨기십시오. 이곳에 애틋한 작별인사를 하십시오. 이 사람들은 당신의 감사를 받았소. 하지만 당신의 고향은 수년 전 당신을 간호했기 때문에 더 존경받을 가치가 있소.

[오이디푸스]

왜 이러느냐? 나를 다시 올무에 걸리게 해 더 큰 슬픔을 주려는 것이냐? 내가 자초한 고통을 받을 때 나는 떠나고 싶었고 테베에서 쫓겨나기를 갈망했지만 당신은 거절했다. 당신은 호의를 베풀 준비가 안 되어 있었다. 당신은 나를 강제로 추방했고, 그때 당신이 말한 일반적인 혈연관계에는 전혀 관심이 없었지. 이제 우리는 다시 여기 있다. 이 도시와 주민들이 모두 나를 환대하는 것을 보며 당신은 다시 한번 나를 낚아채려고, 당신의 사악한 소원을 달콤한 말로 표현하려고 하는군. 내 뜻에 반해 나를 손님으로 환영하면서 이것으로부터 무슨 기쁨을 얻는가? 고상하게 들리는 연설과 기만적인 행동. 나는 당신이 얼마나 부정직한 사람인지 여기 이 사람들에게 설명할 것이다. 당신은 나를 내 집으로 인도하러 온 것이 아니라 나를 가두어 국경 근처에 두기 위해 왔으니 테베시가 이 땅에서 오는 미래의 어떤 고난도 피하게 하기 위함일 테지. 하지만 당신은 성공하지 못할 것이다.

대신 당신이 얻을 것은 이것이다. 내 복수심에 불타는 유령은 당신의 땅을 영원히 괴롭히고 내 아들들에게는 이 유산, 그들이 죽을 때 누워야 할 내 땅의 일부를 줄 것이다. 당신은 굳은 강철처럼 날카롭게 연마된 부패한 혀를 갖고 여기 왔지만 당신이 말하는 것은 구원보다 슬픔을 가져올 것이다. 나는 내 이 말이 당신을 설득하지 못하리라는 걸 알고 있으니 어서 떠나라.

[크레온]
이 논쟁에서 당신이 잃을 게 더 많다고 생각하시오?

[오이디푸스]
내게 가장 달콤한 결과는 당신이 나를 설득하거나 여기 서 있는 사람들을 설득하지 못할 때다.

[크레온]

이 불쌍한 사람! 지난 몇 년 동안 어떻게 아무것도 배우지 못했는지 공개적으로 보여 줄 참이오?

[오이디푸스]

당신은 희미한 혀를 갖고 있지만 나는 그런 혀로 옳은 말을 하는 의로운 사람을 본 적이 없다.

[크레온]

많은 것을 말할 수 있고 문제를 피할 수 있소.

[오이디푸스]

저리 가라! 나는 여기 이 사람들을 위해 말한다. 내가 살기로 되어 있는 곳을 염탐하려고 하지 마라.

[크레온]

나는 당신이 아니라 여기 있는 분들을 증인으로 삼겠소.

[오이디푸스]

이분들은 내 편인데 누가 나를 잡는단 말이냐?

[크레온]

나는 약속하겠소. 당신은 여전히 고통을 겪을 것이오.

[오이디푸스]

나를 협박하는가? 당신은 무엇을 할 것인가?

[크레온]

나는 방금 당신의 두 딸 중 한 명을 붙잡아 보냈소. 나는 곧 다른 한 명도 취할 것이오.

[오이디푸스]

아, 불쌍하구나!

[크레온]

머지않아 더 많은 울음을 터뜨릴 것이오.

[오이디푸스]

내 딸을 정말 데려갔느냐?

[크레온]

나머지도 곧 붙잡힐 것이오.

[오이디푸스]

아, 친구들이여! 어떡하실 겁니까? 그대들은 나를 버릴 겁니까? 저 불경스러운 놈을 이 땅에서 내쫓지 않을 겁니까?

[코러스]

낯선 사람이여! 어서 이곳을 떠나야 합니다. 지금 당신이 하려는 일은 옳지 않소. 이미 저지른 일도 정당하지 않소.

[크레온]

(부하들에게) 저 아이가 순순히 따라오지 않으면 너희가 강제로 끌고 가라.

[안티고네]

불쌍한 이 몸! 어디로 달아난단 말인가? 신이나 인간의 도움을 어디서 구할까?

오이디푸스와 크레온
오이디푸스는 외숙부이자 처남인 크레온과 앙숙이 된다.

[코러스]

(크레온에게) 낯선 사람이여! 무슨 짓을 하려는 거냐?

[크레온]

(코러스에게) 저 사람에게는 손대지 않겠소. 하지만 이 아이는 내 딸이오.

(크레온과 그의 호위병이 안티고네를 체포하기 위해 움직인다.)

[오이디푸스]

오, 이 나라의 장로들이시여!

[코러스]

낯선 사람이여! 당신의 이런 행동은 옳지 않다.

[크레온]

옳소.

[코러스]

어째서 옳은가?

[크레온]

나는 내 딸을 취하고 있다.

[오이디푸스]

우리를 도와주세요, 아테네!

[코러스]

낯선 사람이여! 무슨 짓이냐? 그녀를 내버려두지 않으면 어느 편 힘이 더 강한지 곧 알게 될 것이다.

[크레온]

물러서세요.

[코러스]

계속 이런 식으로 행동하면 물러설 수 없다.

[크레온]

나를 해치면 테베와 전쟁을 하게 될 거야.

[오이디푸스]

그것은 내가 예상한 것 아니오?

(크레온의 호위대가 안티고네를 붙잡는다.)

[코러스]

풀어주시오. 당장 그 소녀에게서 손을 떼시오.

[크레온]

당신이 통치하지 않는 사람들에게 명령하지 마십시오.

[코러스]

나는 그 어린 소녀를 보내라고 말하고 있소.

[크레온]

(신호로 부하에게 안티고네를 넘겨준다)

데려가라! 명령이다.

(호위병이 안티고네를 끌고 간다.)

[코러스]

콜로누스 시민 여러분! 이리 와 도와주세요. 우리 도시가 폭력적인 공격을 받고 있어요. 도와주세요.

[안티고네]

저는 끌려가요. 아, 어쩌지? 여러분!

[오이디푸스]

내 딸아! 어디 있느냐?

(딸을 찾아 허우적댄다.)

[안티고네]

그들이 나를 강제로 끌고 가고 있습니다.

[오이디푸스]

얘야! 네 손을 다오.

[안티고네]

안 돼요. 꼼짝할 수가 없어요.

[크레온]

(부하들에게) 빨리 데려가라.

[오이디푸스]

아, 끝났어!

(크레온의 병사들이 안티고네를 데려간다.)

[크레온]

지금부터는 두 발목도 당신이 걷게 해주지 못하겠구나. 당신은 자기 나라와 친구들을 정복하려고 하는데 과연 승리할 수 있을까? 나는 왕자이면서도 그들의 명령을 받고 여기까지 오지 않았느냐? 앞으로 알게 될 것이다. 친구들을 무시하고 노여움에만 사로잡혀 있으면 지난날과 마찬가지로 앞으로도 그대에게 좋은 일은 하나도 없으리라는 것을. 당신의 노여움이 그대의 화근이다.

(코러스가 크레온이 떠나는 것을 막기 위해 움직인다.)

[코러스]

거기 멈춰! 낯선 사람이여!

[크레온]

경고합니다. 나를 건드리지 마시오.

[코러스]

그 어린 소녀들이 여기서 끌려가면 나는 당신을 떠나게 하지 않겠다.

[크레온]

그렇다면 그대들은 테베에 더 큰 전리품을 주게 될 것이다. 저 두 계집보다 더 큰 놈을 잡아가겠다.

[코러스]

무슨 짓을 할 건가?

[크레온]

(오이디푸스를 가리키며)

나는 저자를 붙잡아 데려가겠다.

[코러스]

그것은 대담한 위협이다.

[크레온]

이 나라의 통치자가 개입하지 않는다면 당장이라도 납치할 것이다.

[오이디푸스]

뻔뻔한 소리! 내 몸에 정말 손을 대겠느냐?

[크레온]

조용하시오.

[오이디푸스]

이 땅의 신들이시여! 내 저주를 가로막지 마소서. 비열한 놈아! 내 두 눈이 이렇게 멀었는데 내 눈이라고 할 수 있는 가엾은 아이를 강제로 끌고 가다니! 너와 네 족속에게 태양신께서, 만사를 꿰뚫어 보시는 신께서 나와 같은 만년을 보내게 해주시기를….

[크레온]

이것을 보고 있습니까? 콜로누스 사람들이여!

[오이디푸스]

그분들은 나뿐만 아니라 네가 하는 짓도 보고 있어. 그분들은 내가 부당한 일을 당했으면서도 말로만 앙갚음하고 있다는 걸 알고 있어.

[크레온]

더 이상 못 참겠다. 나는 홀몸이고 늙어 둔하지만 저놈을 억지로라도 끌고 가겠다.

(크레온 혼자 오이디푸스를 잡으려는 듯 움직인다.)

[오이디푸스]

도와주시오.

[코러스]

낯선 사람이여! 당신 마음대로 할 수 있다고 생각하는가?

[크레온]

물론이지.

[코러스]

당신이 성공한다면 우리 도시 아테네는 나라가 아니구나.

[크레온]

정의가 옆에 있으면 약자가 힘 있는 자를 이기오.

[오이디푸스]

저놈 말을 들었소?

[코러스]

들었소. 정작 말뿐이지 실행하진 못 할 것이오. 제우스 신께서 알고 계신 일이오.

[크레온]

제우스는 잘 알고 있을지 모르지만 당신들은 그렇지 않소.

[코러스]

건방지군.

[크레온]

건방져도 참아야 한다.

[코러스]

이 땅을 다스리는 여러분! 도와주세요. 이놈들이 우리 국경을 넘으려고
합니다.

(테세우스가 수행원 서너 명과 함께 들어온다.)

[테세우스]

웬 소란이냐? 무슨 일이냐? 무엇이 두려워 그대들의 콜로누스의 주인,
'바다의 신'께 제단에서 치성을 드리던 나를 움직였느냐? 말하라. 모든
일을 알아야겠다. 그것 때문에 숨차게 여기로 왔다.

[오이디푸스]

나는 그 목소리를 안다. 가장 친애하는 내 친구여! 방금 이 피조물로부
터 무서운 일들을 겪었소.

[테세우스]

어떤 것들? 누가 당신을 학대했습니까? 말씀해보시오.

[오이디푸스]

저기 있는 크레온이 둘뿐인 내 딸을 납치해 갔습니다.

[테세우스]

무슨 말씀이신가요?

[오이디푸스]

내가 겪어야 했던 것을 당신께 말씀드렸습니다.

[테세우스]

(부하들에게) 너희 중 한 명은 어서 저쪽 제단으로 가 마부든 기수든 모두 치성을 그만두고 말고삐를 단단히 잡고 큰길이 갈라지는 곳으로 빨리 달려가라고 백성들에게 말하라. 어린 소녀들을 빼앗겨 이 자가 폭력에 굴복했다고 나를 비웃게 하면 안 된다. 명령이다. 어서 가라!

(크레온을 바라보며) 내가 노여움을 억누르지 않는다면 저자는 내 손에 상처를 입지 않고선 돌아가지 못할 것이다. 하지만 저자가 이곳에 있는 한, 법을 따라야 할 것이다. (크레온에게) 어린 소녀들을 내 앞으로 모셔 오기 전에는 너는 이 땅 밖으로 나가지 못할 것이다. 네 행동은 내게 모욕이었고 네 족속이나 네 나라에 대해서는 수치스러운 것이기 때문이다. 너는 정의를 존중하고 법을 준수하는 나라에 왔건만 이 나라의 합법적인 권위를 무시하고 함부로 침입해 마음대로 사람을 끌고 갔다. 내 나라에는 사람이 없거나 노예만 살고 나는 보잘것없다고 여기듯이. 하지만 테베가 너를 비열한 놈으로 키우진 않았을 것이다. 테베는 옳지 못한 자손은 키우지 않아. 또한, 네가 불쌍한 탄원자들을 강제로 끌고 갈 때 나와 신

들을 해쳤다는 사실을 테베가 알게 되면 너는 절대로 칭찬받지 못할 것이다. 내가 너희 땅에 발을 들여놓았다면 그가 누구든 그 나라 통치자의 허락 없이 함부로 빼앗거나 훔치진 않았을 것이다. 내 주장이 가장 정당한 경우라도…. 이방인이 그 나라 사람들 사이에서 어떻게 처신해야 할지 나는 알기 때문이다. 하지만 너는 아무 상관도 없는 나라를 모욕하고 네 나라를 욕되게 했다. 그 나이가 되도록 분별력도 없구나. 다시 한번 말한다. 이 땅에 갇히고 싶지 않다면 그 소녀들을 당장 데려와라. 입에 발린 소리가 아니라 내 영혼에서 우러난 말이다.

[코러스]

(크레온에게) 네가 처한 상황을 알겠느냐? 너는 올바른 집안에서 태어났지만 하는 짓은 사악하구나.

[크레온]

아이게우스의 아드님이여! 나는 당신이 주장했듯이 아테네에 사람이 없다고 생각했기 때문에 이런 일을 하지 않았습니다. 다만 이 나라의 백성들이 내 뜻을 거스르면서까지 내 친척들을 돌볼 만큼 그들을 좋아하리라고 생각하지 못했을 뿐입니다. 그리고 나는 이 나라 백성들이 존속살해자, 더럽혀진 인간, 어머니를 아내로 삼은 부정한 자를 받아들이지 않을 거라고 생각했습니다. 그런 현명한 제한이 아레스 언덕 공의회의 전통임을 알고 있었기 때문에 그런 방랑자 유형이 아테네 국가에 정착하는 것을 허용하지 않을 거라고 믿고 먹이를 쫓았습니다. 하지만 그가 내 가족과 내게 신랄한 저주를 내리지 않았다면 나는 이런 식으로 행동하지 않았을 겁니다. 그가 나를 고통스럽게 했으므로 나에게는 복수할 자격이 있었다고 생각합니다. 분노는 죽음이 올 때까지 절대로 늙지 않습니다. 죽은 사람은 고통을 느끼지 않기 때문입니다. 당신은 당신 마음대로 이것을 다룰 겁니다. 내가 말하는 것은 옳지만 나는 혼자이고 연약합니다. 나는 늙었지만 당신이 한 일에 대해 당신에게 되갚기 위해 노력할 겁니다.

[오이디푸스]

얼마나 뻔뻔한 오만인가! 도대체 어느 쪽이 조롱받았느냐? 늙은 나냐? 너 자신이냐? 나에 대해 그 입이 살인, 근친상간, 비참함 같은 단어를 내뱉었다. 나는 비참함 속에서 내 잘못이 아닌 고통을 견뎌냈다. 이 모든 사건은 신들을 기쁘게 하는 것이다. 오래전 우리 가족이 신들의 기분을 언짢게 했기 때문일 것이다. 너는 나 자신과 내 친척을 다치게 하는 파괴적인 행동으로 복수하는 실수에 대해 나를 비난할 이유를 하나도 찾을 수 없다.

자, 말해보라! 아들 손에 죽을 거라는 신탁으로 아버지에게 피할 수 없는 운명이 닥쳤더라도 그때는 아직 태어나지 않았고 아버지의 씨가 아직 나를 낳지 않았고 어머니의 자궁이 나를 잉태하지도 않았다. 그리고 내가 내 아버지와 치명적인 싸움을 벌였고 그가 누구이고 내가 무엇을 했는지 전혀 모른 채 그를 죽였다면 내가 의도하지 않고 한 일에 대해 나를 폄훼하는 것이 정당한가? 내 어머니에 대해서는 이 수치스러운 놈아! 그분은 네놈의 누님이었는데도 내 입으로 그분과의 결혼에 대해 억지로 말하게 만든 것이 부끄럽지 않느냐? 하지만 지금은 그분의 결혼에 대해 말하지 않을 수 없구나. 네놈이 그렇게 더러운 입을 놀렸으니 나도 침묵을 지킬 수 없다. 그렇다. 그분은 내 어머님이시다. 아, 가엾어라! 내 어머님은… 나는 어머니인 줄 몰랐고 그분도 내가 자기 자식인 줄 모르셨다. 그리고 그분은 자신이 낳은 아들과 함께 자녀를 낳았는데 이것은 그분의 큰 수치였다. 하지만 적어도 한 가지는 분명하다. 너는 좋아서 그분과 나를 욕하지만 내가 자진해 그분과 결혼한 것도 아니고 지금 내가 좋아서 이런 말을 하는 것도 아니라는 것을. 그토록 네가 나를 비난한 그결혼이나 네가 늘 모질게 욕하는 아버님의 피살 때문에 내게 죄가 있다고 말하진 못할 것이다.

나도 네게 한 가지만 묻겠으니 대답하라. 지금 이 자리에서 네 앞을 가로막고 올바른 너를 죽이려는 자가 있다면 그 살인자에게 아버님이 아니시냐고 묻겠느냐? 아니면 당장 아버님이라는 걸 알아보겠느냐? 너도 목숨은 아끼니 그 살인자와 맞붙어 싸울 것이며 이것저것 알아보진 못할 것이다. 내가 당한 곤경이 바로 이랬고 그것은 신께서 정해놓은 운명이었다. 아버님이 다시 살아나셔도 이 점에 대해서는 내 말에 반대하진 못하실 것이다. 그런데 너는 올바른 사람이 아니라 말해도 좋은 일과 침묵해야 할 일을 못 가리고 아무 말이나 함부로 지껄이기 때문에 이분들이 계신 곳에서 나를 조롱했다. 게다가 고명하신 테세우스 님과 아테네에 대해 이 나라가 질서정연하다고 아첨할 때라고 생각하고 있다. 하지만 이런 칭찬을 늘어놓으면서도 너는 신들을 올바른 의식으로 받드는 나라

중에서도 이 나라가 가장 뛰어나다는 것을 잊고 있구나. 그래서 너는 탄원자인 이 늙은 몸을 훔쳐 가려고 했고 내 딸을 이미 데려간 것이다. 그러니 지금 나는 저기 계신 여신님들께 호소하고 탄원하고 기도드리는 것이다. 땅을 지키는 분들이 어떤 분들인지 네놈이 잘 알도록 내게 도움을 주시고 나를 위해 싸워달라고.

[코러스]

폐하! 이 낯선 자는 합당한 사람입니다. 그의 불행은 파괴적이었지만 그는 우리 도움을 받을 자격이 있습니다.

[테세우스]

우리는 충분히 말했다. 소녀들을 데리러 간 사람들은 서둘러 떠났고 우리는 가만히 서 있다.

[크레온]

그럼 이 무기력한 사람들을 어쩌시렵니까?

[테세우스]

앞장서라. 내가 너를 지켜보겠다. 이 근처에 우리가 찾는 소녀들을 숨겼거든 네가 직접 찾아내라. 하지만 빼앗은 소녀들을 데리고 네 부하들이 달아나는 중이라면 우리는 수고할 필요가 없다. 다른 사람들이 뒤쫓고 있으니까. 그들의 손에서 벗어나 이 나라 밖으로 나가 신들께 감사의 기도를 올리는 일은 절대로 없을 것이다. 그러니 어서 인도하라. 남을 해친 자는 자신도 해를 입게 마련이다. 운명이 사냥꾼을 올가미에 걸리게 했구나. 부당하게 얻은 것은 곧 잃는 법이다. 그리고 네 뜻을 올바로 여겨 너를 도와줄 사람은 한 명도 없을 것이다. 지금처럼 네가 공범자 없이 그렇게 무례한 지경에 다다르지 않고 그렇게 무모한 행동을 하지 않을 거라는 걸 내가 알기 때문이다. 너는 이 행위를 실행하기로 결심했을 때 다른 사람의 도움에 의존하고 있었다. 나는 이 문제를 더 생각해야 한다. 한 사람이 국가보다 강하다는 것을 증명해선 안 된다. 내 말뜻을 알겠느냐? 아니면 아직도 이 일을 꾸밀 때처럼 내 말이 헛소리로 들리느냐?

[크레온]

여기 아테네에서는 당신 마음대로 말하시오. 하지만 내 나라로 돌아가면 나도 어떻게 대처할지 알게 될 것이오.

[테세우스]

이런 상황에서도 협박이냐? 어쨌든 가자. 그리고 오이디푸스여! 당신은 여기 계시오. 내가 먼저 죽지 않는 한, 따님들을 돌려드리기 전에는 이 일에서 절대로 손떼지 않겠다고 맹세하겠소.

(크레온, 테세우스와 수행원들이 떠난다.)

[오이디푸스]

테세우스여! 그대의 고상한 마음과 나에 대한 고결한 배려에 신들이 은총을 베풀기를!

[코러스]

(노래)

오, 내가 얼마나 원하는지 내가 거기 있었으면 좋겠다.

전투에서 청동 창의 아우성 속에서
적군이 돌아서서 전쟁을 준비하는 곳
아폴론 신이 좋아하시는 해안가일까?
존경받는 여신들이, 엘레우시스의 사제들이
황금열쇠로 봉인하는 혀를 가진 필사자들의
신성한 신비를 감독하는 횃불이 켜진 해안가에서

거기서 나는 우리 왕을 믿는다.
전쟁을 피하지 않는 왕
승리의 부름을 노래할 것이다.
싸움을 일으킨 테세우스와 사로잡힌 두 자매가
이 나라 국경 안에서
믿음직한 함성에 싸여
곧 다시 만날 그곳으로…

아니면
오이아(산 이름)의 눈처럼 흰 바위의
서쪽 초원으로
질풍처럼 바람처럼 말과 전차를 몰아
나가고 있는 걸까?

크레온은 졌다.

콜로누스의 전사들이 얼마나 무서운가.

테세우스의 부하들의 힘은 얼마나 강한가.

저기 보라! 모든 곳에서 굴레와 비트가 번쩍이고

기병대는 '기사의 여신' 아테나와

레아의 아들인 '바다의 신' 포세이돈을 기리기 위해 돌진한다.

그들은 지금 싸우고 있을까? 아니면 이제 막 준비하고 있을까?

내 마음 속 뭔가가 그 소녀들의 시련이 끝났다고 말하고 있다.

제우스 신께서 큰일을 이루시리라.

제우스 신께서 행동할 것이다.

제우스 신께서 우리에게 승리를 안겨줄 것이다.

내 마음은 그것을 알고 있다.

내 마음은 그것을 선언한다.

승리는 우리 것이다.

오, 내가 얼마나 원하는지.

내가 비둘기였다면 얼마나 좋을까.

하늘에 뜬 구름에 닿아

높은 곳에서 싸움을 내려다볼 수 있을 텐데.

모든 것을 보는 제우스 신이시여!

그리고 당신의 경건한 여신, 그의 딸 팔라스 아테나시여!

이 도시의 수호자들에게 승리를 안겨주소서.

그들의 매복이 성공하게 해주소서.

그들이 먹이를 잡고 승리하게 해주소서.

델포이의 아폴론과 재빠른 발로 달아나는 얼룩사슴을 쫓는

아르테미스도 와 힘을 합쳐 이 나라와 백성을 도와주소서.

아, 방랑하는 친구여!

그대를 지켜주는 우리를 가짜 예언자라고 할 수는 없겠구나.

저기 딸들이 호위를 받으며 가까이 오는 것이 보인다.

[오이디푸스]

어디지? 어디야? 그들은 어디 있습니까?

(안티고네, 이스메네, 테세우스가 부하들과 함께 왼쪽에서 등장한다.)

[안티고네]

오, 아버지! 사랑하는 아버지! 우리를 여기로 데려온 사람을 볼 수 있는 시력을 어떤 신이 당신께 주었다면.

[오이디푸스]

사랑하는 내 딸들아! 둘 다 여기 있느냐?

[안티고네]

네, 아버지! 여기 테세우스 님과 그의 부하들의 손에 구원되었습니다.

[오이디푸스]

이리 와라. 내 사랑아! 어서 와 내가 잃은 희망인 너를 껴안게 해다오.

[안티고네]

여기요, 아버지! 그것은 우리의 희망이기도 했습니다.

[오이디푸스]

내 아이들은 어디 있느냐?

(안티고네와 이스메네가 오이디푸스를 받아들인다.)

[안티고네]

여기 있어요, 아버지! 저희 둘 다.

[오이디푸스]

오, 사랑하는 자녀들아!

[안티고네]

자녀들은 부모에게 항상 소중합니다.

[오이디푸스]

남자의 아이들, 남자의 희망!

오이디푸스와 테세우스
아테네 왕 테세우스는 오이디푸스를 돕는 역할로 등장한다.

[안티고네]

슬픈 남자에 대한 슬픈 희망.

[오이디푸스]

여기 나는 내게 소중한 모든 것을 갖고 있다. 이제 네가 내 옆에 서 있으니 죽음은 견디기에 너무 가혹하지 않을 것이다. 얘들아! 내 양쪽에 하나씩 가까이 와 이 절망적인 노인이 쉬게 도와다오. 내 딸들아! 내가 끔찍한 시련에서 쉬게 도와다오. 이리 와 몇 마디만 해다오. 너희들에게 무슨 일이 일어났는지 말해다오. 몇 마디면 충분하다.

[안티고네]

정말 몇 마디 말해야 할 것은 아버님! 우리를 구해주신 분이 여기 계시고 그분과 이야기해야 한다는 겁니다.

[오이디푸스]

(테세우스에게) 아, 용서해주오, 친구! 내가 그대에게 향하기 전 오랫동안 내 딸들과 이야기했던 것을 용서해주오. 그들을 다시 볼 수 있다는 희망은 완전히 사라졌소. 하지만 테세우스 님! 지금 나는 그들과 함께 있다는 것에서 얻은 기쁨이 당신 외에 그 누구에게도 빚지지 않은 기쁨이라는 걸 잘 알고 있소. 당신 혼자 이 소녀들을 구출했소. 내 친구여! 이 도시가 갖고 싶어하는 모든 것을 당신께 허락해달라고 신들께 애원합니다. 지상의 모든 필사자 중에서 나는 신들을 존경하고 정의롭고 거짓말하지 않는 사람들을 여기서 발견했소. 내가 가진 모든 것은 당신 덕분이오. 왕이시여! 제게 당신의 오른손을 주소서. 그것이 적절하다면 제가 그것을

만지고 당신 얼굴에 키스하게 해주소서.

(테세우스를 향해 움직이지만 갑자기 멈춘다.)

아, 하지만 안 돼! 내가 무슨 말을 하는 거야? 비참한 영혼인 나, 당신을 만져달라고 부탁드립니다, 테세우스 님! 나, 모든 형태의 오염이 번성한 사람? 아니, 아니. 테세우스 왕! 당신이 그것을 허용하더라도 나는 허용하지 않을 겁니다. 오직 내 운명을 견뎌온 자들만 그 비참함에 동참하게 하라. 내 친구여! 당신이 있는 곳에 서서 내 감사를 받아주시오. 지금까지 나를 위했던 것처럼 앞으로도 계속 나를 정의롭게 대해 달라고 기도하고 감사드립니다.

[테세우스]

아니, 오이디푸스여! 나는 당신이 당신 딸들과 그렇게 오랫동안 그들을 보고 기뻐했다는 사실이 전혀 놀랍지 않고 당신이 내게 말하기 전 당신이 그들과 이야기했다는 사실이 전혀 놀랍지 않습니다. 그런 것은 나를 괴롭히지 않습니다. 오이디푸스여! 여기서 우리는 말이 아닌 행동으로 삶을 밝히려고 합니다. 그 증거는 당신 손에 있습니다. 나는 당신께 약속했고 그 약속 중 아무것도 당신을 잘못 인도하지 않았습니다. 내가 약속했듯이 소녀들은 모든 위협으로부터 무사히 살아남아 여기 있습니다. 전투에 대해, 우리가 어떻게 승리했는지에 대해 당신이 의심할 여지 없이 당신 딸들로부터 모든 세부 사항을 들을 때 내가 왜 그것에 대해 기뻐하지 않겠습니까? 하지만 여기 오면서 들었던 이상한 말들을 어떻게 생각하는지 알려 주셨으면 하오.

[오이디푸스]

아이게우스의 아드님이여! 이상한 말이라니요?

[테세우스]

당신의 친척이지만 테베 출신이 아닌 사람이 포세이돈 제단으로 갔다고 들었습니다.

[오이디푸스]

그는 어디서 왔습니까? 그는 무슨 기도를 드립니까?

[테세우스]

몰라요. 내가 듣는 유일한 것은 그가 당신과 간단한 한마디를 나누기를 원한다는 겁니다.

[오이디푸스]

간단한 한마디? 그가 포세이돈에게 기도 드리고 있다면 그 문제는 중요하지 않습니다.

[테세우스]

그는 단지 당신과 단둘이 대화를 나누고 안전하게 떠나길 바란다고 말했습니다.

[오이디푸스]

그가 누구인지 궁금하군요. 포세이돈에게 기도 드리면서….

[테세우스]

당신에게 작은 호의를 구하는 친척이 아르고스에 있다고 생각하십니까?

[오이디푸스]

(갑자기 답을 발견한다.) 아, 거기 멈춰주오! 친애하는 내 친구여!

[테세우스]

당신을 괴롭히는 것은 무엇입니까?

[오이디푸스]

내게 물으시면 안 됩니다.

[테세우스]

말씀해보세요.

[오이디푸스]

나는 알아요. 그가 누구인지 나는 알아요. 방금 들었던 몇 마디로 해결됐습니다.

[테세우스]

그는 누군가요? 그리고 내가 왜 그를 불쾌하게 생각해야 합니까?

[오이디푸스]

테세우스 왕이시여! 내가 가장 싫어하는 아들입니다. 그의 말은 그 누구의 말보다 나를 고통스럽게 할 겁니다.

[테세우스]

하지만 그의 말을 들어보지 않는 까닭은 무엇입니까? 당신이 원치 않는다면 그가 말한 대로 할 필요가 없습니다. 그것이 당신에게 고통스러운 이유는 무엇입니까?

오이디푸스와 안티고네 조각상

[오이디푸스]

내가 그의 요청에 굴복하도록 제발 강요하지 마십시오.

[테세우스]

하지만 그가 포세이돈에게 기도 드린다는 사실을 생각해보십시오. 당신은 신을 거스를 가능성을 고려해야 할 겁니다.

[안티고네]

아버지! 제 말을 들어주세요. 제가 어리다는 걸 알지만 제 조언을 들어주세요. 테세우스 왕께서 지시하는 대로 하고 그가 기뻐하는 대로 하세요. 저와 제 여동생을 위해 우리 형제가 여기로 오게 하세요. 아버님께서 어떤 것에 대해서도 마음을 바꾸시도록 그가 말하는 것 중 아무것도 강요하지 않을 겁니다. 저는 확신합니다. 그의 말을 듣기만 해서는 아무런 해도 없을 거예요. 사실 사악한 계획이 드러나는 것은 말을 통해서입니다. 아버님은 그의 아버지이므로 그가 아버지에게 가장 심각한 범죄를 저질렀더라도 아버님이 저지른 악행을 다른 악행으로 갚는 것은 여전히 용서받을 수 없을 겁니다. 아버지! 오게 해주세요. 많은 아버지에게는 불쾌하고 성질이 급한 아들이 있습니다. 하지만 이 남성들은 온화한 충고와 친구들의 달콤한 매력으로 본성이 부드러워질 수 있습니다. 아버지! 자신의 과거를 생각해보세요. 현재의 문제가 아니라 과거에 견뎌야 했던 문제, 즉 아버지와 어머니로부터 겪어야 했던 문제 말입니다. 그들을 생각해보세요. 아버지! 저는 당신이 깨달을 거라고 확신합니다. 나쁜 성질은 나쁜 결과를 가져오고 아버지는 시력을 잃은 뒤 많이 누그러지셨죠.

[오이디푸스]

내 딸아! 네가 원하는 것은 내게 어려운 것이다. 하지만 네 이야기는 나를 이겼다. (테세우스에게) 우리는 당신이 원하는 대로 할 겁니다. 하지만 그가 여기로 온다면 아무도 나를 통제하지 않기를 기도합니다.

[테세우스]

나는 당신이 그것을 두 번 말하는 것을 들을 필요가 없습니다. 한 번이면 족합니다. 신들이 나를 살려준다면 당신이 매우 안전하다는 것을 분명히 알아야 합니다.

(테세우스와 수행원들이 떠난다.)

[코러스]

(노래)

절제를 피하고 더 오래 살기를 원하는 사람들은
어리석은 것이 분명합니다.
지나치게 긴 삶의 날은 고통으로 가득 차 있습니다.
행복은 운명이 그들에게 할당한 것보다
더 오래 삶에 매달리고 싶어하는 사람들을 피하고 결국…
같은 수종이 그를 기다리고 있습니다.
하데스! 하데스는 우리 모두를 기다리고 있습니다.
의식도 결혼식 축가도 춤도 노래도 없습니다.
그냥 죽음! 우리 모두의 끝은 죽음입니다.

가장 좋은 것은 아예 태어나지 않는 겁니다.

하지만 그가 태어난다면 그에게 차선책은 그가 왔던 곳으로

돌아가기 위해 노력하는 겁니다.

최대한 빨리.

젊음과 그 부주의한 마음이 지속되는 동안

어떤 고통과 불행이 뒤따를지 전혀 생각하지 않습니다.

살인, 신체 상해, 싸움, 전쟁은 피할 수 없는 종말이 오기 전에 올 겁니다.

혐오스러운 노년, 나약함, 외로움, 황폐함과 당신 자신,

불행의 이웃은 훨씬 비참합니다.

그래서 오이디푸스는 우리와 마찬가지로 늙었습니다.

불행한 오이디푸스! 북쪽을 향한 암초처럼 두들겨 맞았습니다.

사방이 온갖 폭풍에 휩싸였습니다.

끝없는 비바람이 그의 머리 위에 부딪칩니다.

거센 파도가 그를 덮칩니다.

이제 서쪽에서

이제 동쪽에서

한낮 빛이 비추는 동안

일부는 산악 북쪽에서 왔습니다.

깊은 밤이 어두워집니다.

[안티고네]

아, 아버지! 낯선 사람이 여기로 오고 있어요.

[오이디푸스]

어떤 낯선 사람?

(폴리네이케스 등장)

[안티고네]

우리가 얘기했던 그 남자, 아버지! 폴리네이케스예요. 그가 바로 여기
있어요.

[폴리네이케스]

오, 불쌍한 내 자매들아! 불쌍한 아버지! 오, 나 자신의 비참함이나 내 앞
의 비참함을 한탄할까요? 오, 불쌍한 아버지! 당신의 땅과 집에서 쫓겨
난 당신 옷은 누더기에 불과하고 더러운 때가 당신의 늙은 몸에서 노화
되고 있습니다. 그것은 당신 위에 집을 지었고 당신 살을 먹어 치웁니다.
그리고 당신 머리카락을 보세요. 너무 흐트러졌습니다. 산들바람이 이
쪽을 휩쓸고 저것과 당신 얼굴을 휩쓸고 있습니다. 불쌍한 얼굴! 당신은
시력도 잃었습니다.

(오이디푸스의 빈 음식 자루를 본다.)

아, 그리고 이 모든 것은 당신이 불쌍한 배를 채우기 위해 이 자루에 담
은 빈약한 빵 껍질과 완벽히 일치합니다. 그리고 나는 비참한 바보이고
너무 늦었습니다. 이 모든 것에 대해 들었습니다. 아니, 아버지! 나 외에

다른 사람으로부터 이 말을 들을 필요는 없습니다. 내가 당신을 그렇게 심하게 무시하다니 나는 지구상 최악의 인간입니다. 이 모든 게 제 잘못입니다. 하지만 아버지! 제 모든 잘못에는 치료법이 있으며 더는 죄 짓지 않을 것이니 침묵하지 말고 말씀해주십시오.

(오이디푸스는 화를 내며 폴리네이케스를 외면한다.)

왜 내게서 돌아서십니까? 말씀해주세요. 아버지! 오세요. 아버지! 왜 화가 났는지 말하지 않고 이렇게 멸시받는 저를 보내시겠습니까? 누이들이여! 너희는 그분의 딸이 아니냐? 그와 이야기하고 그의 완고한 입술이 뭔가 말하게 해다오. 나는 콜로누스 동상을 가리키는 이 신의 간청자로 그에게 왔지만 그는 나를 경멸하고 아무 말도 없이 보내려 하는구나.

[안티고네]

당신에게 필요한 것을 아버지에게 말하세요. 불쌍한 사람이여! 폴리네이케스 당신이 여기로 온 이유를 아버지에게 설명하세요. 말이 충분하다면 분노나 기쁨, 이해를 끌어낼 것이고 가장 완고한 입으로도 말하게 만들 겁니다.

[폴리네이케스]

좋다. 안티고네! 나는 내가 원하는 것을 아버지에게 말하겠지만먼저 나를 도와달라고 신에게 청하겠다. 이 땅의 왕이 나를 제단에서 데려가 여기로 오라고 말한 포세이돈 신. 테세우스는 내게 아버지와 이야기할 권리를 주었고 집으로 무사히 돌아가도록 허락했다. 낯선 사람들이여! 아

오이디푸스를 찾는 폴리네이케스
오이디푸스가 아들 폴리네이케스를 만나는 장면이다.

버지와 내 자매들이여! 왕의 소원이 이루어지길 바랍니다. 하지만 아버지! 제가 왜 여기 왔는지 이제 말씀드리겠습니다. 저는 감히 조국의 왕좌와 모든 권위를 주장했기 때문에 제 땅에서 추방되었습니다. 아버지! 제가 맏아들이었기 때문에 그렇게 했습니다. 하지만 막내동생 에테오클레스는 말이나 무기나 행동으로 공정한 싸움에서 승리한 후가 아니라 도시 전체를 설득해 그렇게 하고 나서 그 땅에서 저를 내쫓았습니다. 이것은 제가 선지자에게서 들은 대로 당신 가족이 저주받은 결과라고 믿습니다. 그래서 저는 아르고스로 가 거기서 아드라스토스 그 왕, 장인을 만들었습니다. 저는 아피아 펠로폰네소스 반도의 유명한 전사들을 결집해 일곱 개 중대의 군대를 만들어 테베에 창을 사용하기로 맹세했습니다. 테베와 싸우고 저를 내쫓은 모든 사람을 그 도시에서 몰아내기 위해서 말입니다. 하지만 지금 제가 왜 아버지께 왔겠습니까? 아버지! 저는 당신의 도움을 청하러 왔습니다. 저를 도와달라고. 아버지와 창 주인 일곱 명이 테베 평원을 포위하는 일곱 개 중대의 군대, 암피아라우스도 그중 하나입니다. 그들은 창과 새를 통해 점을 치는 데 능합니다. 아이톨리아의 타이데아우스도 있는데 그는 오이네우스의 아들입니다. 아르가베 에테오클루스와 그의 아버지 탈라우스가 그곳으로 보낸 히포메돈과 테베 도시 전체를 스스로 불태우겠다고 맹세한 카파니우스도 있습니다.

파르테노파에우스도 준비되어 있습니다. 그는 자신의 빠른 발을 가진 어머니, 야생적이고 길들지 않은 아마존의 아탈란타가 태어나기 전 수

년 동안 처녀였기 때문에 그 이름을 얻은 아르카디아인입니다. 그는 우리의 여섯 번째 창입니다. 그리고 드디어 일곱 번째 창, 당신의 아들, 바로 접니다. 당신의 또 다른 사악한 아들은 저를 추방했고 제 출생지를 훔쳤습니다. 아버지! 저희 편이 되어주십시오. 당신이 신탁을 믿는다면 당신이 합류하는 편이 전투에서 승리할 것이기 때문입니다. 그러니 아버지! 우리의 샘과 우리 가족이 공유하는 신들의 이름으로 간청합니다. 당신의 마음을 너그러이 하시고 제 말씀대로 하십시오. 우리의 운명은 같습니다. 당신과 저 둘 다 이곳이 낯설고 우리는 낯선 사람에게 아첨해 지붕을 얻지만 내 형제인 폭군은 우리 둘을 조롱하고 즐기며 궁전에서 살고 있습니다. 아버지! 저는 그를 궁전에서 내쫓고 땅에서도 내쫓고 당신을 당신의 정당한 장소인 집으로 데려갈 겁니다. 아버지! 저를 도와주신다면, 제 곁에 서 계신다면 저는 분명히 이 목표를 이룰 수 있습니다. 그렇지 않다면 살아남을 힘이 있을지 의심스럽습니다.

[코러스]

오이디푸스여! 옳다고 생각하는 것을 말하고 나서 그를 놓아주세요. 그를 여기로 보낸 왕은 당신께 이 정도만 요구했습니다.

[오이디푸스]

(코러스에게) 콜로누스의 영주와 수호자여! 이제 그가 여기 왔으니 듣는 즐거움을 누리고 이곳을 떠나게 놔두세요. 하지만 그는 그를 행복하게 해줄 그 어떤 말도 못 들을 겁니다.

(폴리네이케스에게)

너는 못된 놈이다, 폴리네이케스! 너 자신이 장엄한 왕홀과 왕좌, 네 형제가 지금 테베에서 들고 있는 왕좌를 쥐었을 때 너는 나를 내쫓기로 결정했다. 지금 내가 입은 이 누더기를 보고 울게 만든 것은 네가 한 결과다. 내가 이 누더기를 입었기 때문이 아니라 너와 나의 같은 비참함을 감당해야 한다는 것을 갑자기 알았기 때문에 우는 것이다. 나는 이것과 함께 살아야 하고 내 인생이 끝날 때까지 그것을 견뎌야 한다. 나는 네가 그 원인이라는 걸 알고 이것과 함께 살아야 한다. 나를 쓰러뜨린 너, 나를 집에서 내쫓은 너, 나를 궁금해하는 거지로 만들어 매일 빵 껍질을 구걸하는 너, 내게 이 두 딸이 없었다면 네 행동은 나를 죽였을 것이다. 나를 돌보는 것은 네가 아니라 내 딸들이며 그들은 나를 간호하고 네가 여자 역할을 맡은 동안 남성의 역할을 맡았다. 너희는 내 아들이 아니다. 아니, 너는 다른 사람의 아들이다. 신들의 눈은 지금 너를 지켜보고 있고 네 창병이 테베를 향해 진군하는 순간 더 자세히 지켜볼 것이다. 너는 그 도시를 절대로 차지하지 못할 것이다. 절대로.

너와 네 형제는 그 일이 일어나기 전 쓰러져 죽을 것이다. 오염된 피로 파괴될 것이다. 지난 날 나는 너희를 저주했고 지금 나는 이 저주를 다시 부르고 있다. 이리 오너라, 저주야! 지금 와 도와주어라. 이리 오너라, 저주야! 내 편으로 와 싸워라. 이 사람들에게 부모를 존경하도록 가르치십시오. 아버지가 장님이라도 존경하도록 가르치십시오. 여기 있는 내 딸들은 너희 둘처럼 행동하지 않았다. 여전히 정의가 지배한다면 고대 법이 말하듯이 그녀가 여전히 제우스의 왕좌 옆에 앉아 있다면 내 저주가 네 기도와 왕좌를 지배할 것이니 떠나라. 지금 가라. 나는 네게 침을 뱉는다. 나는 너를 아들로 받아들이기를 거부한다. 사악한 자의 사악함. 그리고 나는 너를 저주한다. 네 창은 네가 태어난 땅을 절대로 정복하지 못할 것이다. 네 발이 아르고스 초원으로 돌아가지 않기를 바란다. 네가 네 형제의 손에 죽임을 당한 대가로, 너를 아르고스에서 몰아낸 대가로 그를 죽일 수 있다. 그것은 내 저주다. 이제 타르타로스의 섬뜩한 어둠이 너희를 집어삼켜 너희의 새로운 아버지 집으로 데려가줄 것을 요청한다. 그리고 이 거룩한 여신들 위에, 그리고 '전쟁의 신' 아레스에게. 그는 네 마음속에 이 전쟁의 불을 붙였다. 지금 가라. 가서 카드메이아인들과 네가 신뢰할 수 있는 모든 동맹자에게 네가 방금 들은 것을 말하라. 오이디푸스가 두 아들에게 어떤 선물을 주었는지 모두 말해주어라.

[코러스]

폴리네이케스, 지금 가세요. 최대한 빨리 떠나세요.

[폴리네이케스]

얼마나 비참한 재앙인가? 내 여행은 재앙이었다! 내 모든 희망, 재앙! 용감한 내 부하들이여! 비참하게 배신당했다! 아르고스에서 우리 행군은 재앙으로 끝날 것이다. 그리고 나는 동맹국에게 이것에 대해 아무 말도 할 수 없다. 나는 그들을 되돌릴 수 없다. 나는 그들의 멸망을 막을 수 없다. 나는 끝까지 침묵해야 한다. 안티고네와 이스메네, 사랑하는 내 누이들아! 그가 내게 던진 잔인한 저주를 들었을 것이다. 사랑하는 내 자매들아! 이 저주가 실현되어 내가 테베로 돌아오면 내 시신이 불명예스럽지 않도록 정당한 의식을 치르고 무덤에 묻어다오. 그렇게 해다오. 내 자매들아! 그리고 너희가 나를 돌보아 이미 얻은 칭찬과 너희가 내 시신에 베푼 보살핌에 대해 죽은 자들이 너희에게 준 칭찬은 더욱더 더해질 것이다.

[안티고네]
폴리네이케스여! 내 말을 들으세요. 부탁이에요.

[폴리네이케스]
내 사랑 안티고네! 말하라.

[안티고네]
군대를 되돌려 그들을 아르고스로 데려가십시오. 그 과정에서 테베와 당신을 파괴하려고 하지 마십시오.

[폴리네이케스]
아니, 안티고네! 그건 비겁해 보일 것이고 나는 다시는 군대를 이끌 수 없을 것이다.

[안티고네]
자기 나라를 망치면 무엇을 얻을 수 있습니까?

[폴리네이케스]
안티고네! 남자에게 비겁함은 가장 부끄러운 것이고 나는 동생의 조롱을 받을 것이다.

[안티고네]
하지만 당신들이 하는 일이 아버지의 예언을 이루는 것임을 모르십니

까? 둘 다 같은 전장에서 상대방 손에 죽을 겁니다.

[폴리네이케스]

그것은 분명히 그의 소원이다.

[안티고네]

안 돼! 하지만 아버지의 예언에 대해 그들이 듣는다면 도대체 누가 당신과 함께 가겠습니까?

[폴리네이케스]

아무도 모를 것이다. 나는 아무에게도 말하지 않을 것이다. 훌륭한 장군의 의무는 좋은 소식을 보고하고 나쁜 소식을 생략하는 것이지.

[안티고네]

이미 마음을 정하셨군요. 이 불쌍한 사람!

[폴리네이케스]

그러니 말리지 마라. 나는 해야 할 일이 있고 그것은 내 아버지와 그의 저주가 그것을 재앙으로 만들었는데도 불구하고 내 동맹국의 이 행진이 계속되도록 하는 것이다. 하지만 내가 죽을 때 내 두 자매가 내 소원을 들어준다면 제우스가 너에게 좋은 삶을 주기를 바란다. 네가 나를 도울 수 있는 것은 죽음 안에서만 가능하다. 하지만 이제 저를 보내거라. 잘 지내렴, 둘 다. 이것이 살아 있는 나의 마지막 모습일 것이다.

[안티고네]

오, 불쌍한 형제여!

눈먼 오이디푸스, 그리고 절규하는 안티고네와 폴리네이케스의 모습이다.

[폴리네이케스]

나를 위해 슬퍼하지 말거라.

[안티고네]

내 형제여! 그대가 죽음을 향해 행진할 때 누가 슬퍼하지 않겠습니까?

[폴리네이케스]

그것이 내 운명이라면 나는 죽을 것이다.

[안티고네]

그런 말은 하지 마세요. 제 말을 들어보세요.

[폴리네이케스]

안티고네! 너는 나를 설득하느라 시간을 낭비하고 있다.

[안티고네]

오, 내 형제여!

[폴리네이케스]

신들은 우리 길을 선언한다. 우리를 이 길이나 다른 길로 가게 한다. 너희 둘은 신들에게 너희의 삶이 곤경에서 벗어나기를 갈구한다. 세상은 너희가 아무것도 받을 자격이 없다는 것을 알고 있다.

(폴리네이케스 퇴장)

| 제3장 분석 |

코러스는 『콜로누스의 오이디푸스』의 중심 주제에 대한 '요약'에 비유될 수 있는 이야기를 제공한다. "태어나지 않는 것이 최선입니다. 하지만 일단 사람이 빛을 보았다면 차선책은 단연코 돌아가는 것입니다. 그가 왔던 곳으로." 물론 이 진술을 소포클레스의 '신조'로 취급하는 것은 지나치게 단순할 것이다. 그렇게 하는 것은 그 구절의 의미를 무시하는 것이다. 더욱이 오이디푸스에 대한 연극의 맥락에서 이 구절은 아이러니로 채색되어 있다. 문자 그대로 오이디푸스는 정확히 '그가 왔던 곳'인 이오카스테의 자궁으로 '돌아갔기' 때문이다.

아버지와 아들의 충돌은 우리가 3부작을 통틀어 폴리네이케스에 대해 볼 수 있는 전부이지만 그의 이름은 연극에서 반복적으로 등장할 것이다. 여기서 잠시 그를 엿볼 수 있는 것은 그가 명예와 의무에 이끌렸지만 타락하기 전의 오이디푸스와 매우 비슷한 사람이라는 것이다. 그의 군대는 자존심과 이기심에 의해 동기가 부여되지만 신에 대한 배려가 없는 것은 아니다. 그는 자신의 운명을 절대적으로 솔직하게 받아들인다.

아들의 곤경에 대한 오이디푸스의 반응은 "너희는 죽어라. 죽어 저주를 받아라. 나는 너희에게 침을 뱉는다. 가거라!"이다. 오이디푸스의 전체 연설은 너무 강력하고 씁쓸해 저주받은 자를 동정하지 않을 수 없다. 수년간의 방황에서 깨어난 오이디푸스는 이제 세속적인 모든 폭력을 혐오하는 동시에 죽음만 바란다. 하지만 우리는 오이디푸스가 아들을 절대적으로 비난하는 것에 동의해야 할지 결정하기 힘든데, 이는 연극에서 표현하는 도덕적 잣대가 너무나 복잡하게 설정되어 있기 때문이다. 오이디푸스와 폴리네이케스의 두 번째 만남에서 아버지와 아들은 절대적으로 대립할 것이고 우리는 둘 다에게 공감할 수 있다.

| 제4장 요약 |

끔찍한 천둥이 울리고 코러스는 공포에 질려 울부짖는다. 오이디푸스는 자신이 죽을 시간이 왔음을 선언하고 검게 변하는 하늘에 경외감을 느낀 코러스는 혼란에 빠져 중얼거린다. 테세우스가 나타났을 때 천둥이 그의 죽음을 알리고 도시를 보호하기 위해 테세우스에게 특정 의식을 수행하라고 알려 준다. 오이디푸스는 테세우스를 그가 죽을 곳으로 데려 갈 것이다. 왕 외에는 아무도 그 위치를 알 수 없고 왕이 죽으면 그 정보를 아들에게 전할 것이다. 이런 식으로 테세우스의 상속자들은 축복받은 도시를 통치할 것이다.

오이디푸스의 평화와 명예로운 매장을 기원하기 위해 코러스가 앞으로 나온 다음 전령이 들어와 무슨 일이 있었는지 코러스에게 알려 준다. 오이디푸스는 친구와 딸들을 가파른 내리막 가장자리로 이끌고 안티고네와 이스메네를 보낸 후 마지막 술을 마신다. 돌아온 그들은 죽은 자를 위한 적절한 옷인 아마포를 오이디푸스에게 입히고 딸들은 울기 시작한다. 오이디푸스는 그의 무한한 사랑이 그를 위해 겪은 모든 고난을 갚을 거라고 맹세한다. 오이디푸스와 딸들은 하늘에서 오이디푸스에게 그의 임무를 계속하라고 명령하는 목소리가 들릴 때까지 껴안고 흐느낀다. 오이디푸스는 딸들을 잘 돌봐달라고 테세우스에게 부탁한 다음 딸들을 보내고 테세우스를 그가 죽을 곳으로 데려간다. 안티고네와 이스메네가 돌아왔을 때 테세우스는 눈을 가리고 서 있었고 오이디푸스는 사라지고 없다. 그런 다음 테세우스는 몸을 굽혀 땅에 키스하고 신들에게 기도한다.

　전령이 이야기를 마치자 안티고네와 이스메네가 무대에 올라 비가를 외친다. 안티고네는 그들이 살아 있는 한, 오이디푸스를 위해 울 거라고 울부짖는다. 어디로 향해야 할지 모르는 안티고네는 소녀들이 영원히 혼자 방황해야 할 거라고 말한다. 테세우스가 들어와 울음을 멈추라고 딸들에게 부탁한다. 그들은 아버지 무덤을 보겠다고 애원하지만 왕은 오이디푸스가 그것을 금지했다고 주장한다. 그들은 간청을 멈추지만 형제간 전쟁을 막도록 테베로 안전하게 돌아가게 해달라고 요청한다. 테세우스는 이것을 허락하고 코러스는 인생의 모든 사건은 신의 뜻대로 발생하니 울음을 멈추라고 소녀들에게 말한다. 테세우스와 코러스는 아테네로 향하고 안티고네와 이스메네는 테베로 향한다.

| 콜로누스의 신성한 숲 |

(멀리서 천둥소리가 들린다.)

[코러스]

새로운 악. 맹목적인 이 낯선 사람에게서 새로운 무거운 악의 행렬이 우리를 방문하고 있습니다. 그의 시대는 지금 여기서 끝날 겁니다. 운명의 뜻이 실현되지 않는 것은 없습니다. 시간이 그것을 확신합니다. 그는 지켜보고 있습니다. 언젠가는 어떤 사람들을 땅에 부딪히게 하고 다음 날에는 다른 사람들을 하늘로 들어 올리십시오. **(강력한 천둥소리)** 하늘이 비명을 질렀다! 오, 제우스 신이시여!

[오이디푸스]

내 딸들아! 내 사랑아! 여기 누군가가 있다면 그를 보내 모든 사람 중에서 가장 고결한 테세우스를 데려오라. 내 자녀들아! 여기 누군가가 있다면 모든 사람 중에서 가장 훌륭한 테세우스를 다시 불러오라고 말하라.

[안티고네]

왜요? 아버지! 왜 우리가 테세우스 님을 데려오길 바라십니까?

[오이디푸스]

천둥아! 내 딸아! 제우스가 내게 그것을 쏘아 올렸다. 내가 하데스로 갈 시간이다. 내 사랑아! 빨리 서둘러라. 누군가 가서 왕을 데려와라. 서둘러라.

(다시 천둥이 울리자 매우 가까이서 들리고 번개가 번쩍인다.)

[코러스]

아, 저것이 보이나요? 들리나요? 제우스가 다시 포효합니다. 끝없는 천둥. 공포는 내 머리카락을 쭈뼛 세웁니다. 내 영혼이 눈물 흘리는 것을 두려워하십시오. 더 많은 천둥과 번개. 하늘이 다시 불타고 있습니다. 이 불길이 어떤 공포를 가져올까요? 두려움에 내 마음이 차가워집니다. 그런 불길은 무서운 재난 없이 오진 않습니다. 오, 위대한 하늘이시여! 제우스 신이시여!

[오이디푸스]

여기 있거라, 내 딸들아! 여기 있거라. 이 순간 하나님의 뜻이 이루어지고 있다. 나는 그것을 피할 수 없다.

[안티고네]

아버지는 이제 어쩌시려고요. 어떤 징후가 보이나요?

[오이디푸스]

알아, 안티고네! 나는 그것을 잘 안다. 누군가 서둘러다오. 빨리 가서 왕을 데려와다오.

(천둥소리와 번개가 번쩍인다.)

[코러스]

다시! 또다시 굉음 같은 천둥이 오는구나! 그것은 우리 주변에 있다. 오, 제우스는 자비를 베푸소서! 주 제우스, 지상의 필사자, 어둠의 재앙을 보내신다면 자비롭게 하소서. 신들이시여! 자비를 베푸소서. 이 사람이 신들의 미움을 받는다면 내가 그에게 보여준 친절이 내게 무서운 형벌을 가져오지 못하게 하십시오. 제우스여! 자비를 베푸소서.

[오이디푸스]

내 자녀들아! 테세우스 님은 아직 오지 않았느냐? 내가 끝나기 전에 그가 올까? 내가 지혜를 잃기 전에 그가 올까?

[안티고네]

아버지! 그에게 어떤 비밀을 말하고 싶으십니까?

[오이디푸스]

나는 그의 친절에 보답하기로 그에게 약속했다. 나는 그 약속을 지키고 싶다.

[코러스]

(무대를 서두르며 테세우스를 외친다.)

테세우스! 테세우스! 내 아들아! 이리 오너라. 테세우스! 내 아들아! 서둘러라. 테세우스! 네가 지금 어디 있든 포세이돈 사원을 떠나거라.

(천둥과 번개)

신성한 의식을 미루어라. 테세우스! 황소 도살을 막고 여기로 와라! 낯선이가 너를 부르고 있다. 테세우스! 그는 자신이 받은 친절에 대해 당신과 도시에 보답하기를 원한다.

(천둥과 번개)

서둘러라. 빨리 와라.

오이디푸스와 안티고네
오이디푸스는 번개와 천둥을 보고 다가오는 자신의 죽음을 직감한다.

(테세우스 등장)

[테세우스]

이 소음은 무엇입니까? 이 모든 외침은 무엇입니까? 그것은 온 땅에 울려퍼지고 있습니다. 당신의 외침과 낯선 이의 외침. 이것은 무엇인가요? 제우스의 천둥? 비가 왔습니까? 우박이 내렸습니까? 제우스가 그런 끔찍한 날씨를 보내면 그가 원하는 것을 아무도 말할 수 없습니다.

[오이디푸스]

오, 내 왕이시여! 내 왕이시여! 내 마음이 당신을 가장 필요로 하는 바로 그 시간에 당신이 왔습니다. 신들은 우리 둘을 위해 당신을 지금 여기로 데려왔습니다.

[테세우스]

라이오스의 아들이시여! 무슨 일이 있었습니까?

[오이디푸스]

테세우스여! 내게 끝이 왔고 나는 당신과 이 도시에 약속을 지키기 전에 떠나고 싶지 않습니다.

[테세우스]

당신의 죽음이 가까워졌다는 전조는 무엇입니까?

[오이디푸스]

신들 자신, 테세우스! 그들은 그것을 발표한 전령입니다. 무엇 하나도 거짓이 아닙니다. 모든 게 선포된 대로입니다.

[테세우스]

그리고 이 징조들은 무엇입니까? 오이디푸스!

[오이디푸스]

끝없는 천둥! 번개! 정복할 수 없는 손에 의해 발사된 번쩍이는 화살!

[테세우스]

나는 당신을 믿습니다. 오이디푸스! 당신은 많은 것을 예언했고 모든 것이 이루어졌습니다. 지금 말씀해주시오. 내가 무엇을 해야 하는지 말씀해주시오.

[오이디푸스]

아이게우스의 아들이시여! 당신 도시의 앞날에 무슨 일이 일어날지 말씀드리겠습니다. 시간이 영향을 미칠 수 없는 불변의 것들. 테세우스여! 몇 분 안에 내가 죽어야 할 곳으로 데려가 주시오. 아무도 내 어깨에 손을 대지 않고 내 발걸음을 인도하지 않을 겁니다. 하지만 나는 당신이 내 죽음의 장소와 그 주변이 비밀로 남을 거라고 약속하기를 바랍니다. 테세우스여! 그곳은 당신이 동맹국으로부터 고용할 수 있는 모든 방패와 창보다 영원히, 적에 대한 더 큰 방어가 될 장소이기 때문에 그것이 어디 있는지 아무에게도 말하지 않겠다고 약속하십시오. 당신만이 절대로 말하면 안 되는 것들을 거기서 배울 겁니다. 내가 이 시민들에게, 심지어 내가 그들을 매우 사랑하는데도 불구하고 내 딸들에게도 드러내지 않을 것들을 당신도 말하지 않고, 당신이 그 땅에서 최고라고 생각하는 사람에게 당신의 마지막 날에만 계시해야 하며 그는 차례대로 그의 후계자에게도 똑같이 해야 하고 미래에도 그렇게 해야 합니다. 그렇게 하면 이 도시는 용에서 태어난 테베인에 의해 절대로 파괴되지 않을 겁니다. 신들은 느리더라도 결국 신성한 법을 경멸하고 미친 사람의 길로 돌아선 사람들을 벌할 겁니다. 테세우스여! 당신이 이미 아는 것들을 말하고 있으니 더 이상 시간을 낭비하지 말고 이제 그곳으로 갑시다.

신들이 나를 재촉하고 있다. 딸들이 나를 따른다. 전에 네가 너희 아버지의 안내자였듯이 이번에는 내가 너희 안내자가 될 것이다. 딸들아! 오더라도 나를 만지진 마라. 내 무덤의 신성한 땅, 운명이 내 시신을 숨겨야 한다고 선언한 토양을 스스로 찾게 해다오. 이쪽으로, 이쪽으로 오라. 이것이 죽은 자의 영혼을 호위하는 헤르메스 신과 '지하세계의 여신' 페르세포네가 내게 가라고 말하는 방식이다. 오, 태양이여! 빛이 없는 빛이여! 한때 당신은 내 눈이었지만 이제 내 몸은 마지막으로 당신 손길을 느낍니다. 이제 나는 내 삶의 마지막 흔적을 숨길 수 있는 하데스를 향해 기어가고 있습니다. **(테세우스에게)** 하지만 당신, 가장 친절한 낯선 사람이여! 신들이 당신과 당신 도시와 당신의 모든 수종에게 축복을 주시고 그 축복 속에서 나를 기억해 그들이 영원히 당신과 함께 머물기를 바랍니다.

(오이디푸스, 테세우스와 두 자매가 빠져나간다.)

[[코러스]
오, 하데스! 아이도네우스! 영원한 '어둠의 세계의 신'이시여! 내가 그렇

타르타로스의 왕 하데스
저승을 지키는 개 케로베로스와 하데스를 묘사한 그림이다.

게 하는 게 적절하다면 당신과 볼 수 없는 여신 페르세포네를 부르겠습니다. 모든 존경과 존경심으로. 이 낯선 이가 깊은 신음의 고통과 참을 수 없는 고문 없이 지하세계에 도착하게 해달라고 요청합니다. 신이시여! 그는 자신의 잘못이 아닌 일로 많은 고통을 겪었고 이제 정의로운 신이 그를 회복시켜야 합니다. 오, 대지의 여신들이여! 데메테르! 페르세포네! 그리고 당신도 불굴의 짐승의 몸! 케르베로스! 그들은 당신이 하데스의 큰 문 옆 동굴에 침대를 갖고 있다고 말합니다. 하데스를 위해 울부짖는 경비병! 대지와 타르타로스의 아들! 나는 이 낯선 이가 그 문을 통해 죽은 자의 영원한 초원으로 쉽게 들어가도록 허락해주시기를 간절히 애원합니다. 영원한 잠의 담지자(擔持者, 생명이나 이념 따위를 맡아 지키는 사람)인 당신께 기도합니다.

(전령 등장)

[전령]

도시 사람들이여! 이 발표로 간단히 설명하겠습니다. 오이디푸스는 죽었습니다. 하지만 여러분! 어떻게 그런 일이 일어났는지 간단히 말씀드릴 수는 없습니다. 말이나 행동이 이것에 간결함을 허락하지 않을 겁니다.

[코러스]

그래서 가난한 사람은 죽었습니까?

[전령]

그는 더 이상 존재하지 않습니다.

[코러스]

그가 어떻게 죽었는지 말씀해주십시오. 신들이 그에게 고통 없이 손쉬운 죽음을 주었습니까?

[전령]

그것은 놀라운 신비입니다. 당신은 그가 발걸음을 인도할 사람도 없이 혼자 걸어나가는 것을 보았습니다. 그가 길을 인도하는 동안 그의 친구들 모두 그의 뒤를 따랐습니다. 하지만 그가 가장자리, 심연의 문턱, 청동으로 만든 계단에 이르자 테세우스와 페리투스 사이의 영원한 우정 서약이 적힌 깊은 분수 근처 많은 교차로 중 한곳에 멈추었습니다. 그는 그 샘과 토리키아 바위 사이에 멈추어 서서 속 빈 야생 배나무와 무덤 돌 근처 땅에 앉았습니다. 그는 더러운 옷을 벗고 딸들에게 근처 개울에서 물을 가져와 자신을 정화하고 술을 마시라고 소리쳤습니다. 소녀들은 가까운 데메테르의 울창한 언덕으로 달려가 아버지가 말한 대로 서둘렀고 그들이 돌아왔을 때 거룩한 관습대로 그를 목욕시켜 옷을 입혔습니다. 그리고 오이디푸스가 만족하고 그의 모든 필요를 충족시켰을 때 지구의 제우스는 소녀들을 두려움에 떨게 만드는 천둥소리를 냈습니다. 그들은 무릎 꿇고 몹시 울며 끊임없이 가슴을 때렸습니다. 오이디푸스는 이런 그들을 보고 그들의 가련한 신음을 듣고 그들을 팔에 안고 말했습니다. "오늘은 나의 마지막 날이다. 내 인생은 끝났으니 나를 돌보는 무거운 부담을 더 이상 갖지 않을 것이다. 딸들아! 그 짐이 얼마나 무거웠는지 알지만 이 몇 마디로 그 짐을 덜어주겠다. 지상의 그 누구도 너희 아버지만큼 너희를 사랑하지 않았다. 하지만 내 사랑들! 너희는 곧 그를 잃을 것이고 평생 고아가 될 것이다.”

꽉 껴안은 세 사람 모두 잠시 흐느끼다가 울음을 그치고 조용히 서 있을 때 갑자기 끔찍한 목소리가 사방에서 들려왔고 그 목소리는 소녀들의 머리카락을 쭈뼛 서게 했습니다. 신의 음성은 아주 큰 소리로 “오이디푸스! 오이디푸스! 당신은 시간을 낭비하고 있다! 더 이상 기다릴 수 없다. 당신은 이미 너무 많은 시간을 낭비했다”라고 외쳤습니다.

오이디푸스는 신의 부름을 듣고 테세우스에게 다가오라고 요청했고 그에게 “친애하는 내 친구여! 내 딸들에게 신뢰의 손을 내밀어 주십시오. 당신은 그들을 절대로 배신하지 않을 것이며 항상 그들에게 최선이라고 생각하는 일을 하겠다고 약속하십시오.” 고귀한 테세우스는 눈물을 참으며 오이디푸스에게 낯선 이가 원하는 대로 하겠다고 맹세했습니다. 그러자 오이디푸스는 눈먼 손을 딸들에게 뻗어 “사랑하는 내 딸들아! 이제 용기를 보여줄 때다. 보거나 듣지 말아야 할 것을 보거나 들을 수 없도록 이곳을 떠나거라. 이제 가거라. 내 딸들아! 테세우스 당신은 머물면서 무슨 일이 일어날지 들으십시오”라고 말했습니다. 이것은 우리가 그에게서 들은 마지막 말이었고 그는 눈물 흘리고 한숨 쉬며 소녀들을 따라 그 자리에서 멀어졌습니다. 우리는 떠났지만 잠시 후 고개를 돌려 낯선 이가 사라진 것을 보았습니다. 테세우스는 가장 끔찍하고 견딜 수 없는 환상을 본 것처럼 손으로 눈을 가리고 겁에 질려 혼자 서 있었습니다. 하지만 잠시 후 우리는 테세우스가 무릎 꿇고 땅과 신들의 고향인 올림포스 쪽으로 기도하는 것을 보았습니다.

[코러스]

그렇다면 그와 함께 갔던 그의 딸들과 모든 친구는 어디 있습니까?

(내면의 탄식 소리)

[전령]

멀지 않습니다. 나는 그들의 울음소리가 다가오는 것을 들을 수 있습니다.

(안티고네와 이스메네의 울음소리)

[안티고네]

아, 이제 우리는 전에 슬퍼했던 것보다 더 많이 슬퍼해야 합니다. 우리 혈관에 넘치는 신의 저주받은 피, 불쌍한 영혼, 두 자매, 아버지의 운명의 희생자. 그게 전부가 아니에요. 우리는 그를 끊임없이 돌보는 고통을 사랑했습니다. 하지만 지금 우리는 참을 수 없고 말할 수 없는 것들을 보고 슬퍼해야 합니다.

[코러스]

뭐라고? 얘들아!

[안티고네]

우리는 다만 추측할 따름입니다.

[코러스]

그가 갔느냐? 얘들아!

[안티고네]

네, 사라졌어요. 그가 가고 싶은 길을 갔습니다. 어떤 전쟁도 어떤 바다도 그를 낚아채지 못했지만 넓은 초원이 열리고 보이지 않는 죽음의 운명이 그를 집어삼켰습니다. 아, 불쌍한 영혼들아! 우리 둘 다! 이제 검은 어둠, 치명적인 어둠이 우리 눈 위에 퍼집니다. 불쌍한 자매여! 이제 우리는 어느 먼 땅으로, 고통스러운 바다를 헤매며 가야 하나? 생존하기 위해 우리는 어떤 쓰라린 고통을 견뎌야 하나?

[이스메네]

모르겠어, 안티고네! 살인적인 하데스도 나를 데려갔으면 좋겠어. 비참한 영혼! 그럼 나는 늙은 아버지의 운명과 함께할 수 있을 텐데.

[코러스]

친애하는 소녀들이여! 세상 최고의 자매들이여! 우리 모두 하늘의 뜻을 견뎌야 합니다. 운명은 당신에게 그런 끔찍한 길을 예고하지 않았습니다.

[안티고네]

불행의 상실에도 불행이 있습니다. 불쌍한 사람을 팔에 안았을 때 느꼈던 비참함은 더 이상 없습니다. 내가 사랑했던 그 불행. 오, 아버지! 사랑하는 아버지! 당신은 지금 아래 세상의 영원한 어둠 속에서 옷을 입고 있습니다. 우리 중 어느 쪽도 당신을 사랑하는 것을 절대로 멈추지 않을 겁니다.

[코러스]

그는 죽었다….

[안티고네]

그분은 자신이 기뻐하시는 일을 하셨습니다.

[코러스]

그게 무엇이었나?

[안티고네]

그는 외국 땅에서 죽었고 그것은 그를 기쁘게 하는 일이었습니다. 그의 침대는 항상 시원한 그늘 아래 있을 겁니다. 그분은 이 세상을 슬퍼하지 않으셨습니다. 슬퍼하지 마십시오, 아버지! 오, 아버지! 눈물이 내 눈에 넘치고 고통을 멈추는 방법을 모르겠구나. 오, 아버지!

[이스메네]

오, 아버지! 불쌍한 자매여! 이제 그가 없으면 어떤 운명이 우리를 기다릴까?

[코러스]

하지만 얘들아! 그분의 죽음은 행복한 것이었는데 왜 그렇게 깊이 슬퍼하느냐?

[이스메네]

자, 사랑하는 언니! 어서 돌아가요.

안티고네와 이스메네
오이디푸스의 두 딸은 오빠들과 달리 효성이 지극하다.

[안티고네]

나는 꼭 보아야 한다.

[이스메네]

무엇을 보려고?

[안티고네]

그의 집.

[이스메네]

누구의 집?

[안티고네]

사랑하는 아버지의. 이스메네! 오, 나는 이 고통을 견딜 수 없구나.

[이스메네]

하지만 언니! 우리는 보지 못했어요.

[안티고네]

무슨 말이야? 이스메네?

[이스메네]

왜냐하면 알다시피….

[안티고네]

알다시피?

[이스메네]

아버지의 죽음은 아무도 보지 못했어.

[안티고네]

나를 그곳으로 데려가. 그곳에서 나도 아버지를 따르겠어.

[이스메네]

안 돼! 사랑하는 언니 없이 내가 어떻게 살 수 있겠어?

[코러스]

친애하는 소녀들이여! 두려워하지 마라. 아무것도 두려워하지 마라.

[안티고네]

하지만 어디서 피난처를 찾을 수 있을까요?

[코러스]

어디 있는지 너는 이미 알고 있다.

[안티고네]

내가 말입니까?

[코러스]

이곳이 네가 찾는 피난처라는 것을 이미 알고 있다.

[안티고네]

내 생각은….

[코러스]

네 생각은 무엇이냐?

[안티고네]

나는 우리가 우리 나라로 돌아가야 한다고 생각하지만 어떡해야 할지 모르겠습니다.

[코러스]

그런 생각은 아예 하지도 마라.

[안티고네]

우리는 불행의 손아귀에 있어요.

[코러스]

내 자녀들아! 너희는 항상 그랬다.

[안티고네]

그때도 끔찍했지만 지금은 무섭습니다.

[코러스]

너희는 진정한 불행의 바다에 둘러싸여 있다. 소녀들이여!

[안티고네]

바다. 네!

[코러스]

바다. 그렇다.

[안티고네]

맙소사. 비참한 사람들은 어디로 가야 합니까? 우리는 어디서 희망을 찾을 수 있습니까?

(테세우스 등장)

[테세우스]

친애하는 소녀들이여! 죽음의 고통으로부터 탈출한 누군가를 위해 애도하는 것은 부적절하니 지금 애도를 끝내라. 신들이 화낼 것이다.

[안티고네]

아이게우스의 아드님이시여! 우리는 당신께 간청합니다.

[테세우스]

내가 무엇을 하길 바라는가?

[안티고네]

우리는 아버지 무덤을 봐야겠습니다. 우리 눈으로.

[테세우스]

너는 거기 갈 수 없다. 나는 허락할 수 없다.

[안티고네]

무슨 뜻입니까? 테세우스 님이시여!

[테세우스]

소녀들아! 오이디푸스 자신이 이 명령을 내렸다. 그는 절대로 거기로 돌아가지 말라고 내게 명령했고 그의 신성한 무덤의 행방을 말하지 말라고 또한 명령했다. 그는 이것이 적의 공격으로부터 우리 나라의 안보를 지켜줄 거라고 말했다. 모든 것을 듣는 제우스 자신이 내 말과 맹세를 들었다.

[안티고네]

그것이 그의 소원이라면 우리는 그것을 따를 겁니다. 하지만 테세우스 님이시여! 고대 테베로 우리를 데려가 우리 형제들의 학살을 피하게 해 주십시오.

[테세우스]

나는 너를 위해, 그리고 방금 지하세계로 내려간 사람을 위해 네가 원하는 것은 뭐든지 할 것이다. 이 의무에 최선을 다할 것이다.

[코러스]

더 이상 슬퍼하지 마라. 너희 둘은 다시는 울지 마라. 그와의 모든 약속을 내가 지킬 것이다.

| 제4장 분석 |

『오이디푸스 왕』과 마찬가지로 『콜로누스에서 오이디푸스』에서의 중심 주제는 오이디푸스 자신에 대한 진실이지만 후자의 연극에서 오이디푸스에 관한 진실은 너무 부족하다기보다 너무 클 수 있다. 『오이디푸스 왕』에서 오이디푸스와 관객 사이의 거리는 아이러니했다. 우리는 오이디푸스의 진실을 알고 있었지만 그 자신은 알지 못했다. 『콜로누스의 오이디푸스』에서 오이디푸스의 행동은 그의 신성한 진실에 의해 거룩해지고 오이디푸스는 나머지 등장인물들이 갖지 않은 자신의 곤경에 대한 지식과 이해를 갖고 있다. 테베 연극 전체에서 관객은 실제 사건, 특히 폭력적인 사건과 거리를 둔다. 연극에서는 많은 사건이 이미 발생한 후 보고되므로 이 마지막 연극에서 독자와 오이디푸스 사이의 거리는 두 배가 된다. 관객인 우리는 오이디푸스가 죽는다는 것을 알지만 그의 죽음에 대한 유일한 증인은 테세우스뿐이다.

오이디푸스는 그의 죽음과 육신이 콜로누스의 안녕에 중요하지 않다고 말한다. 아들로부터 아들에게 전달되는 비밀은 도시의 진정한 수호자가 될 것이다. 하지만 관객들에게 절대로 밝혀지지 않은 비밀을 중심으로 소포클레스가 연극을 만들었다는 사실은 당혹스럽다. 『오이디푸스 왕』에서 기쁨과 슬픔을 준 것은 청중의 뛰어난 지식이었다. 그 지식이 거부당할 때 우리는 무엇을 느낄까? 오이디푸스의 비밀스러운 죽음의 순간은 예외 없이 코러스의 몇 줄짜리 산문적인 대사로 묘사된다.

또한, 현대 청중은 안티고네와 이스메네의 마지막 연설에 동요하지 않을 수 없다. 우리는 오이디푸스의 죽음을 보지 못했으므로 그들의 슬픔을 진정으로 공유할 수 없지만 그것을 승인하지 않을 이유도 없다. 오이디푸스와 폴리네이케스 간의 갈등과 마찬가지로 관객이 우리 자신의 감정과 생각의 범주에서 벗어난 감정에 반응하는 유일한 방법은 없다. 우리는 비극에서 느끼는 것과 전혀 다른 감정적, 도덕적 분리로만 그들을 간주할 수 있다. 「콜로누스의 오이디푸스」는 비극이 아니라 오히려 그 자체의 이해할 수 없는 비밀을 포용하는 텍스트다.

소포클레스 비극 3부작

THE OEDIPUS CYCLE

| 제3부 |

안티고네

내가 헛되이 보낸 오늘은
어제 죽어간 이들이
그토록 꿈꾸던 내일이다

안티고네

등장인물

[안티고네]

오이디푸스의 딸

[이스메네]

안티고네의 여동생

[크레온]

테베의 왕

[에우리디케]

크레온의 아내

[하이몬]

크레온의 아들

[테이레시아스]

장님 예언자

[파수병]

폴리네이케스의 시신을 지키는 사람

[사자 1]

[사자 2]

[코러스]

테베의 연장자들로 구성됨

| 제1장 요약 |

테베에 밤이 내렸다. 그 전날은 오이디푸스의 아들이자 안티고네와 이스메네의 형제인 에테오클레스와 폴리네이케스 간의 무장 투쟁을 목격했다. 테베를 장악하기 위해 싸우던 형제들은 이제 서로의 손에 죽었다. 이제 폴리네이케스의 침략군은 퇴각했고 크레온은 도시를 지배했다. 안티고네는 궁전 제단에 다가가 형제들의 죽음을 애도한다. 이스메네는 안티고네의 뒤를 바짝 쫓는다.

안티고네는 폴리네이케스를 묻거나 애도하려는 사람은 누구나 사형에 처해야 한다는 크레온의 법령에 개탄한다. 안티고네는 폴리네이케스를 묻겠다고 고집하고 이스메네에게 도움을 청한다. 이스메네는 폴리네이케스를 사랑하지만 왕의 칙령을 따라야 하며 죽을 위험을 감수하고 싶지 않다고 말한다. 안티고네는 여전히 폴리네이케스를 묻기로 결심하고 이스메네는 항상 안티고네를 사랑하겠다고 말한 뒤 궁전으로 물러난다.

테베 장로들로 구성된 코러스가 앞으로 나와 테베의 영광을 찬양하고 도시를 파괴한 폴리네이케스를 비난하는 송가를 부른다. 그런 다음 크레온이 들어와 시민들에게 질서와 안전이 테베로 돌아왔다고 선언한다. 그는 테베를 방어한 에테오클레스가 도시에 대항해 무기를 든 데 대해 신의가 없는 그의 형제와 달리 영웅으로서 매장될 거라고 발표한다. 코러스는 크레온의 칙령에 복종할 거라고 말한다.

　파수병이 왕에게 전갈을 갖고 들어오지만 왕의 반응이 두려워 말하기를 주저한다. 크레온은 그에게 이야기를 하라고 명령하고 파수병은 누군가 왕의 엄명을 어긴 소식을 결국 전하게 된다. 누군가 폴리네이케스의 시신에 적절한 장례식을 치렀지만 누가 했는지 아무도 모른다는 것이다. 코러스는 신들이 폴리네이케스의 매장을 맡았을 수도 있다고 주장하지만 크레온은 그런 생각을 터무니없다고 비난하며 신들이 절대로 배신자 편에 서지 않을 거라고 주장한다.
　크레온은 도시의 반체제 인사들은 자신의 칙령을 무시하고 파수병에게 뇌물을 주었다는 논리를 펴고 파수병을 비난한다. 파수병의 필사적인 부인에도 불구하고 크레온은 다른 용의자가 발견되지 않으면 파수병을 죽이겠다고 협박하고 궁전으로 들어간다. 파수병은 테베를 영원히 떠나겠다는 의사를 표하고 도망친다. 코러스는 인간이 지구를 지배하는 방법과 죽음만이 인간을 지배할 수 있다는 내용의 송가를 노래한다. 하지만 그것은 인간이 땅의 법과 신들의 정의에 의해서만 자신의 능력을 사용해야 한다는 경고다. 사회는 무모한 목적을 위해 의지를 발휘하는 사람들을 용납할 수 없다.

| 테베의 궁전 |

(은밀히 할 말이 있는 안티고네가 이스메네를 조용한 곳으로 불러낸다.)

[안티고네]

내 동생 이스메네야! 귀여운 내 동생아! 우리가 살아오면서 아버님이 유언하신 여러 재앙 중 제우스 신께서 우리에게 내리시지 않은 재앙이 없다는 것을 너는 알겠지? 너와 나는 불행하게 지내며 온갖 파멸, 수치, 굴욕을 겪었다. 그런데 방금 폐하께서 테베에 선포하셨다는 새로운 포고는 무엇이냐? 너는 모르느냐? 듣지 못했느냐? 아니면 우리 친구들이 우리가 원수가 될 운명이라는 걸 네게 감추더냐?

[이스메네]

안티고네 언니! 두 오빠가 같은 날 한꺼번에 돌아가셔서 우리 두 자매가 오빠를 잃은 후로 기쁜 일이든 고통스러운 일이든 친구들에 대한 말은 듣지 못했어요. 지난밤 아르고스 군대가 도망친 후 우리 운명이 더 밝을지 더 슬플지 갈피를 못 잡겠어요.

[안티고네]

그래서 단둘이 하고 싶은 말이 있어 너를 궁전 문 밖으로 부른 거야.

[이스메네]

무슨 일인가요? 언니는 어두운 소식을 곰곰이 생각하시는 게 분명해요.

[안티고네]

글쎄. 크레온 님이 오빠들에 대해 말하길 한 오빠는 정중히 장사를 치르고 다른 오빠는 장례를 치르지 않고 욕보이기로 하셨다잖니? 에테오클레스 오빠는 올바르고 법도에 맞는 정당한 의식으로 땅에 묻어 저승에서 고인들과 함께 영광을 누리게 한다는 거야. 하지만 폴리네이케스 오빠의 불쌍한 시신은 길거리에 내놓고 매장도 못 하게 하고 조상(弔喪)도 금한다는 소문이야. 울어주는 사람도 없이 매장도 안 한 채 내버려두어 새들 먹잇감 삼아 잔치를 벌이게 한다는 거야. 착한 크레온 님께서 너와 나를 위해. 그래, 나를 위해 이런 포고를 하고 아직 모르는 사람들에게 분명히 알리기 위해 여기로 오신다는 소문이야. 가볍게 생각할 일이 아니다. 누구든 이 명령을 거역하는 자는 백성들 앞에서 돌로 쳐죽인다는 거야. 이제 알아들었겠지? 네가 고귀하게 자라났는지, 고귀한 혈통을 타고났지만 비천한 여자인지 보여줄 때가 왔어.

[이스메네]

가엾은 언니! 일이 그렇게 되었다면 나는 아무 소용도 없겠지?

[안티고네]

나를 도와 일을 꾸밀 수 있겠는지 생각해봐라.

[이스메네]

무슨 일을? 도대체 무슨 뜻이에요?

[안티고네]

나를 도와 시신을 옮길 수 있겠니?

[이스메네]

오빠를 묻을 생각이군요. 테베에 금지령이 내렸는데도?

[안티고네]

오빠를 위해 내가 할 수 있는 일을 할 거야. 싫다면 마음대로 해라. 나는 오빠를 배신할 수 없어.

[이스메네]

아, 대담하셔라! 크레온 님이 금하고 있는 때에?

[안티고네]

아니다. 내가 하는 일을 그분이 막을 권리는 없어.

[이스메네]

아, 언니! 생각해보세요. 아버님이 손수 들추어낸 죄 때문에 스스로 저주하며 손으로 두 눈을 찌른 다음 미움과 비웃음을 받으며 돌아가신 것을. 그리고 한 분이시면서 어머니와 아내라는 호칭을 가졌던 어머니는 목을 매 목숨을 끊었어요. 끝으로 두 오빠는 같은 날 불쌍하게도 서로 혈족의 피를 흘리게 하며 똑같은 운명을 맞았어요. 이제 우리 차례예요. 남은 사람은 둘뿐인데…. 우리가 법을 어기고 폐하의 명령이나 권력을 훼손한다면 그 누구보다 처참하게 죽을 거예요. 첫째, 우리는 남자들과 싸워선 안 되는 여자로 태어났다는 걸 잊으면 안 돼요. 둘째, 우리는 우리보다 강한 자의 지배를 받기 때문에 이 일뿐만 아니라 더 쓰라린 명령에도 복종해야 해요. 그러니 나는 지옥의 망령들에게 용서를 빌면서 강한 힘이 나를 억누르기 때문에 지배자의 말에 복종하겠어요. 분수를 지키지 않는 것은 어리석어요.

안티고네 조각상

[안티고네]

강요하진 않겠다. 아니, 네가 도와줄 마음이 있더라도 네 도움은 달갑지 않다. 자, 네 마음대로 해라. 하지만 나는 오빠를 묻어 주겠다. 그 일 때문에 죽는다면 얼마나 좋으냐? 죄 없는 죄를 짓고 사랑하는 오빠와 함께 잠들겠어. 산 사람보다 죽은 사람에게 더 착실히 도리를 지켜야 하기 때문이야. 저 세상에서 영원히 살 거야. 신께서 정한 숭고한 법을 어기고 싶다면 네 마음대로 해라.

[이스메네]

신께서 정한 법을 어기고 싶진 않아요. 하지만 나라에 저항할 힘은 없어요.

[안티고네]

그건 핑계에 불과해. 그럼 나는 가서 사랑하는 오빠를 묻어 주겠다.

[이스메네]

아, 불쌍한 언니! 언니 일이 걱정되어 견딜 수가 없어요.

[안티고네]

내 일은 걱정하지 마라. 네 운명이나 잘 챙겨라.

[이스메네]

그렇다면 적어도 이 계획은 아무에게도 발설하지 말고 꼭꼭 숨기세요. 나도 그렇게 하겠어요.

[안티고네]

아, 차라리 고발해라. 이 일을 세상에 알리지 않고 침묵한다면 너를 더 미워하겠어.

[이스메네]

끔찍한 일 때문에 언니는 흥분하셨어요.

[안티고네]

나는 내가 좋아하는 일을 할 때 가장 즐겁다.

[이스메네]

물론 그렇지요. 가능한 일이라면. 하지만 언니는 불가능한 일을 하려고
해요.

[안티고네]

어쩔 수 없지. 내 힘이 못 미치는 일이더라도 일단 해봐야지.

[이스메네]

안 될 일은 처음부터 손대면 안 돼요.

[안티고네]

그렇게 말하면 나뿐만 아니라 돌아가신 오빠도 너를 증오할 거야. 그러
니 나를 내버려둬. 무서운 짓을 저질러 바보가 되는 건 나뿐이니까. 천하
게 죽는 것보다 무서운 것은 없어.

[이스메네]

꼭 그래야겠다면 가세요. 하지만 이것만은 분명해요. 언니가 하는 일은
어리석지만 언니가 사랑하는 분은 언니를 정말 아낄 거예요.

(안티고네와 이스메네 퇴장. 코러스 등장)

[코러스]

햇빛이여! 일곱 개 성문을 가진 테베에 동터 오는 가장 아름다운 빛이여! 황금 날의 눈이여! 드디어 샘물을 넘어 떠올랐구나. 갑옷으로 무장해 온 아르고스의 흰 방패를 든 전사는 그대의 재촉으로 재빨리 달아났다. 폴리네이케스의 시끄러운 주장 때문에 이 땅으로 몰려왔던 전사들이…. 전사는 날카롭게 소리치는 독수리처럼 무장하고 무수한 철갑을 앞세우고 눈처럼 흰 날개를 펄럭이며 이 땅으로 날아왔다. 전사는 우리 거처 위에 머물며 피에 굶주린 창으로 일곱 개 성문을 둘러쌌다. 하지만 이 입이 우리의 피를 마음껏 마시기 전에, '불의 신'의 횃불이 우리 성탑을 태우기 전에 전사는 물러났다. 등 뒤에서 드높은 함성이 들려오지만 용(龍)을 적 삼아 싸워 이기는 것은 어려운 일. 제우스 신께서는 허풍을 가장 싫어하신다.

전사들이 쩔렁거리는 금을 뽐내며 떼지어 몰려오는 것을 보고 이제 제우스 신께서는 성벽을 기어올라 성급히 승리를 외치려는 자를 불꽃을 휘둘러 쓰러뜨리셨다. 그는 외마디 비명을 지르며 굴러떨어져 횃불을 쥔 채 땅에 쓰러졌다. 방금 미친 듯 공격해와 격렬한 증오를 폭발시키며 덤비던 그 전사가…. 하지만 그의 위협은 뜻을 이루지 못했구나. 힘센 '전쟁의 신', 우리의 강력한 우군은 이리저리 날뛰며 다른 적들에게 몇 가지 운명을 나누어 주었구나. 일곱 개 성문으로 진격해온 일곱 장군은 일곱 장군과 맞붙어 싸웠지만 전세(戰勢)를 뒤집으신 제우스 신께서 갑옷을 바쳤을 뿐이구나. 구하라! 참혹한 운명의 저 두 형제를. 같은 아버지와 어머니에게서 태어난 두 형제는 서로 맞서 창끝을 겨누다가 드디어 함께 죽었구나. 하지만 영광스러운 승리의 신은 우리에게 오셔서 수많은 전차(戰車)를 가진 테베의 기쁨에 기쁨으로 응답하시니 이번 전쟁을 기꺼이 잊고 밤새 춤추고 노래하며 모든 신전을 순례하자. 테베 땅이 춤으로 흔들리게 한 디오니소스여! 우리를 이끌어주소서. 보라! 이 나라의 폐하, 메노이케우스의 아드님! 신이 주신 새로운 행운으로 새로운 통치자가 되신 분! 널리 명령을 내려 장로들의 특별회의를 소집하신 분! 저기 크레온 님이 오신다. 무슨 생각을 하고 계실까?

(왕복 차림의 크레온이 부하 두 명을 거느리고 궁전 정문으로 등장한다.)

[크레온]

여러분! 큰 배에 비유할 수 있는 우리나라는 그동안 격랑에 시달리다가 신의 도움으로 다시 안정을 되찾았습니다. 무엇보다 여러분이 라이오스 왕의 왕권에 한결같은 충성을 바쳐왔고 오이디푸스 왕이 이 나라를 다스릴 때도, 그분이 돌아가신 후에도 변함없이 충성스럽게 그분의 자식들을 받들었다는 걸 내가 알기 때문에 온 백성 중에서 여러분을 따로 소집한 겁니다. 그런데 오이디푸스 왕의 두 아들은 서로 싸우다가 동기간의 피로 물들어 같은 날 함께 돌아가셔서 나는 고인의 가장 가까운 친척으로서 왕위와 이에 따르는 모든 권력을 차지했습니다. 그가 어떻게 다스리고 어떤 입법을 하는지 보기 전에는 그의 영혼과 정신과 심정을 충분히 헤아리기 어렵습니다. 나라를 이끄는 최고의 권력을 가졌으면서도 최선의 정책을 실시하지 않고 두려움이 앞서 입을 꼭 다문 자가 있다면 그는 가장 비열한 놈이라고 생각하고 저도 이렇게 생각했기 때문에 이런 말을 하는 겁니다. 또한, 조국보다 친구를 소중히 여기는 자는 고려할 여지도 없습니다. 늘 만사를 꿰뚫어보시는 제우스 신을 알고 계시거니와 시민들에게 안전이 아닌 파멸이 닥치는 것을 내가 본다면 절대로 침묵하지 않겠습니다. 또한, 나라의 적을 내 친구로 여기지도 않을 겁니다. 우리 나라는 우리 안전을 지켜주는 배와 같아 이 배가 순탄한 항해를 할 때만 우리가 참된 친구를 사귈 수 있습니다. 이것이 내가 이 위대한 나라를 지켜나가려는 원칙입니다.

그리고 이 원칙에 따라 나는 방금 오이디푸스 폐하의 두 아들에 대한 포고를 백성들에게 내렸습니다. 에테오클레스 님은 명성 높은 군인으로 이 나라를 위해 싸우다가 돌아가셨기 때문에 장례를 치러주고 고귀한 죽음을 추모하는 모든 의식을 갖추어드려 평안히 영면하시도록 할 겁니다. 하지만 이분의 형 폴리네이케스는 추방지에서 돌아와 아버지의 나라와 조상들이 모셔온 신전을 모조리 불태우려고 했고 동포의 피를 마신 다음 남은 사람들을 노예로 삼으려고 했습니다. 이자에게는 백성들이 장례를 치러주거나 조문하는 영광을 베풀면 안 되고 묻지 않고 내버려둬 그 시신을 새나 개들이 뜯어먹게 해 보기에도 끔찍한 수모를 주라고 명령했습니다. 그것이 내가 일을 처리하는 정신입니다. 그리고 내가 악인을 의인보다 존중하는 일은 절대로 없을 겁니다. 하지만 테베에 호

크레온

라이오스가 죽은 후 잠시 테베를 다스렸지만 오이디푸스가 스핑크스로부터 수수께 끼를 풀고 나라를 구하자 그에게 왕위를 넘기고 다시 테베의 실권을 장악했다.

의를 보인 사람은 생전이나 사후에도 내 존경을 받을 겁니다.

[코러스]

메노이케우스의 아드님이신 크레온 폐하시여! 이 나라의 적과 친구에 대한 당신의 뜻을 잘 알겠습니다. 그리고 원하신다면 죽은 자나 살아 있는 모든 백성에게 무슨 명령이든 내리실 권력이 있다는 것도 잘 압니다.

[크레온]

그렇다면 여러분! 그대들은 내 명령을 지켜주시오.

[코러스]

우리보다 젊은 사람에게 이 일의 책임을 맡기십시오.

[크레온]

아니오. 시신 파수병은 이미 배치했소.

[코러스]

그렇다면 그 밖의 어떤 책임을 맡기시려는 겁니까?

[크레온]

이 명령을 어기는 자를 감싸면 안 되오.

[코러스]

죽음이 두렵지 않을 만큼 어리석은 자는 없습니다.

[크레온]

그렇소. 죽음이 바로 당연히 받을 보장이오. 흔히 허망한 탐욕 때문에 몸을 망치는 사람도 있소.

(파수병 등장)

[파수병]

폐하! 단숨에 달려왔다고, 날쌘 걸음으로 뛰어왔다고 말씀드리진 않겠습니다. 여러 생각에 걸음을 멈추었고 몇 번씩 되돌아가려고 했기 때문입니다. 제 마음은 여러 번 이렇게 타일렀습니다. '바보야! 어떤 운명이 기다리는지 알면서도 갈 거냐? 불쌍한 놈! 또 꾸물거려? 크레온 폐하께서 이 소식을 다른 사람에게서 들으시면 네가 무사할 것 같으냐?' 이렇게 갈팡질팡하며 무거운 걸음으로 왔습니다. 그 때문에 가까운 길이 멀기만 하더군요. 하지만 드디어 이곳으로, 폐하 앞으로 달려올 결심을 했습니다. 그리고 제 이야기가 아무리 하찮더라도 말씀드리겠습니다. 타고난 운명만큼 당할 뿐이라는 한 가지 희망만은 버릴 수 없기 때문입니다.

[크레온]

도대체 무엇이 너를 이렇게 안절부절못하게 했느냐?

[파수병]

우선 저에 대해 말씀드리겠습니다. 저는 그런 짓을 하지 않았습니다. 그런 짓을 한 자를 보지도 못했습니다. 제가 벌을 받는다면 공정하지 못합니다.

[크레온]

빈틈없는 놈이구나. 책임을 면하려고 무던히 애쓰는구나. 분명히 이상한 일이 생겼지?

[파수병]

네, 그렇습니다. 무서운 소식을 전하려면 늘 망설이게 됩니다.

[크레온]

자, 말해보라. 돌아가야 하지 않느냐?

[파수병]

그럼 말씀드리겠습니다. 누군가가 그 시신 위에 마른 모래를 뿌려 파묻고 경건한 사람에게 베푸는 의식까지 치르고 도망쳤습니다.

[크레온]

무슨 소리냐? 목숨이 붙은 자가 감히 그런 짓을 해?

[파수병]

모르겠습니다. 곡괭이 자국도 없고 삽으로 판 흔적도 보이지 않았습니다. 땅은 바퀴 자국도 없을 만큼 딱딱하고 메말라 아무 흔적도 없었습니다. 이런 짓을 한 자가 흔적을 전혀 남기지 않았던 겁니다. 아침에 첫 번째 파수병이 이 사건을 알려 주자 저희는 놀라 어리둥절했습니다. 그런데 시신은 숨겨 놓았더군요. 무덤에 묻은 게 아니라 흙으로 살짝 덮어 놓았어요. 저주가 두려운 자가 한 짓입니다. 들짐승이나 개가 시신을 물어뜯은 자국도 안 보였습니다. 나쁜 소식은 재빨리 요란하게 파수병들 사이에 퍼져 파수병끼리 다투었다는 겁니다. 결국 주먹질까지 벌어졌지만 아무도 말리지 않았습니다. 누구나 다 범인처럼 보였지만 사실 범인은 없었고 이 일에 대해 잘 모른다고 서로 우겼습니다. 저희는 벌겋게 달군 쇠로 몸을 지지거나 불 위를 걸어다니는 형벌을 각오했고 이 일의 계획이나 실행에 관여하지 않았음을 신들께 맹세할 수 있습니다. 결국 아무리 조사해도 소용없자 누군가가 저희 모두가 두려워 얼굴을 못들 말을 했습니다. 그는 우리가 반대할 수도 없고 그렇다고 그대로 하면 화를 면할 길이 없다고 말했습니다. 그는 이 사건을 폐하께 보고해야지 숨기면 안 된다고 주장했습니다. 이것이 최상의 방도인 것 같아 제비뽑기를 한 결과, 이 불쌍한 놈이 뽑혀 마음에 내키지도 않고 반가워하실 일도 아니라는 걸 알면서도 여기로 온 겁니다. 나쁜 소식을 전하는 자를 반길 분은 없지요.

[코러스]

오, 폐하시여! 어쩌면 이 일은 신께서 하셨다는 생각이 듭니다.

[크레온]

그대들의 말은 내 분노에 부채질하는 셈이오. 늙은 바보가 되기 싫거든 떠들지 마시오. 신들께서 숨겨주시다니, 이것이 충성스럽게 모셔온 자에게 주는 최고의 보상이란 말이오? 신들께서 악인을 칭찬하시는 걸 본 적 있소? 그럴 수는 없지. 천만에! 처음부터 내 명령에 짜증내고 몰래 고개저으며 내게 불평하는 자가 이 도시에 있었던 게 분명해. 내 통치에 만족하는 사람들과 달리 전혀 복종하지 않는 놈들이 한 짓이야. 나는 잘 알아. 파수병들을 매수해 이런 짓을 저질렀어. 이 세상에 퍼진 것 중에 돈보다 나쁜 것은 없다. 돈은 나라를 더럽히고 사람들을 집에서 내쫓고 정직한 사람들을 꾀어 부끄러운 짓을 하게 만든다. 심지어 백성들에게 온갖 나쁜 짓과 불경스러운 짓을 가르친다. 하지만 돈에 팔려 이런 짓을 저지른 자들은 조만간 한 명도 빠짐없이 대가를 치를 것이다. 자, 아직도 나는 제우스 신을 존중하므로 맹세코 너희에게 말한다. 잘 들어라. 만약 너희가 이 매장의 진범을 찾아내 내 앞에 끌고 오지 않는다면 너희를 당장 죽이지 않고 너희가 이 죄를 밝혀낼 때까지 산 채로 매달아 두겠다. 앞으로 어디서 정당한 이득을 얻어야 하는지 더 잘 알게 되고 어디서 나오는 이득이든 덥석 받으면 안 된다는 걸 알게 될 것이다. 부정한 돈은 복이 아닌 파멸을 부른다는 걸 알게 될 테니.

[파수병]

말씀드려도 될까요? 아니면 그냥 돌아갈까요?

[크레온]

네 목소리만 들어도 화가 치민다는 걸 모르느냐?

[파수병]

귀에 거슬리십니까? 마음에 거슬리십니까?

[크레온]

내 고통의 원인을 알아야 할 이유가 무엇이냐?

[파수병]

범인은 폐하의 마음을 괴롭히고 저는 귀를 괴롭히기 때문입니다.

[크레온]

아, 가만 보니 너는 태어날 때부터 수다쟁이였구나.

[파수병]

그럴지도 모릅니다. 하지만 이 사건만큼은 절대로 제가 저지르지 않았습니다.

[크레온]

천만에! 더 나쁜 놈이지. 은전 한 냥에 목숨을 판 놈이다.

[파수병]

아, 올바로 판단하셔야 할 분이 잘못 판단하시니 정말 슬픕니다.

[크레온]

판단 따위 말장난은 마음대로 해라. 하지만 너희가 이 사건의 진범을 데려오지 않는다면 비열하게 얻은 이득은 결국 슬픔이 된다는 걸 알게 될 것이다.

(퇴장)

[파수병]

아, 범인이 잡혀야 할 텐데…. 잡히든 안 잡히든 운명에 달린 일이다. 어쨌든 폐하께서는 다시는 이 땅에서 나를 만나지 못하실 거야. 일단 다행히 목숨을 구했으니 신들께 감사해야겠구나.

(퇴장)

[코러스]

경이로운 것이 허다하지만

인간보다 경이로운 것은 없구나.

강한 남풍에 밀리며 삼켜버릴 듯 사나운 물결을 헤치고

흰빛 바다를 건너는 그 힘.
해마다 쟁기를 이리저리 돌리며 말을 부려 땅을 파헤치니
최고의 신, 불멸의 지칠 줄 모르는
'대지의 신'조차 인간에게는 지쳐버린다.

경쾌한 조류, 사나운 야수, 심해의 어류조차
인간은 손수 짠 그물로 잡아 노획물을 끌고 간다.
인간이 가진 지혜의 탁월함이여!
또한, 숲속 동굴에 살면서 언덕을 헤매는 야수도
인간은 그 기술로 지배한다.
인간은 사나운 갈기를 가진 말도 길들여
목에 멍에를 씌우고 지칠 줄 모르는 들소도 길들인다.

그 언어, 재빠른 사고, 나라를 만들어가는 온갖 방법도
인간 스스로 터득한다.
또한, 막힌 하늘 아래 노숙할 때도
서리와 퍼붓는 빗줄기를 피할 줄 안다.
그렇다! 인간은 온갖 재주를 부린다.
이 재주가 없으면 인간은 내일에 대처하지 못한다.
오직 '죽음의 신'에 대해서만큼은 아무리 애써도 소용없구나.
하지만 인간은 괴병도 이겨낸다.

상상할 수 없는 교활하고 풍부한 재주 때문에
인간은 방금 의인이었다가 악인이 되는구나.
나라 법을 준수하고 신께 맹세한 정의를 지켜나가면
나라의 기틀이 튼튼하고 자랑스럽다.
하지만 경솔한 죄를 지은 자에게는 나라가 없구나.
이런 것을 저지른 인간이 내 마음을 차지하고
나와 똑같은 생각을 하지 않기를….

| 제1장 분석 |

　연극의 오프닝 장면은 핵심이 되는 갈등을 신속히 확립한다. 크레온은 배신자 폴리네이케스의 시신을 매장하면 안 된다고 선언했고 안티고네만 이 법령에 반대하고 가족의 신성함을 유일하게 주장한다. 안티고네는 가족구성원이 서로에게 빚진 의무를 무시하는 법은 합당하지 않다고 생각하는 반면, 크레온의 관점은 그녀와 정반대다. 그는 폴리네이케스에 대한 승리를 기뻐하며 시민들에게 단호히 선언한다. '원칙', '법', '정책', '법령' 등의 단어가 지배하는 크레온의 첫 번째 연설은 크레온이 정부와 법을 최고 권위로 집착하는 정도를 보여 준다. 폴리네이케스를 매장하려는 사람을 극형에 처하겠다고 선포함으로써 그가 명시한 죽음(돌로 쳐죽이는)은 도시 전체 시민들에게 공포를 안겨준다. 폴리네이케스의 몸에 대한 불경(不敬)이 반역자에 대한 경멸의 공개적인 표시이듯 돌로 쳐죽이는 결과는 한때 폴리네이케스를 동정한 시민들의 생각을 말살하고 도시를 하나로 묶는 역할을 하게 된다. 안티고네와 크레온 사이에는 타협이 있을 수 없으며 각자 지지하는 관념에서 절대적 타당성을 찾는다.

　크레온과 안티고네 사이의 투쟁에서 소포클레스의 청중은 의무와 가치의 진정한 충돌을 인식했을 것이다. 고대 아테네인들은 윤리와 철학과는 별개로 유효한 원칙 사이에서 갈등이 발생할 수 있고 그런 상황에서는 실질적인 판단과 숙고가 필요하다고 분명히 인식했다. 그리스 관점에서 크레온과 안티고네의 입장은 모두 결함이 있다. 둘 다 하나의 '선'이나 의무만 인정함으로써 윤리적 삶을 지나치게 단순화했기 때문이다. 지나치게 단순화함으로써 각각의 갈등이 전혀 존재하지 않거나 심의가 필요하다는 사실을 무시한다. 더욱이 크레온과 안티고네 둘 다 각자의 결정을 정당화하고 수행하는 방식에서 위험한 결함을 보여 준다. 안티고네는 처음부터 그 행동이 '영광스럽기' 때문에 매장을 수행하고 싶다는 것을 인정한다. 크레온의 자존심은 폭군의 자존심이다. 그는 융통성 없고 단호하고 연극 내내 조언을 듣지 않는다. 교만의 위험은 이 두 인물이 자신의 인간적 유한성, 즉 자신의 힘의 한계를 간과하게 만든다.

이상하게도 코믹한 하층 전령은 실용적 판단에 필요한 대안의 불확실성과 신중함의 무게를 보여 주는 유일한 캐릭터다. 파수병은 적절한 행동 방침에 대한 고정된 지혜가 없다. 그는 전갈을 전하러 오면서 생각에 잠겨 이리저리 돌아보며 자신이 말하고 행동한 결과를 숙고했다고 말한다. 이 시점에서 파수병의 희극적 흔들림은 이 사회에서 유일하게 합리적인 행동 방식처럼 보인다. 크레온이나 안티고네, 심지어 이스메네와 달리 파수병은 자신의 현재 상황에 대한 가능한 대안을 고려한다. 캐릭터로서 파수병은 크레온의 의지의 잔인한 힘을 상쇄한다. 크레온과 안티고네의 갈등이 상반되고 강력한 두 의지의 폭력적인 충돌인 반면, 폴리네이케스를 매장한 자를 찾지 못하면 파수병을 죽이겠다고 약속한 크레온의 부당함은 가장 분명하다.

이번 장에서 코러스는 크레온과 테베의 확립된 힘의 편에 서는 것 같다. 코러스의 첫 번째 연설은 침략하는 적의 좌절된 자존심을 묘사한다. 제우스 신은 허세와 자랑을 싫어한다. 하지만 제우스 신의 은총을 통한 테베의 승리에 대한 이 찬사는 미묘하게 비판적 우위에 있다. 코러스의 자존심과 교만한 발언의 몰락에 초점을 맞추는 것은 우리가 방금 안티고네에서 보았고 크레온에게서 보게 될 고의성을 은밀히 말하고 있다. 오이디푸스 연극에서 크레온의 첫 번째 연설보다 자기 중요성으로 더 부푼 연설은 거의 없으며 크레온은 '도시의 운명을 설정하는 놀라운 임무'를 맡고 반역자 폴리네이케스에 대한 그의 법령을 반복한다.

두 번째 코러스의 송가는 낙관적인 음표로 시작하지만 끝으로 갈수록 어두 워진다. 이 송가는 인간의 '경이로움'을 기념하지만 경이로움에 대한 그리스어 (Deinon)는 이미 '끔찍한', '무서운' 의미로 연극에서 두 번 사용되었다(전령과 코러 스는 시신의 신비한 매장을 묘사하기 위해 그것을 사용했다). 코러스는 인간의 목표가 무 엇이든 달성할 수 있다고 칭찬하는 것 같다. 겨울에 바다를 건너고 새와 짐승이 덫에 걸리고 야생마를 길들인다. 하지만 송가의 요점은 인간이 자신의 목표를 달성하는 기술을 개발함으로써 자연을 습득할 수 있지만 인간은 '법에 대한 의 무와 책임', 정의, 공동선을 고려해 그 목표를 공식화해야 한다는 것이다. 그러 지 않으면 인간은 괴물이 된다.

그의 첫 번째 연설에서 크레온은 자신이 통치하는 방식을 설명하기 위해 친 숙한 배의 이미지를 사용한다. 크레온 수사학의 논리적 문제는 그가 생각하는 것처럼 배를 유지하는 것이 삶의 궁극적인 선이나 목표가 될 수 없다는 것이다. 배는 여행뿐만 아니라 더 많은 목적을 염두에 두고 항해한다. 마찬가지로 국가 의 안정성이 중요할 수 있지만 그 안정성이 가족, 신, 사랑하는 사람을 존중하 는 것과 같은 또 다른 인간의 목표를 추구할 수 있기 때문이다.

| 제2장 요약 |

코러스는 다시 돌아오지 않기로 결심한 파수병이 안티고네를 호위하며 등장하는 것을 본다. 파수병은 안티고네가 폴리네이케스 불법 매장의 범인이라고 코러스에게 말하고 크레온을 부른다. 크레온이 들어오자 파수병은 그와 다른 파수병들이 썩어가는 시신을 파낸 후 갑작스러운 먼지 폭풍이 그들의 눈을 멀게 했다고 말한다.

폭풍이 지나가자 그들은 안티고네를 보았고 안티고네는 그들을 저주하고 시신을 다시 묻기 시작했다. 파수병들이 그녀를 붙잡아 심문했고 그녀는 아무것도 부인하지 않았다. 크레온이 그녀에게 직접 묻자 안티고네는 자신의 잘못을 거리낌 없이 다시 인정한다. 크레온은 파수병을 내보내고 동생의 매장을 금지하는 그의 칙령을 알고 있는지 안티고네에게 물어본다. 안티고네는 칙령을 안다고 선언하지만 칙령을 어긴 것은 신도 정의도 무시할 것이 아니며 불의한 자의 법령만 거역했다고 주장한다.

코러스의 리더는 안티고네의 열정적인 야성을 그녀의 아버지 오이디푸스의 야성에 비유한다. 크레온은 파수병들에게 이스메네를 데려오라고 요구하며 두 자매를 사형에 처하려고 한다. 안티고네는 크레온에게 그녀의 오빠를 명예롭게 묻어준 죄로 죽는 것은 그녀에게 큰 영광을 가져다줄 거라고 말한다. 그녀는 모든 테베가 그녀를 지지하지만 왕에 대해 발언하는 것을 두려워한다고 그에게 말한다. 크레온은 안티고네에게 폴리네이케스의 매장이 다른 오빠 에테오클레스에 대한 모욕이라고 생각하지 않았는지 물어본다. 안티고네는 둘 다 정치적 성향과 상관없이 적절히 매장당할 자격이 있다고 주장한다. 그녀는 자신의 본성이 사랑에 따라 행동하고 원한을 품지 않도록 강요한다고 말한다. 크레온은 여자가 그에게 무엇을 해야 하는지 말하는 것을 절대로 허락하지 않겠다고 말하며 안티고네를 거절한다.

이스메네는 울면서 궁전에서 나와 안티고네와 죄를 나눌 거라고 말한다. 안티고네는 자신이 혼자 행동하고 실천했다며 이스메네를 꾸짖는다. 크레온은 그녀들을 다시 사형에 처하려 하고 이스메네는 안티고네와 약혼한 크레온의 아들 하이몬에 대한 사랑에 호소해 안티고네를 구하려고 한다. 하지만 크레온은 확고하다. 크레온은 파수병들에게 자매들을 묶어 데려가라고 명령한다. 코러스는 다시 한번 죽음과 슬픔에 빠진 오이디푸스 가문의 운명을 애도하는 송가를 부른다. 코러스는 친족 관계의 수호자인 제우스 신에게 기도하며 그의 법은 모든 것에 우선한다고 노래부른다.

| 테베의 궁전 |

(파수병이 안티고네를 데리고 왼쪽에서 등장)

[코러스]

이것은 무슨 뜻을 가진 신의 예시인가? 놀랍구나. 나는 저 아가씨를 안다. 저 아가씨가 안티고네라는 것을 어찌 부정하랴? 오, 가엾은 아가씨여! 가엾은 아버지 오이디푸스의 따님이시여! 무슨 일이 있었을까? 죄인으로 끌려오다니. 폐하의 법을 어기고 어리석은 짓을 저지른 걸까?

[파수병]

이 아가씨가 그 일을 저지른 장본인입니다. 아가씨는 그놈의 장례를 치르다가 저희에게 잡혔습니다. 그런데 크레온 폐하는 어디 계십니까?

[코러스]

보라! 때마침 궁전에서 나와 다시 여기로 오신다.

(크레온 등장)

[크레온]

무슨 일이냐? 무슨 일로 때마침 잘 왔다고 하느냐?

[파수병]

오, 폐하시여! 사람은 무슨 일이든 함부로 맹세하면 안 됩니다. 나중의 생각이 처음의 결심을 뒤집기 때문입니다. 저는 채찍질하는 듯한 폐하의 위협이 무서워 다시는 쉽게 여기로 오지 않겠다고 맹세했습니다. 하지만 어떤 즐거움보다 더 즐거운 뜻밖의 기쁨을 안고 맹세를 어기며 이 아가씨를 데려왔습니다. 이 아가씨는 시신에 자비를 베풀다가 붙잡혔습니다. 이번에는 제비 뽑기를 할 필요도 없었습니다. 그렇습니다. 이 행운은 다른 사람 것이 아닌 제 것입니다. 폐하시여! 이 아가씨를 데려가 심문하십시오. 그러니 저는 이제 걱정하지 않고 마음 놓아도 되겠지요?

[크레온]

이 죄인을 어디서 어떻게 잡았느냐?

[파수병]

아가씨는 그놈을 묻어주고 있었습니다. 정말입니다.

[크레온]

정말이냐? 그 말이 틀림 없느냐?

[파수병]

폐하께서 매장하면 안 된다고 말씀하신 시신을 이 아가씨가 묻고 있는 것을 제 눈으로 똑똑히 보았습니다. 이제 믿으시겠지요?

[크레온]

그런데 어떻게 들켰느냐? 현장을 어떻게 잡았느냐?

[파수병]

말씀드리지요. 저희는 폐하의 엄한 꾸중을 들었기 때문에 시신이 있는 곳으로 가 시신을 덮을 흙을 밀어내고 축축한 시신을 노출시켰습니다. 그리고 나서 시신의 악취를 피해 바람이 불지 않는 언덕 위에 앉아 있었습니다. 모두 눈을 부릅뜨고 지켜보았습니다. 한눈 파는 자는 옆사람이

폴리네이케스의 장례를 치르는 안티고네
크레온의 엄명을 어겨가며 오빠의 시신을 매장하는 안티고네.

욕을 퍼부었지요. 이렇게 시간이 흘러 태양의 밝은 불덩이가 중천에 이르러 찌는 듯한 더위가 닥쳤습니다. 그때 갑자기 땅에서 회오리가 일더니 흙먼지가 솟구쳐 하늘을 뒤덮고 들판에 가득 차고 숲속 나뭇잎조차 우수수 떨어졌습니다. 온 천지가 나뭇잎으로 가득 찬 것 같았습니다. 저희는 눈을 감고 신들께서 내리시는 이 재앙을 참고 있었습니다.

그런데 한참 지나 바람이 지나가자 한 아가씨가 보였습니다. 그녀는 새끼를 빼앗긴 어미새가 빈 둥지 속에서 쓰라림을 못 이겨 애달프게 울 듯 목놓아 통곡하고 있었습니다. 그녀는 드러난 시신을 보더니 더 큰 소리로 통곡하며 시신에 손을 댄 자들에게 저주를 퍼부었습니다. 그러고는 곧 마른 흙을 손으로 날라와 아름다운 청동 항아리를 높이 쳐들어 시신 머리 위에 물을 세 번 뿌렸습니다. 이 장면을 목격한 저희는 곧장 뛰어 내려가 그녀를 붙잡았습니다. 하지만 그녀는 전혀 놀라지 않았습니다. 저희가 지난 사건과 이번 사건을 문초하자 그녀는 조금도 숨기지 않았습니다. 저는 한편으로 기쁘고 한편으로 괴로웠습니다. 제가 화를 면한 것은 매우 기쁜 일이지만 친구들에게 화가 미치게 한 것은 괴로운 일입니다. 하지만 제가 안전해졌다는 것을 생각하면 친구가 화를 입는 것쯤은 별일 아닙니다.

[크레온]

고개 숙인 안티고네야! 너는 이 일을 인정하느냐, 부인하느냐?

[안티고네]

인정합니다. 부인하지 않겠습니다.

[크레온]

(파수병에게) 너는 이제 자유로워졌으니 가고 싶은 곳으로 가라. (안티고네에게) 자, 말해보라. 장황하지 않게 짤막하게. 매장을 금지한 포고를 알고 있었느냐?

[안티고네]

네, 알고 있었습니다. 제가 그 명령을 지킬 수 있었을까요? 세상이 다 아는 일입니다.

[크레온]

네가 정녕 그 법을 위반했단 말이지?

[안티고네]

네, 그 법은 제우스 신께서 만든 법이 아니니까요. 하계의 신들과 함께 계신 '정의의 신'도 이런 법을 세상에 선포하신 적이 없습니다. 인간의 글로 적히진 않았지만 영원한 하늘의 법을 어길 수 있을까요? 저는 폐하께서 정하신 법이 하늘의 법과 같은 힘이 있다고 생각하진 않습니다. 하늘의 법은 어제오늘 생긴 게 아니며 그 법이 언제 생겼는지 아무도 모릅니다. 저는 인간의 자존심은 두렵지 않지만 신 앞에서 하늘의 법을 어겼노라고 대답할 수는 없습니다. 폐하의 포고가 아니더라도 저는 죽어 마땅하다는 걸 잘 압니다. 어찌 모르겠어요? 하지만 제 명대로 살지 못하더라도 그것을 은혜라고 생각합니다. 저처럼 온갖 불행을 겪으며 산 사람이라면 죽음은 은혜가 아니고 무엇이겠습니까? 따라서 이런 운명을 맞는 것도 제게는 보잘것없는 슬픔입니다. 어머님의 아들을 묻지도 못하

연극 속의 안티고네와 크레온
크레온의 원칙과 안티고네의 정도가 부딪히는 장면이다.

고 땅 위에 방치하는 것이야말로 제게 슬픈 일입니다. 그리고 폐하께는 제 행동이 어리석어 보이겠지만 어리석은 재판관만 제 어리석음을 탓할 수 있을 겁니다.

[코러스]
성미 급한 아버지에 성미 급한 딸이구나. 재앙이 다가와도 굽힐 줄 모르는구나.

[크레온]
하지만 지나친 고집은 가장 초라한 것임을 가르쳐주마. 불에 달군 가장 단단한 쇠가 잘 부러지고 잘 휘는 것을 너도 자주 보았겠지. 사나운 말도 작은 재갈 하나로 온순해진다는 것을 나는 알고 있다. 네가 이웃집 노예라면 자존심이 허락되지 않는다. 공포된 법을 위반했을 때 이 계집은 이미 건방지기 짝이 없었다. 그런데 보라. 또다시 무례한 말을 하는구나. 이렇게 자랑하며 자기 행동에 기뻐 날뛰다니. 만약 이 계집이 승리를 즐기며 편히 쉴 뿐 아무 처벌도 받지 않는다면 정녕 사나이는 내가 아니라 이 계집이다. 이 계집이 내 누이의 자식이고 내 집 제단에서 제우스 신께 예배드리는 자 중에서 혈연관계상 나와 가장 가깝지만 이 계집과 그 동생은 가장 무서운 운명을 면치 못할 것이다. 동생도 이 무서운 계획에 분명히 한몫 거들었을 것이다. 그를 불러내라. 방금 안에서 헛소리하며 정신을 잃는 것을 보았다. 흔히 사람들이 나쁜 일을 몰래 꾸밀 때는 행동에 옮기기 전 배신감 때문에 자책감에 마음이 산란해지기 마련이다. 하지만 정말 가증스럽구나. 나쁜 일을 저지르다가 붙잡힌 자가 자기 죄를

영광으로 여기다니….

[안티고네]

더 괴롭히고 나서 죽일 생각이신가?

[크레온]

이만하면 됐다. 이 정도로 충분하다.

[안티고네]

그럼 왜 이렇게 지체하십니까? 당신의 말씀에는 저를 기쁘게 하는 말이 하나도 없습니다. 그럴 수도 없는 일이지요. 제 말씀도 분명히 당신 귀에 거슬릴 겁니다. 하지만 친오빠 장례보다 더 고귀한 영광을 어디서 얻겠습니까? 여기 계신 분들도 두려움 때문에 침묵을 지킬 뿐 그것이 옳다고 인정하실 겁니다. 하지만 폐하께서는 그 누구보다 축복받으셨으니 마음대로 말하고 행동할 권리가 있습니다.

[크레온]

테베 사람 중에 그렇게 생각하는 사람은 아무도 없다. 너 말고.

[안티고네]

이분들도 제 생각과 같습니다. 다만 폐하를 생각해 입에 재갈을 물리고 있을 뿐이지요.

[크레온]

너는 동떨어진 행동을 하면서도 부끄럽지 않느냐?

[안티고네]

오빠 장례를 치르는 것은 전혀 부끄러운 일이 아닙니다.

[크레온]

서로 어긋난 주장을 하다가 돌아가신 분도 네 오빠 아니냐?

[안티고네]

같은 어머니와 아버지에게서 태어난 오빠입니다.

[크레온]

그 오빠가 보기에 온당치 못한 호의 아닐까?

[안티고네]

그 오빠는 그렇게 말씀하시지 않을 겁니다.

[크레온]

그렇겠지. 네가 그분을 저 악인과 마찬가지로 받든다면….

[안티고네]

돌아가신 분은 그분의 형님이지 노예가 아닙니다.

[크레온]

이 땅을 망치려던 놈이다. 반면, 그분은 용사답게 돌아가셨다.

[안티고네]

그렇더라도 하데스는 그런 제사를 원합니다.

[크레온]

하지만 착한 사람은 나쁜 사람과 똑같이 대접받는 것을 좋아하지 않는다.

[안티고네]

저승에서는 다 마찬가지 아닙니까?

[크레온]

원수는 절대로 친구가 될 수 없다. 죽은 후에도….

[안티고네]

증오는 제 천성에 안 맞아요. 오직 사랑만 제 천성이에요.

[크레온]

그럼 저 세상으로 가라. 꼭 사랑해야 한다면 죽은 자들이나 사랑해라. 내게 목숨이 붙은한, 여자는 나를 지배하지 못 한다.

(이스메네가 두 종의 부축을 받으며 궁전에서 나온다.)

[코러스]

보라! 저기 이스메네가 온다. 사랑하는 언니를 위해 눈물 흘리면서. 이마에 깃든 수심은 검붉은 얼굴에 그늘을 던지고 아름다운 두 뺨에는 빗물처럼 눈물이 흐른다.

[크레온]

너는 독사처럼 내 집에 숨어 있으면서 내가 두 해충을 기른다는 걸 모르는 틈을 타 내 왕좌를 거역하기 위해 몰래 내 생명의 피를 빨아먹었구나. 자, 말해보라! 이 장례에 네가 가담했다고 고백하겠느냐? 아니면 전혀 몰랐다고 맹세하겠느냐?

[이스메네]

이렇게 말하면 언니가 어떻게 생각하실지 모르겠지만 저도 그 일을 저질렀습니다. 저도 처벌받겠습니다.

안티고네와 이스메네
이스메네가 안티고네의 생각을 바꿔보려고 애원하는 장면이다.

[안티고네]

아니다. 네가 그런 일을 하다니 당치도 않다. 너는 처음부터 찬성하지도 않았고 나도 너를 가담시키지 않았다.

[이스메네]

지금 언니에게 재앙이 닥치고 있어요. 언니와 함께 고난의 바다를 헤쳐 나간다면 저는 조금도 부끄럽지 않아요.

[안티고네]

누가 이 일을 했는지 하데스와 고인은 아신다. 말로만 친구라는 자는 내가 사랑하는 친구가 아니다.

[이스메네]

아, 언니! 저를 물리치지 마시고 함께 죽게 해주세요. 저도 고인을 추모해야 합니다.

[안티고네]

나와 함께 죽을 생각은 하지도 마라. 손도 안 댄 일을 했다고 주장하지도 마라. 나 하나 죽음으로 충분하다.

[이스메네]

언니 없이 저는 어떻게 살아갑니까?

[안티고네]

크레온 폐하께 여쭤봐라. 너는 그분만 걱정하니까.

[이스메네]

아무 도움도 안 될 텐데 왜 나를 괴롭히려 해요?

[안티고네]

맞다. 비웃어봤자 비웃는 나만 괴로울 뿐이다.

[이스메네]

말씀해주세요. 지금이라도 언니를 도울 길이 없을까요?

[안티고네]

네 몸 걱정이나 해라. 네가 모면하더라도 시기하지 않겠다.

[이스메네]

아, 불쌍한 이 몸! 저는 언니의 운명과 상관 없나요?

[안티고네]

너는 삶을 택했고 나는 죽음을 택했다.

[이스메네]

적어도 저는 언니의 선택에 찬성하지 않았어요.

[안티고네]

너를 지혜롭다는 사람도 있고 나를 지혜롭다는 사람도 있다.

[이스메네]

어쨌든 우리 모두 죄를 지었어요.

[안티고네]

기운을 내라. 너는 살 테니. 하지만 나는 고인을 받들기 위해 오래전 목숨을 내던졌다.

[크레온]

보라! 또 한 명의 아가씨가 새로 어리석음을 드러내고 있구나. 다른 아이는 태어날 때부터 어리석었고.

[이스메네]

하지만 폐하시여! 천성이 현명하더라도 불행에 시달리다 보면 분별력
이 떨어집니다.

[크레온]

네가 나쁜 사람과 나쁜 일을 꾸밀 때 그렇게 되었지.

[이스메네]

언니 없이 제가 어떻게 살 수 있겠습니까?

[크레온]

언니가 있다는 말은 하지도 마라. 그녀는 이미 죽었다.

[이스메네]

하지만 폐하께서는 아들의 약혼자를 죽이실 겁니까?

[크레온]

그렇다. 여자는 얼마든지 있다.

[이스메네]

하지만 아드님과 언니만큼 굳게 맺은 사이도 없을 겁니다.

[크레온]

나는 내 자식이 악처를 얻지 않기를 바란다.

[안티고네]

사랑하는 하이몬! 아버님이 당신께 해를 끼치다니!

[크레온]

귀찮다. 너도 네 결혼도 다 귀찮다.

[코러스]

폐하시여! 정말 아드님에게서 이 아가씨를 빼앗으실 겁니까?

[크레온]

'죽음의 신'께서 나를 위해 이 결혼을 금하신다.

[코러스]

아가씨를 죽이기로 작정하셨군요.

[크레온]

그렇다. 그대들과 나를 위해. (두 종에게) 여봐라! 더 이상 꾸물거리지 말
고 안으로 데려가라. 앞으로 이 아이들은 여자답게 굴어야 하고 더 이상
거친 짓을 하면 안 된다. 아무리 대담한 자도 '죽음의 신'이 목숨을 노리
고 다가오는 것을 보면 달아나려고 하기 때문이다.

(종들이 안티고네와 이스메네를 호위하며 퇴장하고 크레온은 남아 있다.)

[코러스]

불행을 겪은 적 없는 사람은 축복받은 사람.

신의 손으로 집안이 한 번 흔들리면 저주는 멈추지 않고

대대로 전해진다.

트라키아 바다 바람의 거친 입김으로 물결이

심해 어둠 위에서 넘실거릴 때도

아득히 깊은 곳에서 검은 모래를 말아 올리고

거센 폭풍에 시달리는 곳에서는

음울한 노호가 들려 온다.

나는 보았다.

옛날부터 랍다코스 가의 슬픔이

죽은 자의 슬픔 위에 쌓이는 것을.

대대로 풀려나지 못하고 신은 저들을 쓰러뜨리니

그 집안은 구원받지 못하는구나.

이제 오이디푸스 가의 마지막 뿌리에 희망의 빛이 났지만

'지옥의 신'의 피묻은 흙 때문에

어리석은 말과 가슴속 격정 때문에 그 희망마저 허사가 되는구나.

오, 제우스 신이시여! 그대 힘에서 벗어나는 사람이 있을까?

만물을 유혹하는 '잠의 신'도

지치지 않는 신들의 세월도 그 힘을 정복하지 못 한다.

하지만 그대 시간도 늙게 만들지 못하는 지배자는

올림포스의 눈부신 광휘 속에서 살고 있다.

그리고 과거는 물론 멀고

가까운 미래를 통해서도 이 법은 변함 없다.

위대한 일은 저주 없이 인간 생활에 일어나지 못한다는 이 법은

끊임없이 방황하는 희망은 많은 사람에게 위안이 되지만

다른 사람에게는 어지러운 욕망이 헛된 매력이 된다.

뜨거운 불에 발을 델 때까지 아무것도 모르던 자는

이윽고 실망에 빠진다.

신께서 그 마음을 재난으로 이끄는 자에게는

조만간 악이 선으로 보이지만

슬픔 없이 사는 세월은 너무나 짧다.

이것은 슬기로운 분의 유명한 말씀.

그러나 보라! 그분의 막내아들 하이몬을

약혼자 안티고네의 운명이 서럽고

무너진 결혼의 희망이 쓰라려 울며 오는가?

| 제2장 분석 |

안티고네와 크레온의 직접적인 대결은 그들의 의견 불일치의 본질을 더 명확히 한다. 안티고네는 정의에 대한 그녀의 해석과 제우스의 의지가 유효하지 않다는 이유로 크레온의 칙령을 공격한다. 그녀의 평가는 옳을 수 있지만 그렇게 말하면 크레온이 그랬듯이 정의와 신의 뜻을 독립적으로 해석하는 것이나 다름 없다. 그녀의 비난은 거칠고 무모하다.

그럼에도 우리의 동정심은 안티고네에게 기울 가능성이 크다. 안티고네와 크레온 사이의 논쟁 직전에 파수병은 폴리네이케스의 시신이 해체되는 데 대해 생생하고 역겨운 설명을 한다. 썩어가는 폴리네이케스의 육신은 크레온의 칙령의 부당함과 그것이 테베에 가져올 파멸에 대한 물리적 증거나 상징일 것이다. 시신의 타락에 대한 묘사는 관객이 안티고네의 주장에 공감할 준비를 시킨다. 안티고네는 신의 법과 인간의 법, '기록되지 않고 흔들리지 않는 위대한 전통'과 크레온과 같은 통치자의 칙령을 구별한다.

크레온은 안티고네의 무모함에 반응하며 두 번째 코러스 송가의 말을 되풀이한다. 코러스에 따르면 부수고 길들이는 것은 인간이 자연에게 하는 일이지만 크레온이 송가가 지시하는 대로 안티고네를 깨뜨리려는 것이 '땅의 법과 신의 정의를 따르고' 있는 것인지는 불확실하다. 안티고네와의 혈연을 일축하며 제우스에게 신성모독을 저지르는 크레온에게 정의는 아무 의미가 없는 것 같다. 그는 안티고네가 더 가까운 혈족이라도 처벌할 거라고 주장하고 이스메네도 처벌하기로 독단적으로 결정한다. 안티고네의 '무례함'에 대한 크레온의 분노는 그를 완전히 집어삼키고 그는 '국가의 배'를 꾸준히 통제한다는 자신의 주장을 들은 모든 사람에게 경솔하게 행동한다.

크레온의 분노는 그가 특히 여성들의 도전을 받는다는 사실로 향한다. 그는 자매들에게 사형선고를 내린 후 끌고가 묶은 뒤 여자처럼 행동하게 하라고 파수병들에게 말한다. 크레온의 관점에서 안티고네는 시민이자 인간으로서 지위의 한계를 넘었다. 물론 안티고네는 이런 세속적 지위에 전혀 관심이 없다. 그녀는 신의 눈에 옳은 행동이라고 믿는 것을 위해 죽을 준비가 되어 있다.

세 번째 코러스의 노래는 이전 노래보다 비관적이다. 코러스는 안티고네의 침입과 포획을 오이디푸스 가족의 불행을 애도하는 기회로 삼는다. 파탄이 가족을 강타하면 세대를 이어 끊임없이 계속되고 불행과 황폐의 패턴을 되돌릴 사람이 없다는 결론이 계속된다. 코러스는 권력이 실제로 제우스 신의 손에 있다고 말한다. 세 번째 송가는 오이디푸스 가족의 비참한 운명이 보여 주듯이 그의 모든 경이로움에도 불구하고 인간이 실제로는 전혀 강하지 않다는 것을 보여준다. 이 송가의 훈계적 성격은 미묘하게 크레온을 향하는 듯하지만 우리는 뒤늦게 이것을 알아차릴 수 있다.

| 제3장 요약 |

    코러스는 크레온의 아들 하이몬이 다가오는 것을 보고 그가 안티고네의 상황을 어떻게 생각하는지 궁금해한다. 크레온이 충성심에 대해 묻자 하이몬은 아버지보다 중요한 사람은 없으며 아버지에게 복종하겠다고 대답한다. 크레온은 기뻐하며 아들의 지혜를 칭찬한다. 하이몬은 안티고네가 그녀의 고귀한 행동에 대해 그런 처벌을 받아서는 안 된다는 말을 사람들에게서 들었다고 말하며 자신의 옳음을 그렇게 확신하지 말 것을 아버지에게 간청한다.

    모욕감을 느낀 크레온은 자신의 절대적 권위를 강력히 주장하고 아들에게 여자의 노예라며 모욕을 퍼붓는다. 하이몬은 크레온이 안티고네를 살해하면 다른 사람이 죽을 수도 있다는 어두운 암시를 한다. 크레온은 안티고네를 끌고나와 약혼자 앞에서 살해할 것을 명령하지만 하이몬은 아버지가 더 이상 자신을 볼 수 없을 거라고 외치며 달려나간다.

    크레온은 궁전으로 돌아가고 코러스는 무기로 물리칠 수 없고 제정신인 사람을 미치게 할 수 있는 사랑의 힘을 노래한다. 안티고네가 다가오자 코러스는 불쌍한 소녀가 궁전에서 무덤으로 끌려가는 것을 보고 반란을 일으킬 거라고 선언한다. 안티고네는 장로들에게 그녀의 죽음은 고귀할 거라고 말하지만 코러스는 귀족의 자존심이라고 의심한다. 안티고네는 코러스가 그녀를 아버지와 비교하자 자신과 가족의 운명을 한탄하며 울부짖는다.

언한다.

　크레온이 궁전에서 나와 그녀를 무덤으로 데려가라고 파수병들에게 말하고 떠나기 전 안티고네는 매장되지 않은 시신이 남편이나 아이 것이라면 크레온에게 반항하지 않았을 것이라고 말한다. 그녀는 끌려가면서 신을 숭배한다는 이유로 그녀를 처벌하는 겁쟁이들이 테베를 통치하고 있다고 소리친다. 안티고네는 그녀의 무덤으로 옮겨지고 코러스는 무덤에 산 채로 묻힌 안티고네의 운명을 닮은 신화적 인물들에 대한 송가를 부른다.

| 테베의 궁전 |

(하이몬 등장)

[크레온]

우리는 곧 예언자가 말하는 것보다 확실한 일을 알게 될 것이다. 얘야! 네 약혼녀의 확정된 운명을 듣고 이 아비에게 화내러 오는 길이냐? 아니면 내가 무슨 행동을 하든 너는 나를 계속 좋아하겠느냐?

[하이몬]

아버님! 저는 아버님의 아들입니다. 아버님은 지혜로우시니 제가 가야 할 바른 길로 인도해주십시오. 결혼이 아무리 인륜지대사라도 아버님의 훌륭한 가르침보다 중요하진 않습니다.

[크레온]

그렇다, 얘야! 매사 아비 뜻에 따라야 한다는 걸 평생 명심해라. 사람들은 충실한 아이들이 지반에서 무럭무럭 자라는 것을 보는 게 소원이다. 아비의 원수에게는 악으로 갚고 아비의 친구에게는 아비와 마찬가지로 존경하는 마음을 가져야 한다. 하지만 쓸모없는 아이를 둔 사람은 스스로 걱정거리를 맡았을 뿐만 아니라 적에게 많은 웃음거리를 준다고나 할까? 그러니 얘야! 향락에 이끌려 계집 때문에 이성을 잃으면 안 된다. 악녀는 같은 집에서 함께 잠자리를 하더라도 품속에서 곧 차가워지는 기쁨에 불과하다는 것을 알아야 한다. 거짓 친구보다 더 깊은 상처를 주는 게 있을까? 그렇다. 진저리내며 그 계집을 원수로 여기고 하데스 집에

가 남편을 고르도록 내버려둬라. 유독 그 계집애만 내 명령을 어기다가 붙잡혔으니 나는 백성들 앞에서 거짓말할 수는 없다. 그 계집은 죽어야 한다. 그러니 그 계집이 원하는 대로 우리 집안에서 모시는 신께 호소하게 해라. 내가 내 집안에서 반역자를 기른다면 다른 사람의 반역도 참고 견뎌야 한다. 집안에서 의무를 다하는 자는 나라 일에서도 올바를 것이다. 그러나 법을 무시하고 어기고 통치자를 넘보는 자는 절대로 내 찬양을 못 받을 것이다.

그렇다. 나라가 누구를 뽑았든, 사람들은 작은 일이든 큰일이든, 올바른 일이든 옳지 않은 일이든 그에게 복종해야 한다. 이렇게 복종하는 자가 훌륭한 신하이자 훌륭한 통치자이며 빗발치듯 창끝이 다가와도 충실하고 꿋꿋이 전우 옆에 서서 자신이 배치된 곳을 지킬 수 있다고 확신한다. 불복종은 가장 나쁜 것이다. 나라를 망치고 집안이 비참해지는 것도 불복종 때문이다. 복종할 줄 모르기 때문에 동맹군 전열이 무너진다. 하지만 정당하게 사는 사람들은 대체로 복종함으로써 안전을 얻는다. 그러므로 우리는 정당한 질서를 지켜야 하고 여자가 우리를 망치게 해선 안 된다. 우리가 망해야 한다면 차라리 사나이 손에 망하는 게 낫다. 그래서 우리가 여자보다 약하다는 말은 들으면 안 된다.

[코러스]
저희가 늙어서 망령난 게 아니라면 폐하의 말씀은 지당하십니다.

[하이몬]
아버님! 신들께서는 인간의 것이라는 모든 것 중에서 가장 고귀한 이성

을 인간에게 주셨습니다. 아버님 말씀이 옳지 않다고 말할 지혜가 제게는 없고 그러고 싶지도 않습니다. 하지만 다른 사람은 쓸모있는 생각이 있을지도 모릅니다. 적어도 아버님을 위해 남들이 말하고 행동하고 비난하는 모든 것을 비켜서 보는 것이 저의 당연한 직분입니다. 백성들은 아버님이 얼굴을 찡그리실까 봐 아버님 귀에 거슬리는 말은 삼가기 때문입니다. 하지만 몰래 불평하는 소리, 이 아가씨를 위해 백성들이 한탄하는 시를 저는 듣고 있습니다. 백성들은 이렇게 말합니다. "저 아가씨는 훌륭한 행동을 했는데도 부끄럽게 죽어야 하다니 얄궂은 운명이구나. 저 아가씨는 친오빠가 피투성이 싸움에서 쓰러졌을 때 썩은 고기를 찾아다니는 개나 새가 뜯어먹지 못하게 오빠 시신을 손수 묻어주지 않았는가. 저 아가씨는 마땅히 빛나는 명예를 차지해야 하지 않는가?"

이것이 은밀히 퍼지는 소문입니다. 아버님! 제게 가장 소중한 보물은 아버님의 행복입니다. 자식들에게는 행복한 아버님의 훌륭한 명성만큼 고귀한 자랑도 없으며 아버님에게도 자식의 훌륭한 명성보다 귀중한 것은 없을 겁니다. 따라서 아버님의 기분에만 사로잡히면 안 됩니다. 오직 아버님의 말씀과 아버님만 옳다고 생각하지 마십시오. 그 말이나 정신에서 자신만 현명하다고 생각하는 사람은 어리석습니다. 그렇습니다. 아무리 현명한 사람도 많은 일을 배우고 때에 따라 뜻을 굽히는 것은 수치가 아닙니다. 아시다시피 겨울바람이 사납게 몰아치는 곳에서 바람에 굽히는 나무는 잔가지 하나 상하지 않지만 뻣뻣한 나무는 뿌리와 가지 모두 쓰러지지 않습니까? 그리고 배의 돛을 팽팽히 펼 줄만 알 뿐 늦

출 줄 모르면 결국 배가 뒤집히고 기껏해야 용골(龍骨)을 타고 항해를 마칩니다. 제발 노여움을 푸시고 생각을 돌리십시오. 비록 어리지만 제 생각을 말씀드리지요. 사람이 태어날 때부터 모든 일을 다 안다면 그보다 좋은 일도 없을 겁니다. 하지만 그렇지 않다면, 그렇게 되기 어려운 일이라면 올바른 말을 하는 사람들에게서 배우는 것도 좋은 일입니다.

[코러스]

폐하시여! 왕자께서 옳은 말씀을 하셨다면 귀 기울이셔야 합니다. 그리고 하이몬 왕자님! 당신도 아버님 말씀을 명심해야 합니다. 두 분 모두 현명한 말씀을 하셨습니다.

[크레온]

그렇다면 내 나이에 아들에게서 배워야 한단 말이냐?

[하이몬]

옳지 않은 말까지 들으셔야 한다는 게 아닙니다. 비록 저는 어리지만 제게서 취할 게 있다면 제 나이를 따지실 일은 아니라고 생각합니다.

[크레온]

범법자를 존중하는 것이 취할 만한 것이란 말이냐?

[하이몬]

테베 사람들은 이구동성으로 그렇지 않다고 말합니다.

[크레온]

어떻게 다스려야 하는지 테베 사람들이 내게 지시하는 거냐?

[하이몬]

어린애 같은 말씀을 하시는군요.

[크레온]

내 판단이 아니라 다른 사람의 판단에 따라 이 나라를 다스려야 할까?

[하이몬]

한 사람이 차지한 나라는 나라가 아닙니다.

[크레온]

나라는 통치자의 소유물 아니냐?

[하이몬]

사막에서는 훌륭한 군주가 되시겠군요.

[크레온]

이놈! 너는 그 계집을 두둔하는구나.

[하이몬]

아버님이 여자라면…. 제가 정말 걱정하는 건 아버님입니다.

[크레온]

뻔뻔한 놈! 제 아비를 공공연하게 적대하는구나.

[하이몬]

아닙니다. 아버님이 정의를 어기고 있다고 생각할 뿐입니다.

[크레온]

내 왕권을 존중하는 것도 잘못이냐?

안티고네와 하이몬
크레온의 아들 하이몬은 안티고네와
결혼을 앞둔 약혼한 사이였다.

[하이몬]

신들의 영광을 짓밟는 것은 왕권을 존중하는 것이 아닙니다.

[크레온]

이런 비겁한 놈! 계집애만도 못한 놈!

[하이몬]

저는 비열한 일 때문에 몸을 굽히진 않습니다.

[크레온]

네가 하는 모든 말은 저 계집애를 위한 핑계일 뿐이다.

[하이몬]

또한, 아버님과 저와 하계의 신들을 위한 것입니다.

[크레온]

너는 이 세상에서는 절대로 그 계집애와 결혼할 수 없다.

[하이몬]

그렇다면 그 아가씨는 죽어야 하고 죽어서 또 한 명을 파멸시킬 겁니다.

[크레온]

뭐라고? 감히 협박까지 하느냐?

[하이몬]

잘못된 결심을 바꾸시라는 게 어째서 협박입니까?

[크레온]

지각없이 지혜를 가르친 것을 너는 후회할 것이다.

[크레온]

너! 계집의 종놈아! 더 이상 공연한 말은 하지 마라.

[하이몬]

아버님은 말씀만 하시고 대답은 듣지 않으시렵니까?

[크레온]

말 다했느냐? 자, 하늘에 걸고 맹세한다. 모욕적인 말로 나를 비웃은 것을 가슴 아파할 날이 있을 것이다. 저 괘씸한 년을 끌어내라. 이놈 앞에서, 이놈 눈앞에서, 약혼자 앞에서 당장 죽여버리겠다.

[하이몬]

안 됩니다. 제 앞에서 아가씨를 죽이진 못할 겁니다. 그런 생각은 버리십시오. 그렇지 않으면 영원히 제 얼굴을 못 보실 겁니다. 자, 아버님 말씀을 꾹 참고 듣는 사람들과 헛소리나 늘어놓으시지요.

(하이몬 퇴장)

[코러스]

오, 폐하시여! 왕자께서는 화를 내며 급한 걸음으로 가셨습니다. 젊은이의 마음이 괴로우면 사나워집니다.

[크레온]

초인적인 일을 하든 꿈을 꾸든 마음대로 하라지. 빨리 가라고 해! 하지만 그놈이 저 두 계집을 운명의 손에서 빼앗진 못할 것이다.

[하이몬]

아버님만 아니었다면 어리석다고 말했을 텐데.

[코러스]

두 아가씨를 정말 죽일 작정입니까?

[크레온]

죄를 짓지 않은 아이는 죽이지 않는다. 때마침 그대가 좋은 말을 해주었다.

[코러스]

다른 아이는 어떻게 처형할 생각이신지요?

[크레온]

인적이 드문 곳으로 끌고 가 산 채로 바위굴에 가두고 신들께서 노하시지 않을 만큼만 양식을 넣어주겠다. 그래야 이 나라를 더럽히지 못한다. 그럼 거기서 그 계집이 유일하게 받드는 하데스 신께 빌어 죽음을 면하거나 결국 죽은 자를 존경하는 게 헛수고임을 뒤늦게나마 깨닫겠지.

(크레온 퇴장)

[코러스]

싸우면 이기는 '사랑의 신'이시여!

부를 파괴하고 처녀의 보드라운 볼에서 밤샘하는 '사랑의 신'이시여!

그대는 바다 위에 떠돌고 숲속 외딴집도 찾아 다닌다.

그대 손에서 벗어나는 사람이 한 명도 없구나.

세상 사람들은 단 하루도 그대 없이 못 산다.

하지만 그대가 찾아오면 모두 미쳐버린다.

올바른 사람도 그대 때문에 마음이 뒤틀리면

부당한 일을 저지르고 파멸을 맞는다.

지금 이 집안에서 벌어진 싸움도 그대가 일으킨 싸움.

사랑의 빛으로 불타오르는 아름다운 신부의 눈은 의기양양하구나.

사랑의 빛은 아프로디테 여신의 불굴의 의지 덕분에

영원한 법칙과 맞먹는 힘이 있다.

(크레온의 두 부하가 안티고네를 궁전에서 끌어낸다. 부하들이 안티고네를 처형하려 한다.)

아, 이 광경을 보니 충성심도 사라지는구나.

안티고네 아가씨가 모든 것이 조용히 잠든 신방으로

끌려가는 것을 보고 흐르는 눈물을 어찌 막을까?

[안티고네]

아, 이 나라 백성들이여! 나는 마지막 길을 갑니다. 다시는 내게 떠오르지 않을 햇빛을 마지막으로 바라봅니다. 그렇습니다. 만물을 잠재우는 하데스 신께서 나를 산 채로 아케론강 기슭으로 끌고 갑니다. 나는 신부를 데려가며 부르는 노래를 듣지 못했고 내게 결혼 축가를 불러주는 사람도 없었습니다. 어두운 호수의 주인이 이런 나와 결혼하겠답니다.

[코러스]

그래서 아가씨는 영광스럽게 찬양을 받으며 죽은 자들이 있는 아득한 곳으로 떠나가는 겁니다. 아가씨는 지루한 병으로 앓지도 않았습니다. 아가씨는 칼날에 쓰러진 것도 아닙니다. 그렇습니다. 스스로 자신의 운명을 선택해 하데스로 가는 겁니다. 살아서 하데스로 간 사람은 단 한 명도 없었습니다.

[안티고네]

전에 나는 프리기아에서 오신 우리 손님인 탄탈로스의 따님이 시필로스 산마루에서 끔찍한 운명으로 돌아가셨다는 말을 들었습니다. 사정없이 달라붙은 담쟁이처럼 돌이 커지더니 이 아가씨를 덮쳤습니다. 날이 갈수록 아가씨는 여위어가건만 사정없이 비와 눈이 몰아쳤고 쉴 새 없이 흐르는 눈물이 가슴을 적셨다더군요. 나도 이 아가씨와 똑같은 운명으로 죽을 겁니다.

[코러스]

하지만 아시다시피 그 아가씨는 신들에게서 태어난 여신이었습니다. 우리는 인간이고 인간의 굴레에서 벗어날 수 없습니다. 그러나 죽음을 향해 가는 여자가 살아나 신과 같은 운명을 겪는 것은 크나큰 영광입니다.

[안티고네]

아, 나는 조롱당하고 있구나! 우리 조상 신들을 생각해 내가 떠날 때까지 기다릴 수는 없습니까? 오, 조국이여! 이 나라의 부유한 시민들이여! 대놓고 나를 조롱해야겠습니까? 아, 디르케의 샘이여! 허다한 전차를 가진 테베의 거룩한 땅이여! 적어도 그대들만은 친구답게 울지 말고 어떻게, 어떤 법에 의해 내가 낯선 무덤, 바위로 덮인 감옥으로 가는지 지켜봐다오. 아, 불쌍한 이 몸! 땅 위에도 저승에도 내가 쉴 곳은 없고 산 자도 죽은 자도 나와 함께 지내지 못하는구나.

[코러스]

가장 용감하게 달려나가, 아, 공주님! 아가씨는 '정의의 신'이 드높이 앉아 계신 곳으로 비참하게 추락하셨군요. 하지만 이런 시련 속에서 아가씨는 아버님의 죗값을 치를지도 모릅니다.

[안티고네]

당신은 가장 아픈 곳을 찔렀군요. 아버지를 생각할 때마다, 유명한 랍다코스가 출신인 우리가 짊어진 운명을 생각할 때마다 늘 새로운 슬픔이 솟구칩니다. 아, 무서운 어머니의 침대! 아, 자기 자식, 아니, 우리 아버지와 나란히 잠드셨던 불쌍한 어머니! 어버이가 어떻게 사셨길래 내가 이런 비참한 존재가 되었을까? 나는 저주받고 결혼도 못한 채 부모와 함께 살 곳으로 가는구나. 아, 오빠! 오빠는 불행한 결혼을 하더니 결국 죽어서도 내 삶을 망쳐 놓았군요.

[코러스]

경건한 행동은 찬양받아야 합니다. 그러나 권력을 지키려는 사람은 권력에 대한 모욕을 참지 못합니다. 아가씨의 고집이 결국 아가씨를 파멸시켰습니다.

[안티고네]

울어주는 사람도 친구도 결혼 축가도 없이 나는 슬픔을 안고 더 이상 지체할 수 없는 이 길을 가는구나. 아, 불쌍한 몸! 다시는 저 낮별의 거룩한 눈을 볼 수 없겠구나. 그러나 내 운명을 보고 눈물 흘리고 한탄하는 친구도 없구나.

(궁전으로부터 크레온 등장)

[크레온]

그냥 놔두면 죽음을 앞두고 노래하고 우는 게 끝도 없겠구나. 저 계집을 데려가라, 어서! 내 명령대로 계집을 무덤 같은 굴속에 가두어 혼자 쓸쓸히 내버려둬라. 저 계집이 죽기를 바라든, 굴속에 갇혀 살기를 바라든 상관없다. 이 계집에 대해 우리 손은 깨끗하다. 하지만 이것만은 분명하다. 저 계집은 다시는 햇빛 속에서 살지 못하리라.

[안티고네]

무덤이여! 신방이여! 동굴 속 영원한 감옥이여! 내 가족들, 돌아가신 그분들, 페르세포네가 죽은 자들 중에서 받아들인 분들을 만나러 그곳으로 갑니다. 그 누구보다 비참하게 내 명대로 살지 못하고 그곳으로 갑니다. 하지만 내가 가면 아버님이 반기시고 어머님이 기뻐하시고 오빠가 반겨줄 거라는 벅찬 희망을 품고 있습니다. 그분들이 돌아가셨을 때 내 손으로 몸을 씻겨드리고 수의를 입혀드리고 무덤에 제주도 뿌렸기 때문입니다. 그리고 폴리네이케스 오빠! 내가 이런 보답을 받은 것은 오빠 시신을 돌보았기 때문입니다. 현명한 사람들은 알겠지만 내가 오빠를 돌본 건 잘한 일이었어요. 내가 어린애의 어머니였거나 남편이 죽었더라도 이 나라의 경멸을 받아가며 절대로 그런 일을 하지 못했을 거예요. 내 말이 보증하는 법칙을 물으시겠지요. 남편을 잃으면 다른 남편을 맞이할 수 있고 먼저 낳은 아이가 죽으면 다른 남편의 아이를 낳을 수 있지만 아버님과 어머님은 하데스 땅에 숨어 계시니 다시는 제게 오빠가 생기지 못합니다. 이런 법칙대로 오빠를 우선 돌보았던 겁니다. 하지만 오빠! 크레온 폐하는 이것이 잘못이고 법을 어긴 일이라고 생각해요. 그래서 저를 붙잡아 이렇게 끌고 갑니다. 신방도 결혼의 노래도 저와 인연이 멀어요. 결혼의 기쁨도 애를 키우는 재미도….

저는 이렇게 친구들의 버림을 받고 불행한 이 몸은 목숨이 붙은 채 죽음의 동굴로 갑니다. 제가 하늘의 무슨 법을 어겼나요? 경건한 행동을 하다가 경건하지 않다는 말을 들었건만 어째서 불쌍한 이 몸은 신들께 의지해야 합니까? 누구에게 도움을 청해야 합니까? 하지만 이런 일로 신들의 마음을 즐겁게 해드리면 제 운명을 다 겪고 나서 제 죄를 알게 되겠지요. 제게 판결을 내린 자에게 죄가 있다면 제게 내린 부당한 처사와 똑같은 화를 그들도 겪기를 바랍니다.

[코러스]

영혼의 사나운 비바람이 여전히 휘몰아치며 이 아가씨를 괴롭히는구나.

[크레온]

그런 성미 때문에 늑장부리는 파수병들을 후회하게 할 것이다.

끌려가는 안티고네
오빠 폴리네이케스의 시신을 매장한 죄로 무덤으로 끌려가는 안티고네.

[안티고네]

아, 저런! 그런 말로 죽음을 재촉하는군요.

[크레온]

네 운명이 바뀔지도 모른다는 희망을 주고 싶진 않다.

[안티고네]

오, 테베 조상들의 나라여! 오, 우리 가문의 조상이신 신들이여! 지금 당장 저들이 저를 어떻게 끌고 가는지 보세요. 저들은 지체하지 않아요. 테베의 왕자님! 당신이 섬기던 폐하의 마지막 남은 딸이 하늘을 저버리지 않고 두려워했기 때문에 누구에게서 무슨 일을 당하는지 잘 보세요.

(파수병들이 안티고네를 끌고 나간다.)

[코러스]

아름다운 다나에도 태양빛을 버리고 청동 벽을 차지했다.

그녀는 무덤처럼 조용한 그 방에 갇히는 몸이 되었다.

하지만 내 딸이여! 그대도 자랑스러운 가문에서 태어났지만

제우스의 황금에 매혹되어 제우스의 씨를 지킬 책임을 맡았다.

하지만 운명의 신비한 힘은 무섭구나.

부귀도 전쟁도 성으로 둘러싸인 나라도

바다 위를 달리는 검은 배도 운명은 못 막는다.

에드노이의 왕, 드리아스의 성미 급한 아들도 잡아가두자 온순해졌다.

디오니소스의 뜻으로 동굴에 갇혀 그는 심한 조롱의 대가를 받았다.

사납게 터져 나오던 그의 광기도 점점 가라앉았다.

그는 신에게 홀린 여자를 억누르고 디오니소스 축제의 불을 끄려고 했고

피리를 사랑하는 뮤즈 신의 노여움을 샀으니

격정에 사로잡혀 신들을 조롱하다가

신들의 노여움이 터지자 신들의 위력을 깨달았다.

두 겹 바다 검은 바위가 있는 곳에

보스포로스 해변과 트라키아 사르미데소스가 있다.

이 나라 근처에 사는 아레스 신은 피네우스의 사나운 후처가

저주받은 상처로 두 아들의 눈을 멀게 하는 것을 보았다.

피묻은 손으로 뽑은 칼 대신 베틀 북으로 뽑아낸

두 눈알은 복수심에 불타고 그 상처는 어둠을 몰고 왔다.

어머니의 불운한 결혼으로 인한 불행을 두 아들은 한탄하며

참혹한 운명을 슬퍼했다.

하지만 어머니는 옛 에렉테이다이의 혈통을 이어받으신 분,

멀리 떨어진 동굴에서

아버지의 폭풍 속에서 자라나신 분,

험준한 언덕을 준마처럼 내달리는 보레아스의 딸, 신들의 딸이건만

오, 내 딸아! 회색빛 운명은 이 여자도 괴롭혔다.

| 제3장 분석 |

코러스와 크레온 둘 다 하이몬이 아버지의 법령에 저항할 거라고 예상하는데 둘 다 이번 장에서 소개된 주제인 에로스의 힘, 에로틱한 사랑을 알기 때문이다. 우리는 하이몬의 분노, 자살 암시, 사랑에 대한 코러스의 송가에서 하이몬이 열정의 손아귀에 사로잡혀 있다고 추론할 수 있다. 그럼에도 하이몬의 주장은 합리적이다. 그는 이성이 신의 선물이라면서 크레온에게 통치자 혼자 다스리는 도시는 없다고 지적한다. 그는 모든 사람이 양보하고 듣고 변화해야 한다고 주장한다. 코러스의 지도자는 서로의 말을 들으라고 조언하지만 크레온은 자신이 폭군임을 인정하면서도 하이몬의 이야기는 거부한다. 크레온의 폭정에 반대하는 하이몬과 코러스의 주장은 소포클레스가 아테네 청중의 민주주의 정신에 호소하는 것처럼 보인다.

지금까지의 연극 주제를 감안하면 사랑이 반드시 연극의 갈등을 일으켰다고 보기는 힘들다. 코러스의 사랑의 송가는 하이몬과 크레온이 실용적 이성이나 올바른 판단이 아닌 맹목적인 열정에 사로잡혔음을 암시한다. 코러스는 인간이 겸손해야 한다는 초기 주제를 발전시켜 사랑을 '경이로운' 인간보다 강력한 힘으로 특징짓는다. 훗날 다나에(페르세우스의 어머니)와 다른 신화 인물을 묘사하는 송가에서 코러스는 아직 살아 있는 동안 무덤에 봉인된 사람들을 묘사한다. 이 캐릭터들에게 일어난 사건을 운명에 대한 은유로 사용하는데 이것은 우리가 우리 운명을 통제할 수 없다는 의미에서 우리 모두를 함정에 빠뜨린다.

크레온은 국가가 인간의 삶에서 최고의 선이라고 주장하지만 인간이 추구할 수 있는 더 큰 재화는 사랑일지 모른다. 크레온은 하이몬의 의지가 그의 의지에 종속되어야 하고 그가 국가의 적인 안티고네에게 끌리면 안 된다고 계속 주장한다. 연극 내내 그랬듯이 크레온은 윤리적 갈등이 발생할 수 있거나 윤리적 결정에 때때로 숙고가 필요하다는 것을 부인한다. 그는 자신이 이미 말한 견해와 일관성을 유지해야 한다고 주장하며 자신을 거짓말쟁이로 만들지 않을 거라고 말한다.

안티고네의 마지막 연설에서 그녀는 약혼자를 위해서는 시련을 겪지 않았을 것이지만 오빠는 대체할 수 없어 고통을 겪는 것이라고 말한다. 하지만 우리는 그녀가 살아 있는 형제가 아닌 죽은 형제를 위해 순교하고 있음을 기억해야 한다. 수수께끼 같은 그녀의 마지막 연설은 그녀의 가치판단이 왜곡되었음을 암시한다.

| 제4장 요약 |

한 소년이 테베의 장님 점쟁이 테이레시아스를 이끌고 있다. 크레온은 테이레시아스의 과거의 예언에 너무 많은 빚을 지고 있어 어떤 예언이든 순종하겠다고 맹세한다. 테이레시아스는 폴리네이케스를 매장하는 것을 거부하고 안티고네를 처벌하면 신들의 저주가 테베에 내릴 거라고 말한다. 이 말을 들은 크레온은 테이레시아스를 형편없는 예언과 수사학을 일삼는 거짓 예언자라며 저주한다. 크레온은 모든 예언자가 권력에 굶주린 바보라고 비난하지만 테이레시아스는 크레온과 같은 폭군에게 다시 모욕을 되돌린다. 늙은 선지자는 죽은 자를 위한 의식은 신들의 관심사이며 인간은 이 세상에서만 통치할 수 있다고 주장한다.

코러스는 테이레시아스의 예언에 겁에 질린다. 크레온도 시민들이 원하는 일이라면 뭐든지 하겠다고 물러서고 안티고네를 풀어주기 위해 떠난다. 그가 사라지자 코러스는 테베를 보호해달라고 디오니소스에게 기도한다.

전령이 들어와 재앙이 일어났다고 코러스에게 말한다. 하이몬이 자살한 것이다. 전령이 떠나자 크레온의 아내 에우리디케가 궁전으로 들어온다. 그녀는 전령의 발표로 인한 소동을 엿듣고 무슨 일이 있었는지 말해달라고 전령에게 요구한다. 그는 크레온과 측근들이 폴리네이케스의 매장을 막 마쳤을 때 안티고네의 무덤에서 울부짖는 하이몬의 목소리를 들었다고 보고한다. 안티고네가 올가미에 매달려 있는 것을 발견한 하이몬은 칼로 자신을 찌르고 안티고네를 껴안은 채 죽었다.

하이몬이 죽었다는 소식에 에우리디케는 궁전으로 달려가고 전령이 뒤따른다. 그런 다음 크레온이 들어와 하이몬의 시신을 안고 아들을 죽인 자신의 폭정을 통곡한다. 바로 그때 사자가 나타나 아들의 죽음으로 견딜 수 없는 참담함을 겪은 여왕이 자살했다고 왕에게 말한다. 에우리디케의 시신이 궁전에서 나오자 크레온은 대성통곡한다. 전령은 에우리디케가 자신을 찌르기 직전 남편의 자존심이 초래한 참담함에 저주를 내렸다고 크레온에게 말한다. 크레온은 무릎 꿇고 죽음을 위해 기도한다. 그의 파수병들은 궁전으로 그를 다시 인도한다. 코러스는 교만한 자들이 신들에 의해 추락하는 내용의 마지막 송가를 부른다.

| 테베의 궁전 |

(소년에게 이끌려 오른쪽에서 테이레시아스 등장)

[테이레시아스]

테베의 폐하시여! 저희는 나란히 걸어왔습니다. 한 명의 눈이 우리를 인도했지요. 이렇게 안내자가 도와주어야 장님이 걸을 수 있기 때문입니다.

[크레온]

노인장! 무슨 소식을 전하려는 것이오?

[테이레시아스]

말씀드리지요. 예언자의 말을 들어주셔야 합니다.

[크레온]

지금까지 나는 그대의 충고를 가볍게 여긴 적이 없소.

[테이레시아스]

그래서 이 나라를 올바른 방향으로 이끌어 오셨지요.

[크레온]

나는 그대의 도움을 고맙게 생각하고 인정하오.

[테이레시아스]

조심하십시오. 폐하께서는 또다시 운명의 날카로운 칼날 위에 서 계십니다.

[크레온]

그게 무슨 말이오? 그대의 말을 들으니 두려움이 앞서는구려.

[테이레시아스]

제 예언의 경고를 들으시면 아시게 될 겁니다. 제가 점치는 자리는 옛부터 전해 내려오는 곳인데 저는 모든 새가 제 시야 안으로 모여드는 이 자리에 앉아 있다가 새들의 이상한 소리를 들었습니다. 새들이 몹시 화를 내며 무섭게 외쳐 새들의 말을 알아들을 수 없었습니다. 게다가 새들은 발톱으로 서로를 필사적으로 할퀴고 있었습니다. 이것이 마음에 걸려 저는 제단에 불을 켜고 익힌 제물을 올려놓았습니다. 하지만 '불의 신'은 제가 바친 제물을 불타게 하지 않았습니다. 고기에서 나오는 끈적끈적한 물이 타다가 남은 불 속으로 흘러내려 연기가 자욱하고 '탁탁' 튀는 소리가 났습니다. 쓸개가 튀고 물이 나오는 허벅지에서는 기름기가 다 빠졌습니다. 저는 예언을 듣기 위해 이런 의식을 올렸는데 실패로 끝나고 말았습니다.

이 의식은 이 아이에게서 배운 겁니다. 제가 다른 사람을 이끌듯이 이 아이도 저를 인도해줍니다. 그런데 폐하의 방침은 이 나라를 병들게 했습니다. 우리 나라의 제단과 가정은 오이디푸스 아들의 불쌍한 시신에서 썩은 고기를 뜯어 먹은 새와 개들 때문에 갑자기 더러워졌습니다. 그래서 신들께서는 우리가 드리는 기도나 제물로 바치는 고기의 불꽃도 받아들이지 않으시고 새들도 날카로운 소리도 명백한 예언을 하지 못합니다. 새들이 죽은 사람의 피에서 기름기를 맛보았기 때문입니다. 그러니 폐하시여! 이런 일들을 생각하셔야 합니다. 잘못은 누구나 저지릅니다. 하지만 잘못을 뉘우치고 고집을 부리지 않는 자는 이미 어리석지도 불행하지도 않지만 고집부리는 것은 어리석다고 비난받아야 한다는 것을 저희는 알고 있습니다. 죽은 자의 소원을 들어주십시오. 이미 쓰러진 자를 다시 찌르지 마십시오. 죽은 자를 다시 죽이는 것이 자랑스러운 무용은 아니지 않습니까? 저는 폐하를 염려해 폐하를 위해 고언을 드리는 겁니다. 훌륭한 충고자가 폐하께 드리는 권고를 듣는 것보다 즐거운 일은 없지 않습니까?

[크레온]

노인장! 그대 예언자들은 궁수가 과녁을 맞히듯 화살로 나를 쏘고 있소. 그대들은 내게 예언술을 시험하려고 하오. 예언자 족속들은 오래전부터 나를 흥정하는 상품으로 생각해왔소. 이득을 취해도 좋고 원한다면 사르디스의 백금이나 인도의 금을 받고 팔아도 좋소. 하지만 그자를 무덤에 묻진 마시오. 그렇소. 썩은 고기 조각을 독수리가 물고 가 제우스 신의 옥좌를 버리더라도 제우스 신은 신의 옥좌를 더럽힐 것을 염려해 그자를 묻게 하진 않을 것이오. 어떤 인간도 신들을 더럽히지 못한다는 사실을 알기 때문이오. 하지만 테이레시아스 노인장! 가장 현명한 자도 탐욕 때문에 부끄러운 생각을 아름다운 말로 장식하면 창피한 망신을 당합니다.

[테이레시아스]

아, 누가 알아줄까? 누가 생각해줄까?

[크레온]

무슨 말을 하려고? 누구나 다 아는 진리를 늘어놓으려고?

[테이레시아스]

훌륭한 충고는 어떤 보물보다 값집니다.

[크레온]

어리석음이 최대 재앙이듯.

[테이레시아스]

폐하께서도 그 병에 걸리셨습니다.

[크레온]

비아냥거리는 예언자에게는 대답하지 않겠다.

[테이레시아스]

제 예언이 거짓말이라는 말씀은 대답 아니던가요?

[크레온]

예언자 족속은 늘 돈을 좋아해 탈이야.

[테이레시아스]

그리고 폭군의 자손들은 천한 이득을 좋아하지요.

[크레온]

그대는 그대의 왕과 이야기하고 있다는 것을 잊지 않았겠지?

[테이레시아스]

잘 알고 있습니다. 제 도움을 받아 테베를 구하셨으니까.

[크레온]

그대는 현명한 예언자이지만 나쁜 짓을 좋아해 탈이야.

[테이레시아스]

제 영혼에 간직된 무서운 비밀을 털어놓게 만드시는군요.

[크레온]

말해보라. 하지만 흥정할 생각은 하지 마라.

[테이레시아스]

물론입니다. 폐하와 흥정할 생각은 없습니다.

[크레온]

내 결심을 바꾸지 못한다는 것을 명심하라.

[테이레시아스]

그렇다면 들어보십시오. 네, 매우 조심해 들으십시오. 폐하께서는 태양이 떠오르고 지는 것을 보면 살 날이 얼마 남지 않았습니다. 곧 폐하에게서 태어난 자가 폐하 때문에 시신을 시신으로 갚을 겁니다. 폐하께서는 햇빛 속에서 살아야 할 아이들을 그늘로 내몰고 잔인하게도 산 목숨을 무덤 속에 가두었기 때문입니다. 하지만 '지옥의 신'에 속하는 자는 묻지도 않고 욕보이며 더럽힌 채 이 세상에 내버려두었습니다. 이 일은 폐하께서 참견하실 일이 아니며 상천의 신들도 마찬가지입니다.

폐하께서는 신들을 모독하셨습니다. 따라서 파괴자인 하데스와 다른 신들의 분노가 폐하를 똑같은 재앙에 빠뜨릴 일이 기다리고 있습니다. 제가 돈에 팔려 이런 말을 한다고 생각하지 마십시오. 머지않아 폐하께서는 집안 남녀의 통곡을 들으실 겁니다. 그리고 죽은 아들의 장례를 개, 들짐승, 날개 달린 새들에게 맡겼던 모든 백성이 지독하고 불쾌한 폐하

테이레시아스
아테나 여신이 목욕하는 모습을 본 죄로 장님이 되었다.
대신 예지력을 받았는데 그는 테베의 크레온에게도 무서운 예언을 남겼다.

의 악취를 맡고 폐하를 증오하며 난동을 부릴 겁니다. 폐하께서 제 화를 돌우셨기 때문에 노한 저는 폐하의 심장을 겨누고 궁수처럼 화살을 쏘았습니다. 얘들아! 나를 데려가다오. 폐하께서는 젊은이들에게 화를 내시다가 더 신중히 말씀하실 줄 알게 되고 지금보다 좋은 마음씨를 가슴속에 간직하실 겁니다.

(테이레시아스 퇴장)

[코러스]
오, 폐하시여! 그는 무서운 예언을 남기고 가버렸습니다. 그리고 검은 머리가 흰머리로 변한 후부터 저 예언자가 우리나라에 거짓 예언을 한 적이 없다는 것을 저는 알고 있습니다.

[크레온]
나도 잘 알고 있소. 그래서 내 마음도 괴롭소. 굽히기도 싫지만 반항하다가 자칫 자존심 상할까 봐 무섭구려.

[코러스]
메노이케우스의 아드님이시여! 현명한 권고는 받아들이셔야 합니다.

[크레온]
그럼 어떡하면 될까? 말씀해보시오. 그대들의 말을 따르겠소.

[코러스]
아가씨에게 가셔서 동굴에서 풀어주시고 아직도 묻히지 못한 고인에게 무덤을 마련해주십시오.

[크레온]

그것이 그대들의 충고인가? 내가 굽히기를 바라고 있소?

[코러스]

그렇습니다, 폐하! 서두르셔야 합니다. 신들의 재빠른 재앙은 인간의 어리석음을 앞지릅니다.

[크레온]

아, 어려운 일이구나! 하지만 내 굳은 결심을 굽히자. 그대들의 말을 따르겠소. 공연히 우연과 싸우면 안 되지.

[코러스]

어서 가셔서 그리 하십시오. 다른 사람들에게 맡기면 안 됩니다.

[크레온]

자, 그럼 가겠다. 애들아! 그리고 여러분도 각자 손에 도끼를 들고 저기 보이는 곳으로 빨리 가시오. 우리 판결이 이렇게 뒤집혔으니 내가 그 아이를 가두었던 것처럼 내 손으로 풀어주겠소. 마음이 어지럽구나. 죽는 한이 있더라도 제정한 법은 지켜야 하는데….

[코러스]

오, 여러 이름으로 불리는 신이시여! 카드모스 신부의 영광이여!
천둥소리 요란한 제우스의 자손이시여! 명망 높은 테베를 지켜주시고
엘레우시스의 데메테르의 보호를 받는 광야에서
모든 손님을 반겨 맞이하는 땅을 다스리는 신이시여!

오, 디오니소스여! 신의 여신도들의 모국 테베에서

이스메노스강이 잔잔히 흐르는 곳,

사나운 용의 이빨이 뿌려진 곳에 사는 신이시여!

두 봉우리 위에서 그대에게 심취한 코리키아 요정들이 움직이는 곳에서

카스탈리아 강가에서 자욱한 연기 사이로

빛나는 횃불을 그대는 보았구나.

니사의 담쟁이 엉킨 언덕들을 넘어

포도송이 무성한 푸른 해변을 거쳐 그대는 왔구나.

그대가 테베 거리를 찾아왔을 때 그대의 이름은 거룩한 찬양을 받았다.

그대와 벼락 맞은 그대의 어머니는

최고의 영광을 모든 나라 중에서 테베에게 내려주셨다.

그리고 지금 온 나라 백성이 무서운 재앙에 떨 때

그대는 파르나소스 산봉우리를 넘어 통곡의 해협을 건너는구나.

어서 오소서.

오, 불을 내뿜는 별들도 그대와 함께 기뻐하는구나.

오, 밤의 목소리의 주인이시여! 제우스의 아들이시여!

오, 폐하시여! 헌신하시라.

'선물의 신' 이아코스 앞에서 밤새 미친 듯 춤추는

그대의 시녀 티아이를 거느리고.

(왼쪽에서 사자 1 등장)

[사자 1]

카드모스와 암피온의 왕궁 옆에 사는 사람들이여! 저는 인간의 일생을 자로 잰 듯 찬양하거나 비난하진 않겠습니다. '운명의 신'은 행복한 사람이나 불행한 사람을 매일 만들고 망치므로 이 일에 관한 한, 아무도 기정 사실을 예언할 수 없습니다. 한때 크레온 폐하는 가장 축복받은 분이었기 때문입니다. 그분은 카드모스 이 땅을 적의 손아귀에서 구해주셨습니다. 그분은 이 나라의 유일한 지배권을 장악하셨습니다. 왕자다운 아들들의 자랑스러운 아버지로 군림해 오셨습니다. 하지만 지금은 모든 것을 잃었습니다. 인간은 즐거움을 빼앗겼을 때 살아 있다고 할 수 없습니다. 숨쉬는 시신에 불과하지요. 원하신다면 댁에 재산을 쌓아 놓으십시오. 폐하처럼 살아보십시오. 하지만 아무 기쁨도 없다면 물거품에 불과합니다.

[코러스]

그대가 전하는 왕가의 새로운 슬픔이란 무엇인가?

[사자 1]

죽음입니다. 살아 있는 사람이 그분을 죽였습니다.

[코러스]

살인범은 누구이고 죽은 분은 누구냐? 어서 말하라.

[사자 1]

하이몬 왕자께서 돌아가셨습니다. 나그네가 그의 피를 흘리게 한 것은 아닙니다.

[코러스]

아버님이 죽었는가? 자살인가?

[사자 1]

자살입니다. 아버님의 살인 행위에 격분한 끝에….

[코러스]

오, 예언자여! 그대의 말이 사실로 밝혀졌구나.

[사자 1]

그렇습니다. 그러니 여러분은 나머지 일이나 잘 의논하십시오.

[코러스]

보라! 크레온 폐하의 왕비님이시여! 가엾은 에우리디케 님이 오신다. 우연히 궁전에서 나오신 걸까? 아니면 아드님 소식을 들으신 걸까?

(에우리디케 등장)

[에우리디케]

오, 이 나라의 백성들아! 팔라스 여신께 기도드리러 나오다가 그대들의 말을 들었소. 때마침 문빗장을 벗기고 문을 열 때 우리 집안의 슬픈 소식을 들었소. 나는 깜짝 놀라 몸종의 팔에 안겨 실신하고 말았소. 도대체 무슨 일이 일어났는지 말해주시오. 나는 눈물 흘리면서 그 소식을 듣지 않겠소.

[사자 1]

왕비님! 제가 목격한 것을 모두 말씀드리겠습니다. 하나도 빠뜨리지 않고 사실대로 말씀드리겠습니다. 이 자리에서 거짓말한들 왕비님의 슬픔이 진정될 리도 없지 않습니까? 늘 진실이 최선입니다. 저는 폐하를 모시고 폴리네이케스 님의 시신이 개들에게 찢겨 여전히 방치된 들판 끝으로 갔습니다. 자비로우신 마음으로 노여움을 푸시라고 저희는 '길의 여신'과 하데스 님께 기도드리고 시신을 정성스럽게 씻기고 새로 꺾어 온 나뭇가지로 나머지 시신을 말끔히 태웠습니다. 저희는 그분이 사랑하던 조국의 흙으로 봉분을 쌓고 바위를 침대 삼은 아가씨의 신방, '죽음의 신'의 신부가 계신 동굴로 갔습니다.

그런데 신부의 부정한 침실에서 먼 곳까지 통곡이 들려왔습니다. 저희는 크레온 폐하께 가 말씀을 드렸습니다. 폐하께서 가까이 가시자 이상하고 비통한 울음소리가 더 크게 들려왔습니다. 폐하께서는 신음하시며 화난 목소리로 말씀하셨습니다. "아, 가엾구나! 내 예감이 맞았단 말인가? 내가 지금 가장 슬픈 길을 걸어가고 있는 걸까? 분명히 내 아들 목소리다. 얘들아! 어서 가봐라. 저 무덤에 닿거든 돌들을 비켜 놓은 틈으로 들어가 동굴 속 저 소리가 내가 익히 아는 하이몬의 목소리인지, 내 귀가 신들께 속고 있는 것인지 알아보라." 탄식하시는 폐하의 분부대로 저희는 무덤으로 갔습니다. 저희는 무덤 깊은 곳에서 고운 린네 실 밧줄로 목을 맨 아가씨를 발견했습니다. 그런데 하이몬 님은 아가씨 허리를 안고 죽은 자와 함께 있는 신부를 위해, 아버님이 하신 일과 자신의 불운한 사

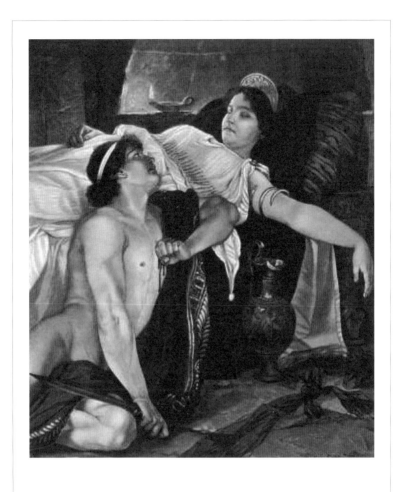

안티고네와 하이몬
안티고네가 죽자 이를 슬퍼한 하이몬이
그녀 뒤를 따라 자결하는 장면이다.

랑 때문에 울부짖고 있었습니다. 폐하께서는 아드님을 보시자 무섭게 소리 치시며 안으로 들어가 구슬픈 목소리로 아드님을 부르셨습니다. "불쌍한 놈아! 무슨 짓이냐? 어떤 불운이 이성을 잃게 만들었느냐? 애야! 제발 여기로 오너라. 부탁이다." 하지만 아드님은 무서운 눈빛으로 아버님을 쏘아보며 아버님 얼굴에 침을 뱉더니 한마디 대답도 없이 열십자 손잡이 칼을 뽑았습니다. 폐하께서는 급히 몸을 피하신 덕분에 칼에 맞진 않았습니다. 그러자 불쌍한 아드님은 벌컥 화를 내며 곧바로 자기 몸을 힘껏 찔렀고 칼날은 절반가량이나 몸속으로 들어갔습니다. 그리고 아직 의식이 있는 동안 간신히 아가씨를 껴안고 가쁜 숨을 몰아쉬자 아가씨의 창백한 뺨에 선혈이 왈칵 쏟아졌습니다. 시신이 시신을 안고 쓰러졌습니다. 불쌍한 젊은이는 이 세상이 아닌 '죽음의 신'의 집에서 결혼식을 올린 겁니다. 그리고 왕자님은 인간에게 붙어 다니는 온갖 저주 중에서 어리석음이 가장 무서운 저주임을 가르쳐 주셨습니다.

(에우리디케가 궁전으로 퇴장)

[코러스]
이 일을 어떻게 생각해야 할까? 왕비님은 좋다, 나쁘다는 한마디도 없이 돌아서 가버리셨으니.

[사자 1]
저도 놀랐습니다. 하지만 아드님의 비보를 듣고 여러 사람이 보는 앞에서 비탄에 잠기실 수는 없으니 궁전 안 조용한 곳에서 몸종들과 함께 집

안의 불행을 슬퍼하시리라 생각합니다. 잘못된 일을 하실 만큼 분별력 없진 않으시니까요.

[코러스]

글쎄…. 하지만 지나친 침묵도 공연히 떠들썩하게 우는 것만큼 위태로워 보이는구나.

[사자 1]

그렇다면 제가 안으로 들어가 격정적인 마음 깊은 곳에 은밀히 뜻을 숨기셨는지 알아보겠습니다. 그렇군요. 정말 좋은 말씀 하셨습니다. 지나친 침묵에도 위험한 뜻이 숨어 있습니다.

(퇴장)

(크레온이 부하들과 함께 하이몬 시신이 든 관을 들고 등장한다.)

[코러스]

보라! 저기 폐하께서 오신다. 모든 일을 분명히 말해주는 관을 들고. 이것은 나그네의 광기 때문이 아니라 폐하 자신의 과실로 인해 생겼다.

[크레온]

아, 우둔한 영혼이 저지른 죄여! 죽음을 부르는 고집이 저지른 죄여! 아, 우리를 바라봐다오. 아들을 죽인 아비와 아비 때문에 죽은 아들을! 아, 내 분별력은 불쌍하게도 눈먼 장님이었구나. 아, 내 아들아! 너는 젊은 나이에 비명에 쓰러졌구나. 불쌍한 이 몸! 네 어리석음이 아닌 아비의 어리석음이 너를 죽였구나.

[코러스]

아, 안타깝구나! 이렇게 뒤늦게 깨달으시다니….

[크레온]

아, 나는 쓰라린 교훈을 얻었다. 하지만 오, 그렇다면 어떤 신께서 하늘 위에서 나를 짓눌러 잔인한 길로 몰아넣고 내 기쁨을 뒤집고 짓밟았구나. 아, 인간의 어지러운 업보여!

[사자 2]

폐하시여! 빈손으로 오시진 않았지만 또 다른 일이 기다리고 있습니다. 폐하께서는 저 궁전 안에서 벌어진 참사도 참고 견디셔야 합니다. 궁전 안에서 벌어진 참사를 곧 보시게 될 겁니다.

[크레온]

도대체 더 심한 재앙이 재앙에 잇달아 일어났다니…. 무슨 일이냐?

[사자 2]

저 시신의 친어머니이신 왕비께서 돌아가셨습니다. 방금 받으신 충격에… 아, 불쌍한 왕비님!

[크레온]

오, 만물을 받아들이면서도 그 무엇으로도 달랠 수 없는 하데스 신이시여! 제게 자비를 베푸실 수는 없습니까? 오, 불행과 쓰라린 소식을 전하는 전령이여! 너는 무슨 말을 하는 것이냐? 아, 나는 이미 죽은 몸이건만 네가 다시 나를 강타하는구나. 애야! 무슨 말을 하려는 것이냐? 네가 전하려는 새로운 소식은 무엇이냐? 아, 가엾은 아내의 운명! 시신 위에 시신이 또 쌓이는구나.

[코러스]

보십시오. 이미 숨길 일이 못 됩니다.

(궁전 문이 열리고 에우리디케의 시신이 드러난다.)

[크레온]

아, 저기 새로운 두 번째 불행이 보이는구나. 어떤 운명이! 아, 어떤 운명이 나를 기다리고 있을까? 방금 내 팔로 내 아들을 들어올렸는데 저기 내 눈앞에 또 다른 시신이 보이는구나. 아, 불쌍한 왕비! 아, 내 아들아!

[사자 2]

왕비님은 저 제단 앞에서 날카로운 칼로 자신을 찌르고 흐려져 가는 눈을 감으셨습니다. 그때 왕비님은 돌아가신 메가레우스 님의 고귀한 운명과 저기 누워 계신 아드님의 운명을 생각하시고 눈물을 흘리셨습니다. 그리고 마지막 숨을 몰아쉬며 아드님을 죽인 폐하를 저주하셨습니다.

[크레온]

아, 무서움에 몸서리쳐진다. 칼로 내 가슴을 찌를 자는 없느냐? 오, 비참한 이 몸! 참혹한 고뇌에서 헤어나지 못하는구나.

[사자 2]

그렇습니다. 아드님과 왕비님의 운명이 폐하를 비난하고 있습니다. 저 시신이 눈을 감기 전에….

[크레온]

도대체 왕비가 어쨌길래 이렇게 참혹하게 돌아가셨느냐?

[사자 2]

아드님의 애달픈 운명을 들으시더니 자신의 손으로 심장을 찌르셨습니다.

[크레온]

아, 이 죄는 도저히 다른 사람에게 전가할 수 없구나. 내가… 그렇다. 내가 죽였다. 불쌍한 이 몸! 나는 진실을 알고 있다. 애들아! 어서 나를 데려가거라. 죽은 것과 다름없는 나를 어서 데려가거라.

[코러스]

고통을 잘 견디신다면 폐하의 분별력이 살아 있다는 증거입니다. 괴로움이 닥쳤을 때 그 괴로운 시간이 짧을수록 가장 좋습니다.

[크레온]

내 운명 중에서 가장 아름다운 것, 내 최후의 날이여! 오라, 어서 오라. 그렇다. 그것이 최상의 운명이다. 오, 어서 오라. 내일 다시는 내가 빛을 보지 않도록….

[코러스]

그것은 앞날의 일입니다. 지금은 저희를 보살펴주셔야 합니다. 미래의 일은 신들 손으로 이루어질 겁니다.

[크레온]

적어도 내 모든 소망은 아까 했던 기도에 잘 나타나 있다.

[코러스]

더 이상 기도하실 필요는 없습니다. 인간은 정해진 불행에서 벗어나지 못하기 때문입니다.

[크레온]

제발 나를 데려가다오. 경솔하고 어리석은 이 사람을…. 아, 내 아들아! 내가 부지중에 너를 죽였구나. 아들과 아내를. 불쌍한 이 몸! 나는 눈을 둘 곳도 도움을 청할 곳도 없구나. 내 손에 있는 모든 것이 잘못되었구나. 보라! 절박한 운명이 내 머리 위로 덮친다.

(크레온이 부하들에게 이끌려 궁전으로 퇴장하는 동안 코러스가 마지막 대사를 한다.)

[코러스]

지혜야말로 최고의 행복이다. 신들에 대한 존경심을 버리면 안 된다. 오만한 자의 호언장담은 늘 큰 타격을 받고 벌받은 자는 늙어서야 현명해진다.

| 제4장 분석 |

연극 내내 크레온은 병들고 뒤틀린 마음보다 '건강한' 실천적 판단의 중요성을 강조했지만 테이레시아스는 크레온에게 실천적 판단이 부족한 사람은 바로 크레온뿐이라고 알려 주고 오직 크레온만 병들고 뒤틀린 마음을 가졌다고 말한다. 재앙이 닥쳤을 때 전령은 인간을 괴롭히는 최악의 병은 판단력 부족임을 지적한다.

우리는 인간의 한계와 피할 수 없는 신의 의지가 주어지면 판단이 무슨 소용 있는지 궁금할 것이다. 지혜와 판단력을 소유한다는 것은 인간의 한계를 인정하고 신의 분노를 불러일으키지 않도록 경건하게 행동하는 것을 의미할 것이다. 인간은 운명, 신, 인간 지능의 한계에 겸손하고 경건한 태도를 가져야 한다. 연극 끝에서 크레온은 극 내내 그랬듯이 죽음을 조롱하는 대신 자신에게 가해지는 '죽음'에 대해 정중히 말하며 드디어 이 교훈을 깨달았음을 보여 준다.

안티고네는 비난받을 만한 자존심을 내세웠고 왕의 법을 어겼지만 그녀의 범법은 크레온의 범법보다 덜 심각하다. 안티고네의 범죄는 아무에게도 직접적인 해를 끼치지 않지만 크레온의 실수는 도시 전체에 악영향을 미친다. 우리는 테이레시아스로부터 크레온이 죽은 자를 함부로 대했기 때문에 신의 테베에 대한 분노로 새로운 불행이 시작되고 있음을 알게 된다. 더 중요한 것은 크레온이 폴리네이케스를 매장하기를 거부한 것은 안티고네가 크레온의 칙령에 귀 기울이기를 거부한 것보다 인간의 가치에 대한 더욱 급진적인 모욕을 나타낸다는 것이다. 안티고네는 특정한 경우, 특정 통치자가 만든 법, 즉 다르게 만들 수 있었던 법을 어기는 반면, 크레온은 불문율, 문화적 관습을 위반한다.

코러스의 마지막 연설은 연극의 사건에서 우리가 배울 수 있는 가능한 교훈의 매우 간결한 목록이다. 지혜는 좋고 신에 대한 존경심이 필요하며, 자존심은 나쁘고 운명은 불가피하다. 코러스는 운명의 가혹한 타격이 사람들에게 지혜를 가르쳐줄 거라고 주장하지만 크레온의 '지혜', 즉 자신의 범죄에 대한 이해는 오이디푸스와 마찬가지로 그에게 더 많은 고통을 가져다준 것처럼 보인다. 그리고 하이몬, 안티고네, 에우리디케는 이제 그들이 죽었기 때문에 더 이상 아무것도 배울 수 없다. 코러스는 관객과 마찬가지로 가혹한 운명의 목적을 폭력에서 찾기 위해 고군분투하지만 찾을 목적이 있는지는 불분명하다.

소포클레스 비극 3부작

오이디푸스 왕
콜로누스의 오이디푸스
안티고네

초판 1쇄 인쇄 2023년 6월 20일
초판 1쇄 발행 2023년 7월 3일

—

지은이 소포클레스
편 역 김성진
펴낸이 김호석
편집부 곽유찬 · 주옥경
마케팅 오중환
경영관리 박미경
영업관리 김경혜

—

펴낸곳 도서출판 린
주소 경기도 고양시 일산동구 무궁화로 32-21, 로데오메탈릭타워 405호
전화 (02) 305 - 0210
팩스 (031) 905 - 0221
전자우편 dga1023@hanmail.net
홈페이지 www.bookdaega.com

—

ISBN 979-11-92575-99-5 (03890)